花に風

林芙美子の生涯

宮田俊行

海鳥社

花に風

林芙美子の生涯◉目次

「花のいのち」の謎 …… 9

戦い終わって風も吹く雲も光る……181

「花のいのち」の謎

東京の下落合四丁目の自宅（現在は新宿区中井二丁目の林芙美子記念館）でくつろぐ芙美子と母キク＝昭和24年４月（林福江提供）

「花のいのち」の謎

花のいのちはみじかくて
苦しきことのみ多かれど
風も吹くなり
雲も光るなり

林芙美子といえば誰でも連想する、「花のいのちはみじかくて苦しきことのみ多かりき」には、なんと別バージョンがあった（詩の全文は192ページ）。

平成二十一（二〇〇九）年九月九日、広島県福山市の「ふくやま文学館」が、林芙美子の知られていない直筆詩稿を報道陣に公開した。同館は隣の尾道市ゆかりの林芙美子についても常設展示しており、十一日からの企画展「福山地方の詩と童謡」に展示するため調べていたものだった。同月六日付で一部の地方紙が「発見」を先行して報じたため、あらためて発表したかたちだ。

詩は「赤毛のアン」翻訳者で友人の村岡花子（一九六八年死去）に贈られたものだ。花子の旧書斎である東京都大田区の「赤毛のアン記念館・村岡花子文庫」（二〇一四年で閉館）の壁に額装して飾られていた。実は前年の平成二十年、村岡花子の孫の恵理さんが著書『アンのゆりかご　村岡花子の生涯』でこの詩の全文を記していた。

だから、厳密に言うと「新発見」ではなかったのだが、マスコミが報じたことで、一気に拡散した。

私もびっくりした。

と同時に、うれしかった。

というのも、平成十七年に出した旧版『林芙美子「花のいのち」の謎』で、「花のいのちはみじかくて苦しきことのみ多かりき」が林芙美子の代名詞として定着していることに対して、生涯に三万枚もの原稿を書いたという作家を矮小化するものでしかないと大いなる疑問を呈していたからだ。

この言葉の持つ強烈なイメージが林芙美子への理解をその範囲内に押しとどめてしまう。つまり分かりやすいメッセージであるだけに、この言葉以上でも以下でもない、林芙美子のイメージそのものとなってしまうのだ。これに「放浪記」のなんとなく貧乏くさいイメージが加わって簡単に林芙美子像ができあがってしまう。こうなるとそれ以上に人は林芙美子の世界に入っていこうとしない。思考停止してしまうのだ。林芙美子の作品を一作でも読んでいる人というのは数少ないと思う。だってそうではないか。こんな「人生の輝かしい時は短くて、苦しいことばかり多いものだ」なんてネガティブな人生観を持った作品を積極的に読もうなんて思うまい。だからこの言葉ばかりが人口に膾炙《かいしゃ》しているというのは、林芙美子にとって不幸であり、百害あって一理なしと考える。実にもったいない。彼女の作品をひとつでも読めば、こんなネガティブな人生観とは無縁の、市井《しせい》のたくましく生きる人たちに出会うことができるのだ。登場人物たちは人生の困難の中に置かれてはいるが、人間への肯定にあふれているということが分かるはずだ。そこに林芙美子を読む快楽がある。

旧版のテーマはまさに、林芙美子みたいなしたたかであっけらかんとした人がどうして「花のいのちはみじかくて苦しきことのみ多かりき」というネガティブな言葉を好んで色紙に書いていたのか、その疑問を解き明かそうというものだった。

その、求めていた答えが現実に現れ出てきたのだ！

ほら―、やっぱりあったじゃないの、と自分の予言が当たったたような、少し誇らしい気分にもなった。

芙美子にはやはりポジティブ・シンキング（プラス思考）が似合う。「新発見」の詩があっという間に広まったのは、世の中の人はやはり、ポジティブなほうが好きだからだ。「苦しきことのみ多かりき」はもう時代に合っていなかった。人生は短くて苦しいことばかり多いが、一方では心地よい風が吹いたり雲が明るく光ったりもするという「救い」の部分に人々は着目した。こうして瞬く間に「苦しきことのみ多かりき」は駆逐され、「風も吹くなり　雲も光るなり」が林芙美子の代名詞に取って代わった。

ただ、新聞記事によると、書かれた時期がはっきりしないというのが気になった。早速、村岡恵理さんに問い合わせたが、やはり分からないとのことだった。

新たな謎が出てきた。

いつ、「多かりき」が「多かれど」に転換したのか。本書ではその謎を追っていく。

そのためにはやはり、「多かりき」の検討から入らねばならない。

かごしま近代文学館（鹿児島市）が所蔵している「花のいのちはみじかくて苦しきことのみ多かりき」の書幅は昭和十七年四月十八日のもので、広島・江田島にあった海軍兵学校を壺井栄とともに見学に訪れたときに書かれたらしい（これから戦争に行く人に、命は短いと書くのもすごいが）。また、挿し絵画家の森田元子は、林芙美子が亡くなる前年（昭和二十五年）の六月に、銀座の料亭で女将の出した色紙に「花のいのちはみじかくて苦しきことのみ多かりき」をすらすらと書いているのを見ている。つまり、林芙美子は戦中から戦後まで、長い期間にわたってこの言葉を人にしたためていたことが分かる。基本形はやはりこちらなのだ。

「花」とは何だったのか

そもそも「花のいのちはみじかくて苦しきことのみ多かりき」は、誰がつくった言葉なのだろうか。えっ、そんなの林芙美子に決まってるじゃないか、と驚かれるかもしれないが、実はこの言葉、出典がはっきりしていない。芙美子の刊行物にはなく、手書きしたものだけだ。

昭和17年に書かれた書幅。「於江田島」とある（かごしま近代文学館蔵）

一般には、彼女の代表作『放浪記』からの言葉と考えている人が多いようだ。調べてみると『放浪記』（新潮文庫版）の中に「花」という単語は八十七カ所も出てくる。しかし、この「花のいのちはみじかくて」というフレーズはない。しかも八十七カ所の中で、一般的な植物としての意味での「花」の使い方ではなく、「花」に特別な意味合いを持たせているのは一カ所しかない。それは男性関係も仕事もうまくいかずに自信をなくした主人公が、隣家の垣根にヒマワリが咲いているのを見て考えるシーンだ。

「来世は花に生まれて来たいような物哀しさになる。ひまわりの黄は、寛容な色彩。その色彩の輪のなかに、自然だけが何となない喜びをただよわせている。人間だけが悩み苦しむと云ういわれを妙な事だと思う」

諸行無常のトーンは「苦しきことのみ多かりき」に通じる。

『放浪記』第一部に、時ちゃんという、主人公と一緒に住んでいる十八歳のカフェーの同僚が出てくる。時ちゃんは四十二歳の既婚の男に言い寄られている。ある日、時ちゃんが帰らなくなる。「彼女はあんな指輪や紫のコートに負けてしまっているのだ。生きてゆくめあてのないあの女の落ちて行く道かも知れないとも思う。あんなに、貧乏はけっして恥じゃあないと云ってあるのに……十八の彼女は紅も紫も欲しかったのだろう」。

時ちゃんから手紙が来る。

「何にも云わないでかんにんして下さい。指輪をもらった人に脅迫されて、浅草の待合に居ります。このひとにはおくさんがあるんですけれど、それは出してもいいって云うんです。笑わないで下さいね。その人は請負師で、今四十二のひとです。／着物も沢山こしらえてくれましたの、貴女の事も話したら、四十円位は毎月出してあげると云っていました。私嬉しいんです」

囲い者になったのである。

「私」は涙があふれ、歯ががちがち鳴る。

「私がそんな事をいつたのんだのだ！　馬鹿、馬鹿、こんなにも、こんなにも、あの十八の女はもろかったのかしら……目が円くふくれ上って、何も見えなくなる程泣きじゃくっていた私は、時ちゃんへ向って心で呼んで見た。

所を知らせないで。浅草の待合なんて何なのよッ。

四十二の男なんて！

きもの、きもの。

指輪もきものもなんだろう。信念のない女よ！

ああ、でも、野百合のように可憐であったあの可愛い姿、きめの柔かい桃色の肌、黒髪、あの女はまだ処女だったのに。何だって、最初のベエゼをそんな浮世のボオフラのような男にくれてしまったのだろう……。愛らしい首を曲げて、春は心のかわたれに……私に唄ってくれたあの少女が、四十二の男よ呪われてあれだ！」

ベエゼとはフランス語で「接吻」である。現在の『放浪記』では削除されているが、最初のバージョンの新鋭文学叢書『放浪記』（改造社、昭和五年七月）ではこの「ベエゼ」に「はな」とルビが振ってあるのである。これを先のフレーズに当て嵌めれば、「口づけの命は短くて苦しきことのみ多かりき」となる。見事に林芙美子が生涯にわたって追求したテーマになる。

作家の足立巻一《けんいち》は、林芙美子が書いている詩「ギリシヤ詩《うた》」（『改造』昭和十四年七月号掲載の連作詩「魚の合唱」の一編）が原型ではないかと推測している。

頭の上から墓石が
少し重くはないかえときいた
人の世では
こんなに優しい言葉を私はきかなかつた
「え、すこしばかり重いけど我慢します」
と云ふと
墓石は静かに私を寝かせて
——花さうび　花のさかりはひとときか
——すぎされば、尋ぬとも花はなくあるは茨のみ
とギリシヤの詩をうたつてくれた

注＝「さうび（そうび）」は薔薇のこと

また、文藝春秋編集者の岡富久子が、非常に興味深い話を雑誌『樽』（一九八三年三・四月合併号）に書いている。銀座八丁目に「宮うち」という小料理屋があって、そこの主人宮内義治が詩人でもあることからよく文士のやって来る店だった。あるとき、芙美子ファンだった岡がそこで酒を飲みながら「花のいのちは……」とつぶやいたところ、宮内が「それはぼくの詩がもとなんだ」と明かしたというのだ。びっくりしていきさつを尋ねると、昭和十二、三年ごろ雑誌に発表して大木惇夫に激賞された詩だという。それはこうだ。

花の命は短くて
うつろいやすき
ものなれば
今宵ひとよのなさけにも
散らずやと
問うなかれ

宮内は別段抗議の口調もなく、「林芙美子のより、ぼくの詩のほうが色っぽいだろう」と言ったという。

林芙美子は結果的に四十七歳という若さで死んだために、「花のいのちはみじかくて」を地で行ったかのような印象がある。

林芙美子原作で成瀬巳喜男《なるせみきお》監督の映画「浮雲」（昭和三十年一月公開。二〇〇九年、キネマ旬報発表の日本映画オールタイム・ベスト第三位）や「放浪記」（同三十七年九月公開、いずれも高峰秀子主演）では、ラストシーンの直後に林芙美子の自筆になる「花のいのちはみじかくて」の色紙そのものが画面いっぱいに映し出されて映画は終わる。また、森光子主演の舞台「放浪記」（一九六一―二〇〇九年まで二千十七回）でも使われ、広く人々に知れ渡る大きな要因になった。

人の数倍もの忙しさでひたむきに生きた、林芙美子の人生を見ていく前に、基本的な人物像を押さえておこう。

〝超〟小柄な女性

私が初めて林福江（芙美子の姪＝異父姉ヒデの三女、33ページの系図参照）に会ったのは、平成十六（二〇〇四）年十月十五日、旧版の取材で東京都新宿区中井にある林芙美子記念館を訪ねたときで、偶然だった。最も近くにいた遺族として著作権の管理者になっていた。なお、一般人を呼び捨てにするのは心苦しいが、表記統一のため人名は原則として敬称略とした。ただし文脈上「さん」付けにしたところもある。他意はないのでお許し願いたい。

記念館は、芙美子が昭和十六（一九四一）年八月から、この場で急な死を迎える同二十六年六月までのおよそ十年間暮らした家をそのままに残している。

芙美子が自分で建てた最初で最後の家は、設計だけでも一年以上かけたというだけあって、びっくりするほど立派な家だ。ただ、中をのぞいてみると、料理上手な芙美子の自慢だったという台所も現代から見ると実につつましい。昭和三十年代を覚えている目には懐かしい感じのする台所である。湯舟も総ヒノキとはいえ小さい。しかし、全体としてはゆったりと堂々とした構えで、こんな家に一度は住んでみたいと思わせる。

夫の緑敏《りょくびん》のアトリエが展示室に改装されており、そこに寄せ書き帳が置いてあった。家に対する感嘆の声で埋まっている。台湾から昭和二十一年に引き揚げてきたという大正十三（一九二四）年生まれの女性が「私の苦しかった引揚者の生活は、林芙美子さんの本によってとてもなぐさめられ、苦しさを忘れたものです」と書いていた。また、昔を知る人が「竹だらけで雀のお宿のようだった」と懐かしんでいるのもあった。

実際、芙美子は竹が好きで、生前は庭一面に孟宗竹を植えていたのである。

林福江は私（百八十センチ）から見ると半分くらいにも感じるほどの小柄な女性だ。しかし、大正十四年生まれ、このとき七十九歳とは思えない肌つや、若々しさだった。背格好や顔など、林芙美子によく似ているといわれるという。確かに話していて間近で拝見すると、私の知らない林芙美子の面影らしきものを感じる気がした。

昭和６年、フランスに行くために取ったパスポート（新宿歴史博物館蔵）

突然のインタビューにもかかわらず、大変気さくに話してくれた。気っぷのいい江戸っ子を感じさせるしゃべりであるが、鹿児島市の生まれ育ちであり、今でも弟らと話すときは全て鹿児島弁だという。

その後も記念館裏の石段の上にある福江の可愛い二階建て住家（でも高級住宅地）に伺って、芙美子の反故《ほご》になった原稿を二枚だけ頂いたり、電話で質問したりと、断続的にお付き合いをさせてもらった。

パリに行ったときのパスポートを見ると、芙美子は二十七歳で身長百四十三センチしかない。当時の女性の中でもかなり低い方だった。おまけに、失礼ながら、写真を見る限り美人のほうではない。しかし、数々の恋愛遍歴で分かるようによくモテる人だった。カフェーの女給としても大変な人気だったし、パリ時代の日記を見ても周りによく人が集まっている。写真では分からない魅力のあった女性なのだろう。芙美子の人付き合いのマメさ、面倒見の良さは、彼女の仕事量、多忙さを考え合わせると、いったい何人分の人生を生きたのかと驚くばかりだ。坂口安吾が評した「よく動く人だった」（210ページ参照）が最も簡潔かつ適確だろう。

命がけの母娘関係

林芙美子の無名時代からの親友、平林たい子は芙美子没後二十年近くたった昭和四十四（一九六九）年、評伝『林芙美子』を書いた。これは林芙美子理解に欠かせない基礎資料となっているが、その赤裸々な筆致は凄まじい。林芙美子をえげつないほど丸裸にしており、これを読んだ人は、林芙美子を嫌いにはなっても好きになることはあまりないのではないかと思える。私は旧版の執筆の間、この著作から離れてはまた帰ってくるという繰り返しであった。やはり芙美子研究の最高傑作であるのは間違いない。

その書き出しは、芙美子と母キクとのそっくりさについて、である。「まるで同じ人間のように体の形がよく似ていて、そっくりな顔をしていた」という。さらにキクについて「背丈の高くない可憐な体に、阿波《あわ》縮《ちぢみ》のたてしぼのあっぱっぱをきて、年はとっても大根みたいに緻密に光る腕で団扇《うちわ》を使っている柳のようにゆらぐ姿など、ふるいつきたい風情だった。俗にいう男好きのする秘密がいつまでもその体には宿っているように見えた」と書くのだが、写真を見てもとてもそうとは思えない。ただの普通のおばあちゃんである。やはり、写真では分からない魅力が実際にはあったと思われる。

平成24年、林芙美子記念館で対談する林福江（左）と大泉淵（朝日新聞社提供）

戦後の傑作『晩菊』（昭和二十四年三月）は、母キクをモデルにしているのではないかと思われる（タイトルも「晩年のキク」と読める）。主人公の「きん」は元赤坂の芸者で五十六歳になるが、まだ男はできる、というその思いだけが人生の力頼みであるような女である。きんの化粧のシーンは迫力がある。

風呂から上がると、冷蔵庫の氷を砕いたのをガーゼに包んで、十分ばかりも顔をマッサージする。そして取っておきの舶来のクリームで冷たい顔を拭く。きんはこの時代になっても洋服を一度も着たことがない。たっぷりとした胸のふくらみをつくり、腰は細く、腹は伊達巻で締めるだけ締めて、お尻にはうっすりと真綿をしのばせた腰蒲団をあてる。男に会う前に冷酒を一杯きゅうとあおる。そのあとは歯を磨いて酒臭い息を殺しておく。うっすらと酔いが発すると、目元が赤く染まり、目が潤んでくる。口紅は上等のダークを濃く塗る。物欲しげに見えるので爪には色を塗らない。癇性なほど短く切って、羅紗の切れで磨いておく。香水は甘ったるい匂いを、肩と二の腕にこすりつけ、耳朶には間違ってもつけないのだ。

幼児期に隣り合って可愛がられ、昭和二十年からは芙美子と同居して娘のように暮らしていた大泉淵《えん》（昭和三年生まれ）によると、八十歳を過ぎたキクの美顔術はまず黒砂糖でパックし、それから卵の白身で磨くというものだった。そのあと一時間以上かけて淵に手伝わせて黒い布と黒いチック（整髪料）を使って〝ハゲかくし〟をしたという。一方、芙美子は大事な人が来るときには時間を見計らってワインをちょっと飲み、二十分ほど寝た。すると目覚めたときにはピンクの頬になっていたという。池田康子『フミコと芙美子』には大泉淵の長い聞き書きが収録されていて、エピソードの豊富さでは随一だ。

キクと芙美子が似ていたのは、外見ばかりではない。「一つの体と心を半分ずつ分け合った」双生児のようだったとまで平林たい子はいう。そんな二人の関係は、「奇蹟としかいえないかたい結びつき」で、「愛情というよりももっとつよい粘着力で密着し」、「その執着しかたも、男性のそれに対してよりも命懸けだとさえいえた」。

キクも芙美子も複数の〝夫〟を持った。今でもそうだが、母娘というのは不思議なほど似たような生涯を歩むものである。しかもそれは、男女関係のそっくりさに現れる場合が多い。

かわいい女

二人の人生は、芙美子が愛読したチェーホフの「かわいい女」を彷彿とさせる。主人公のオーレニカは遊園地の経営者に恋をし、結婚すると、夫の仕事をかいがいしく手伝っては園内でやる芝居について夫の受け売りを口にするようになる。ところがひと冬過ごしただけで夫は急死し、オーレニカは絶望で嘆き悲しむ。三カ月たって、木場の管理人を好きになって結婚したオーレニカは、材木についていっぱしの専門家気取りで人に話すようになる。幸福な結婚生活は六年続くが、夫はあるとき風邪をこじらせ四カ月の闘病のあと死んでしまう。再び絶望の底に沈んだオーレニカは半年も喪に服するのだが、知り合いの獣医をいつの間にか好きになっている。そして獣医から聞いた話をそっくりそのまま人に話している。二人は交際するものの、獣医はやがて連隊について去ってしまう。今度こそ独りぼっちになってしまったオーレニカ。自分一人では何一つ意見さえ持てない。老け込んでいくオーレニカの前にある日、結婚した獣医が戻ってくる。その夫婦はあまり家に居つかず、ほったらかしにされた息子の面倒をオーレニカが見るようになる。そしてオーレニカは、この中学生になる他人の息子に献身的な愛情を注ぐようになる――。

オーレニカ同様、キクと芙美子も、結婚生活において配偶者がなかなか定まらなかった。自らがそう望んだのではなく、相手の〝裏切り〟によって余儀なくされた場合も多い。俗に言う男運の悪さである。二人とも最終的には生涯の伴侶を得た。

オーレニカは主体性のない、男次第で変わっていく女であるが、作者チェーホフは否定的には見ていない。そんな人生もあるさ、と温かく見ている。芙美子は『放浪記』に「私はチエホフの可愛い女のように、何かに寄りすがらなければ生きて行けない女であるらしい」と書いている。昭和二十二（一九四七）年一月に発表した「読書遍歴」でも、日本の女性たちに一度でいいからこの作品を読んでほしいと呼びかけている。「かわいい女」に関連づけて、「高見の見物で、女にばかり貞操を強いる日本の官僚的な世間の観念をいまこそ叩きなおして、人間を愛する、すこやかな世界に生きなければならないのだ。道徳と云う型が、人間を台なしにするものであってはならないのだ」と声高く主張している。

平林たい子はキクが二人の「私生児」（芙美子を入れると三人）を持っただけでも「あの小さな体で人のまねのできない愛欲のかぎりをつくし、当時の婦道をないがしろに」したとし、芙美子についても東京での放浪時代、たい子自身もそうだったと告白した上で「性的にアナーキー」だったと書いている。二人の違いについては「このひと（キク）程、男性のよさを深く知ってその海に溺れた女はあるまい。その点では、芙美子さんの方は求めすぎたわけでもないけれども、いつも空しいものを握らされて地団駄をふんだ。そして結局飢えたまま世を去った」としている。

昭和二十六年五月、芙美子の死の直前に、鹿児島市の三州《さんしゅう》バスで働いていた福江は、芙美子に呼ばれて上京した。このとき二十五歳、まだ独身の内田福江である。子供のころ芙美子と暮らした福江は（125ページ参照）また東京に行きたいという希望を持っていたが、芙美子に「お前なんかいらないわ」と冷たく断られていた。ところがキクが年を取ってうるさくなり（このとき八十二歳）、使用人たちと喧嘩をして大変だから、面倒をみてほしいという要望だった。

福江自身も口うるさいキクとはよく喧嘩をしたという。そんなとき腹立ち紛れに福江が「おばあちゃんはよくもてたのねー。お父さん違いの子供を何人産んだの？」と言うと、キクは「おのれー」と怒ってひっぱたいたという。福江もキクのかもじ（添え毛）について触れ、「おばさん（芙美子）もおばあさんもおしゃれで、血を引いている」と語った。男性関係についても「んー、それは似てますね」と否定はしなかった。

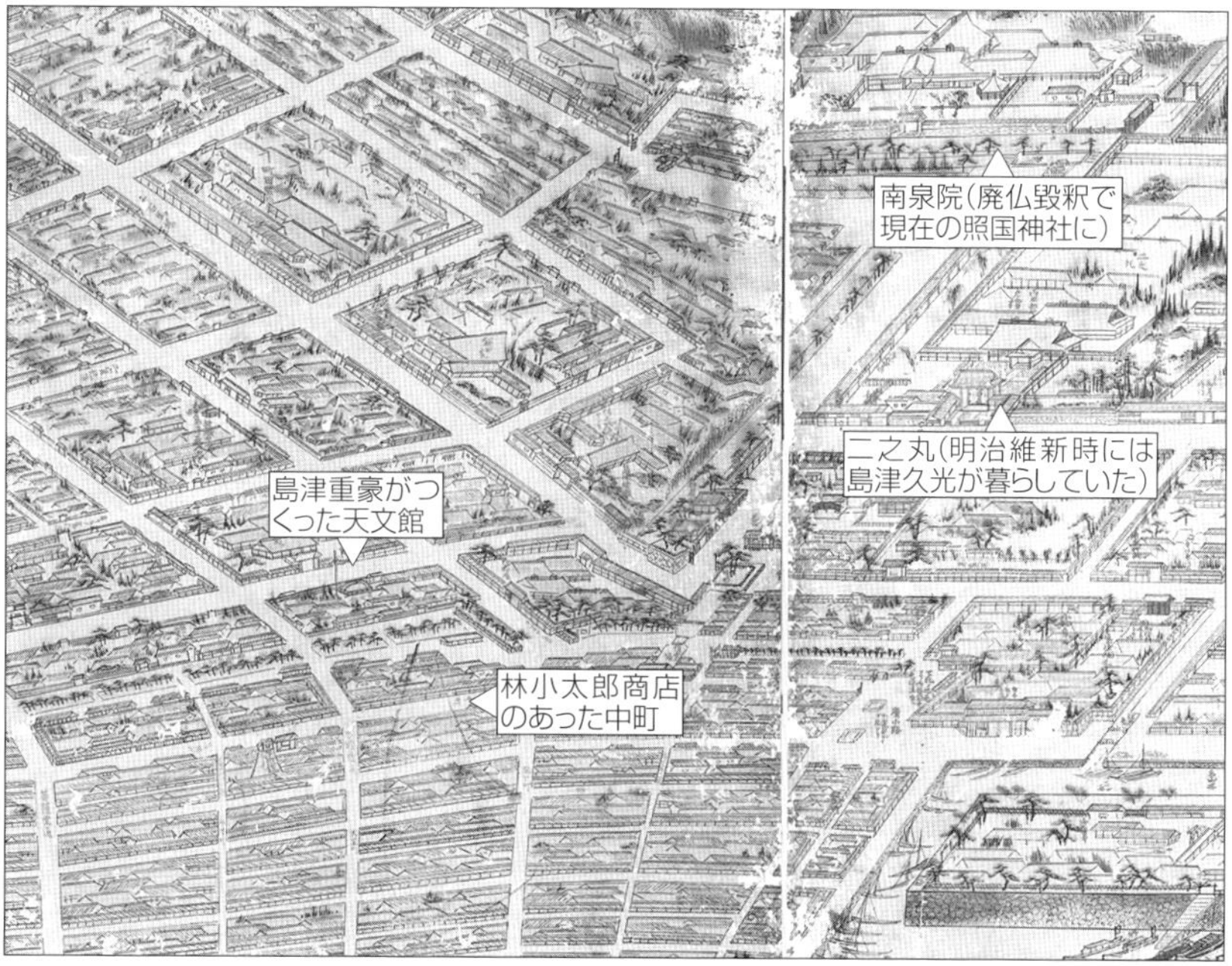

天保年間鹿児島城下絵図（部分。鹿児島市立美術館蔵）

林家のルーツは山形か

林芙美子の母キクは明治元（一八六八）年十一月二十八日、鹿児島市中町で「紅屋」という漢方薬屋を営んでいた林新左衛門とフユとの間に長女として生まれた。この店の主力商品は紅花で、これは通経・鎮痛剤として月経不順、月経痛、打撲症、腫れ物などの治療に用いるものである。

フユは弘化三（一八四六）年生まれで、新左衛門は養子であったという。明治三年には長男久吉が生まれる。フユはこのあとサトと鶴を産んだ（33ページ系図参照）。

江戸後期から続く鹿児島の老舗百貨店、山形《やまかた》屋《や》の社史『山形屋二百十七年』（昭和四十三年）に興味深い記述がある。山形屋の初代源衛門は東北・山形の紅花商人で、安永元（一七七二）

令和２年、147年ぶりに復元された鹿児島城（鶴丸城）の御楼門（ごろうもん）。明治６年に焼失していた。後ろに見えるのが城山

年、ハイカラ好みの薩摩藩主島津重豪《しげひで》の商人誘致策に応じて薩摩に移住したのである。源衛門はそれまで山形の名産で染料や薬用に重宝された紅花を大坂に行き来して商っていたが、鹿児島市金生町《きんせいちょう》（当時は木屋《きや》町）に落ち着いてからは呉服太物を扱うようになった。

芳即正《かんばしのりまさ》『島津重豪』によると、安永元年六月に出した達しは「町家の繁栄は、商人がたくさん集ることから賑かになるのである。今後城下に他国商人が入り込み、もし永住や縁組みを希望する場合は望みにまかせる」（居付き・縁組み勝手次第）というものだった。山形屋は「重豪繁栄策の最も典型的な成果」とみる。

ここで注目したいのは〝紅花〟である。林新左衛門の紅屋は紅花を扱っており、山形屋とは軒を接する近さにある。当時鹿児島城下の町制は定まっており、移住商人たちは同じ場所に集められたはずだから、ひょっとしたら林家の先祖も、山形屋の始祖・源衛門とともに山形から移住してきたのではなかろうか。『山形屋二百十七年』にも、「もちろん未知の地に乗り込むのだから、同行者があれば心強い。（略）同行の商人がほかにあったことも考えられる」とある。

親族が口をそろえて島津とのつながりを言うのも、それを裏付ける。

戦前の山形屋。大正５年に建てられたルネサンス式鉄筋コンクリート造り。奥が朝日通側。戦後、建物は一新されたが、平成11年、ルネサンス調外装を復元した

「紅屋は（商品を）島津に届けていた」（林福江）、「林新左衛門は碁の指南に行っていた。墓石に碁盤と黒ぢょかを彫った」（林ツワ）、「殿様に碁を教えていた」「御用商人のときは怪我の薬だった」（林和子）

「一人の生涯」（『婦人之友』昭和十四年一―十二月号）に、小学生の芙美子が鹿児島に預けられていたころ祖母フユが碁を教えていたと書いてある。当時碁をする女性は少なかったのではないか。しかも人に教えるほどの腕前である。これは林家が代々碁の指南役を務めていたものの、男児に恵まれなかったため、新左衛門が碁の腕を見込まれて養子に入った、と考えられる。

「紅屋」をめぐる思い違い

平林たい子の評伝『林芙美子』にこうある。

「芙美子さんはよく、家はもと紅屋だったと言っていた。母のキクさんの従弟小次郎さんの夫人もそれを言って居られた。本来の紅は、暖地に育つ紅花からとる高貴

三谷一馬が絵画資料を模写した『江戸商売図絵』より「紅屋」（中公文庫から）

なものだが、のちに鹿児島で紅屋というのは薬屋のことだったそうだ。漢方だったに違いない。その高貴薬の時代からこの店はつづいて来たのである」

　小次郎はキクではなく芙美子の従弟だ。私も平成十六（二〇〇四）年十月に林福江（当時七十九歳）から「林久吉の長男小次郎が〝林紅屋〟を空襲まではやっていた」、しかもまだ健在だと聞いて、連絡を取った。

　小次郎さんは鹿児島市内の光が丘というところに住んでいた。もう九十七歳で体調を崩しているというので妻のツワさんと話した。ツワさんも当時九十三歳（明治四十四年十二月十五日生）だったが、電話口でも実に話がしっかりしていた。その内容は次ページに記している通りだ。

　本を出したあとも、まだ「紅屋」のことが気になって、林和子さん、りかさん母娘に取材した。

　すると和子さんから「紅屋は通称。代々、林小太郎商店」と言われたのである。

意表を突かれた。というか、正直そのときはピンとこなかった。

「紅屋」は店の名前だとばかり思い込んでいた。八百屋や駄菓子屋と同じで、商売の名だったとは。うかつだったが、どんな本や資料にも「紅屋」としか書いてなかった。しかも、今はない商売なので、固有名詞

現在の朝日通（交差点から左斜め上へ延びる。右手奥に山形屋が見える

以外に想像もしなかった。

三谷一馬『江戸商売図絵』を見ると、数ある商売のうち「紅屋」がトップに置かれている。江戸時代の典型的な商売だったのだ。これによっても、江戸時代から続くことが裏打ちされた。

和子さんは桜島から出てきて、昭和十七、八年ごろ紅屋に下宿していたというのだから、もう間違いない。場所も特定できた。鹿児島市中町の朝日通（国道58号）に面したところだという。後述するが、かつて店があった中町四番地にごく近く、林久吉が再興を目指すにはふさわしい場所だ。

思えば、久吉が息子たちに「小太郎、小次郎、小三郎」と名付けたのは、代々の屋号への強い思いだったのだ。なぜか小太郎と小次郎の順番が違うが、もしかしたら夭折の長男小太郎が別にいたのかもしれない。

和子さんが下宿したときには「中国の紅花が入らなくなって店はしていなかった」といい、ツワさんが「中国から紅が来ていたが、入らなくなった。しばらくは貯蔵していたものを売っていたが、小次郎が代用品はやりたくないと言って陸軍気象部に勤めた。朝鮮の大邱《テグ》にいた。その後は紅屋はしなかった（戦後は気象台に勤めた）。長女のノブが少し代用品をしていたが、空襲で焼けた」と語ったのと符合する。

鹿児島市に対する空襲は昭和二十年の三月から八月にかけて八回あり、中でも六月十七日の大空襲は鹿児島市内一円に対して行われ、死者二千三百十六人に及んだ（総計は三千三百二十九人）。

「林小太郎商店」を確信

この「小太郎」という名前が頭に入っていたおかげで、大きな発見ができた。

昭和四十九（一九七四）年に学習研究社が発行した『現代日本文学アルバム13　林芙美子』（以下、『現代日本文学アルバム』）は今でも一番まとまった一般向け研究書で（二〇〇四年復刊）、私も旧版を書く際に確かここからスタートした。何しろ写真や資料が圧倒的に豊富なのだ。

先日あらためてこの本を手に入れ、久しぶりに「林久吉の戸籍謄本」の写真を見た。昭和四十七年に取ったもので、ちょうど私が鹿児島市で小中高を過ごした時代の末吉利雄市長の名がある。当時は今のようなコピー機はなく、青焼きというのか、原本自体が白くないので、白黒写真では全体が黒くてとても読めたものではない。それでもルーペで目を凝らした。

「フミコ」の欄は出生日一行だけ書かれているようだが、それも判読は不能だ（なぜ編集者は芙美子の戸籍を取らなかったのだろう）。

ただ、はじめのほうは字が黒々として、比較的読める。

父新左衛門はすでに亡く、久吉が戸主。

そして母フユの欄を見ると、「慶應元年四月拾五日鹿児島縣鹿児島郡中町林小太郎二女入籍ス」とある。

ん？　林小太郎！

フユの父母の欄にも「父　林小太郎」「母　亡　ツ子」とある。

これで本当に「林小太郎」が代々の名であるのが確認できたのだ。「代々、林小太郎商店」と言ってくれたのは林和子さんだけだった。おかげで気づくことができた。

フユの出生日は「弘化参年拾弐月……」までは読める。弘化三年は一八四六年。慶応元（一八六五）年、十八歳で結婚したわけだ。当時としては普通だろう。

初めて先代の林小太郎を加えた系図が完成した。

紅屋と古里をつないだ改新小記念誌

私が旧版を出すまで、鹿児島市中町の紅屋と、桜島・古里温泉の宿屋を結ぶ線は断絶していた。両者の関連を明らかにした者はいなかった。

例えば、『現代日本文学アルバム』で、足立巻一は「(林久吉は明治）二十五年四月に本籍を古里に移した。この転籍は久吉が古里に温泉宿を営むようになったからである。時の流れで家業の不振を見越したからといわれ、そういうこともあったであろうが、古里は妻ケサマツの出身地であり、その縁故によるところが大き

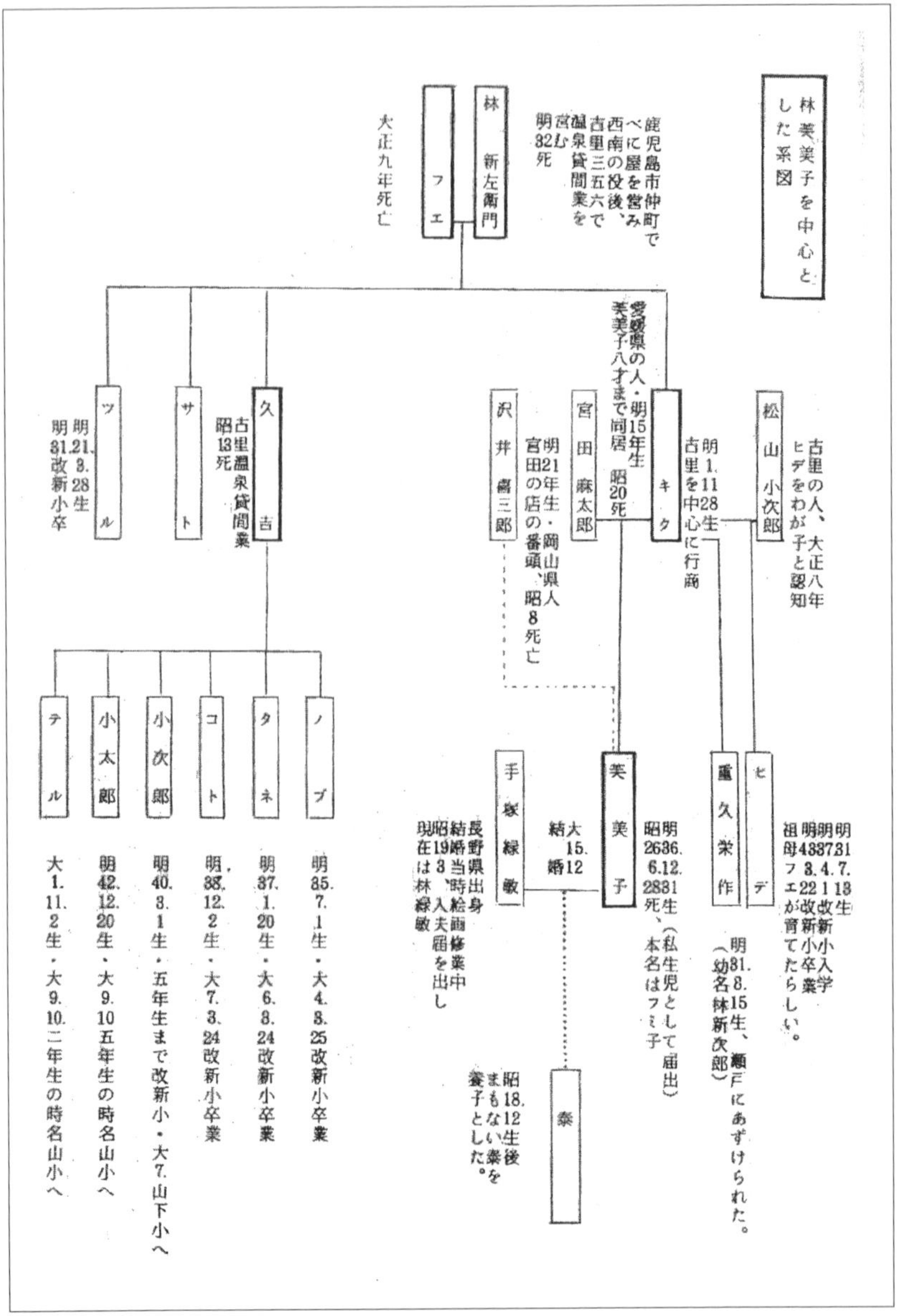
林芙美子を中心とした系図
林 新左衛門
鹿児島市仲町でべに屋を営み西南の役後、古里三五六で温泉貸間業を営む
明32死
フエ
大正九年死亡
松山 小次郎
古里の人、大正八年ヒデをわが子と認知
キク
明1.11.28生
古里を中心に行商
宮田 麻太郎
愛媛県の人・明15年生 芙美子八才まで同居 昭20死
沢井 喜三郎
明21年生・岡山県人 宮田の店の番頭、昭8死亡
久吉
古里温泉貸間業 昭13死
サト
ツル
明21.3.28生 明31.改新小卒
ヒデ
明31.7.13生 明37.4.1改新小入学 明43.3.22改新小卒業 祖母フエが育てたらしい。
重久 栄作
明31.8.15生、瀬戸にあずけられた。(幼名林新次郎)
芙美子
明36.12.31生(私生児として届出) 昭26.6.28死、本名はフミ子
大15.12 結婚
手塚 緑敏
長野県出身 結婚当時絵画修業中 昭19.3入夫届を出し 現在は林緑敏
泰
昭18.12生後まもない泰を養子とした。
ノブ
明35.7.1生・大4.3.25改新小卒業
タネ
明37.1.20生・大6.3.24改新小卒業
コト
明38.12.2生・大7.3.24改新小卒業
小次郎
明40.3.1生・五年生まで改新小・大7.山下小へ
小太郎
明42.12.20生・大9.10五年生の時名山小へ
テル
大1.11.2生・大9.10二年生の時名山小へ

創立百周年記念誌『改新』および『放浪記にえがかれた林芙美子 —— 没後30年記念』より

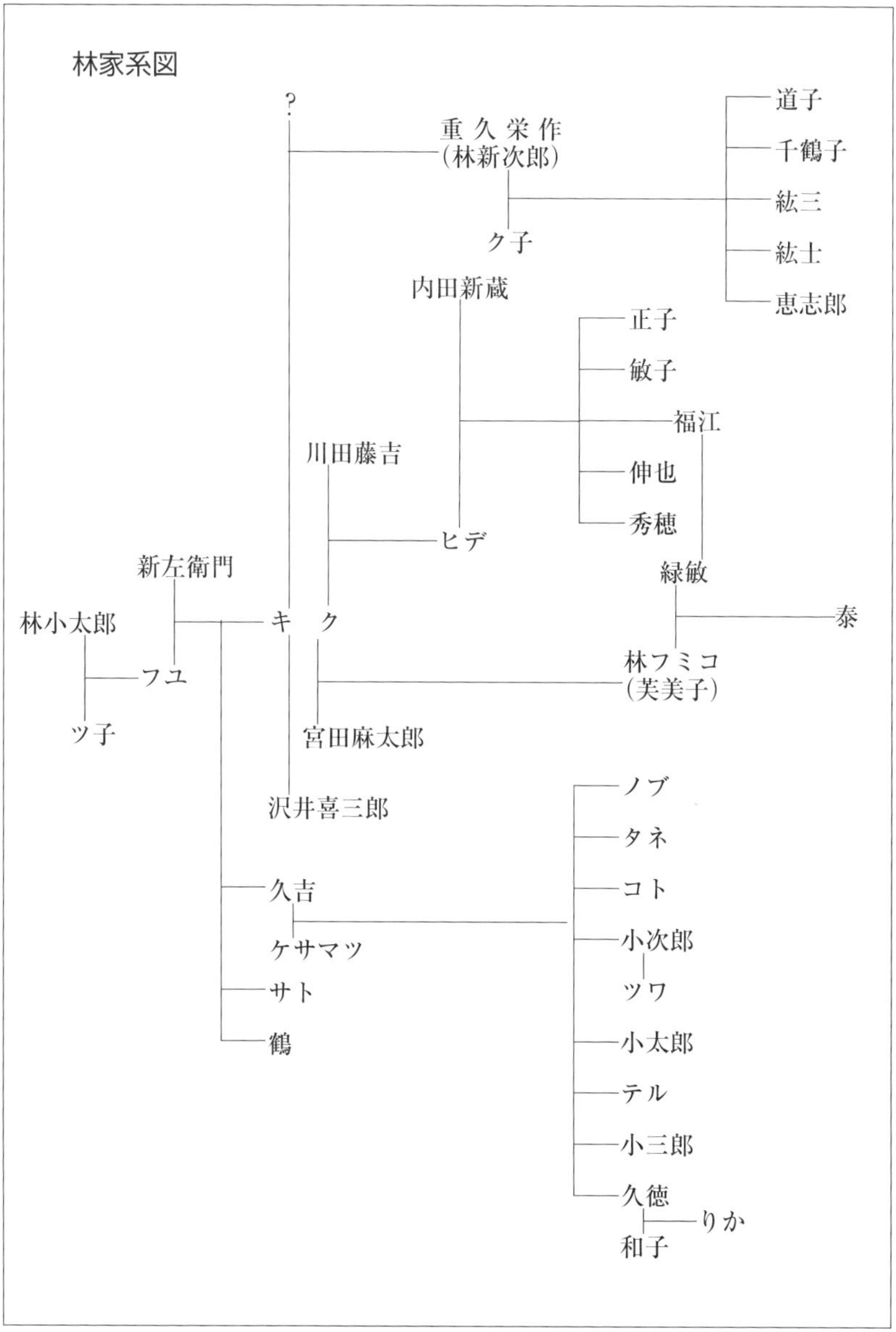

改新小学校作成、かごしま近代文学館作成のものを親族の話をもとに修正。さらに『近代日本文学アルバム』収録の戸籍から曾祖父「林小太郎」を見つけた

いと思う。それで、本籍地まで移したのであろう。しかし、古里移転の正確な時期はわからない」とし、また同書で和田芳恵（男性）も「久吉が、東桜島の古里温泉で、自炊温泉宿を営んでいたが、父がはじめたものを受け継いだものか、どうか、わからない」と書いている。

また、平林たい子は「紅屋の林家が桜島に移ったのは、大正になってからである。キクさんの弟の久吉が、店を出て桜島で温泉付貸間をはじめた」としている。

私が鹿児島県立図書館で郷土資料を漁っていると、古里温泉が校区にあった改新小学校（一九九七年から休校、二〇一四年廃校）の記念誌が二冊あった。

創立百周年記念誌『改新』（昭和五十四年）と『放浪記にえがかれた林芙美子――没後30年記念』（同五十六年）で、林芙美子を中心とした系図が載っており、この図の林新左衛門の横に小さく「鹿児島市仲町でべに屋を営み西南の役後、古里三五六で温泉貸間業を営む　明32死」と簡にして要を得た説明があった（32ページに原図）。

この「西南の役後」という小さなひと言が林一家の足取りを考える大きなヒントになった。

西南戦争で灰燼に帰す

明治初めの鹿児島県は、廃藩置県とは名ばかりで中央集権には従わず、県令大山綱良は私学校派士族と結んで彼らを県政の要職に任命し、独自の経済・社会政策を進めたので、一種独立国のような存在となっていた。明治六（一八七三）年の征韓論政変で下野して故郷鹿児島にいた西郷隆盛は、全国の不平士族たちの反政府運動のシンボルに祭り上げられていく。これに対し政府は、鹿児島を反政府の拠点とみなし、密偵を派遣するなど内部破壊工作を試みた。そしてついに明治十年、政府と鹿児島士族・党薩諸隊連合軍は激突。西南戦争が勃発する。

西南戦争は熊本・宮崎（一部大分）を戦場にして半年に及び、その後西郷軍は鹿児島に向け敗走。最後は九月二十四日、鹿児島市の城山が陥落し西郷が別府晋介に介錯されて終わる。この戦闘による同市内の荒廃は凄まじかった。

南日本新聞社編『鹿児島百年（中）明治編』によると、城山陥落時は「鹿児島五十六ケ町の三分の一は兵火にかかり、ことに繁華商店街なるぼさど通り、いづろ通りは灰燼に帰し、また残る家も城山ふきんや武岡一帯の戦闘区域は家を破壊されてほとんど用をなさず、戦いやんでもだれが放火するのか原因不明の火災随所に起こり」というありさまだった。このときばかりではない。「五月の薩軍突入で上町一帯に三昼夜に及ぶ大火が発生したのをはじめ、六月二十九日には呉服町から出火して二千戸を全焼。九月の最後の戦闘でも各地に火災が発生し、五月以来火災で焼失した民家は市内だけでも九千七百七十八戸にのぼる」甚大な被害が出た。

戦前まで紅屋を継いで商っていた林小次郎の妻ツワが聞いた話によると、西南戦争の兵士たちは紅で煮染めた手拭いを頭に巻いたり腰から下げたりして、けがをしたときにはそれで縛れば「少々の傷は治りおった」という。こんな話が伝わっているからには、西南戦争中、紅屋は大忙しだったのだろう。

前述した山形屋の社史『山形屋二百十七年』によると、創業から現在地の鹿児島市金生町にあった山形屋も、この明治十年に全焼している。「官軍はその死守する旧米倉（現在の市役所旧館ふきん）の一角に位置

鹿児島市役所の一角にある明治十年戦役官軍屯営（本営）跡。幕末には薩摩藩の米蔵があった。正面の城山の近さが分かる

し、しかも戦闘はいづろより海岸線にかけて続けられたから、山形屋は戦火を避けるすべなどなかった。おそらく六月の呉服町大火で炎上したことと思われる」とある。

　鹿児島市役所本館西側の一角に、「明治十年戦役官軍屯営跡」の碑が建っている。最近、案内板も整備された。まさに城山と対峙する位置にある。

　つまり山形屋一帯は最も戦火の激しい場所であった。そうであれば、新左衛門の紅屋は山形屋と軒を接する鹿児島市中町四番地にあったことから、同じくこの六月二十九日の大火で焼けただろうし、たとえそのとき奇跡的に被害を免れたとしても、繁華街が灰燼に帰したという城山陥落時の大火で焼けたのは間違いない。『山形屋「明治」資料集』（昭和四十九年）には「九月末、城山が陥り、見渡すかぎりペシャンコに灰をかきならした焼け跡の先に、桜島とまっさおな海が、ギョッとするほど間近に迫っていたという」とある。

桜島・古里温泉で再出発

西南役後、罹災者の救済が始まる。鹿児島県庁も焼けたため、県は鹿児島市内の新屋敷や千石馬場に救《きゅう》恤《じゅつ》取扱所を設け、男子の大人一日三合、女子と老人・子供には二合ずつ玄米を支給した。治安が悪く、米をもらうのも命がけで、警視庁の巡査隊がパトロールしたという。また、救恤取扱所では住宅建設資金として同市内の場合、持ち家を全焼したものは一世帯につき八円五十銭を支給した。当時白米十キロが五十一銭であるから、当座はしのげるくらいの金額はあるだろうが、家を建てるのは無理ではないか。牛馬や農機具を失った農民にも購入代金を支給したという。

だがこれらの補助金を元手に商売を始めようにも、一家の働き手が戦死したり投獄された家族が多い。生きるために主婦も働きに出なければならなくなり、鹿児島で初めて〝職業婦人〟が登場したのもこのときだという。むしろ張りの粗末で怪しげな食べ物屋がずらりと並んで、そこには飢えた人々が群がり、そして街娼が至る所に立ち、子供も米代を稼ぐために働いた。ちょうど昭和二十年の敗戦直後の焼け跡闇市のような様相だった。

店を失った新左衛門は桜島の古里に新天地を求める。

なぜ、古里に目をつけたか。

現在の鹿児島市は市内中の銭湯がすべて温泉という一大温泉都市になっているが、これは掘削技術の進歩によるもので、市内の広い範囲で温泉が出る可能性が分かったのは、昭和二十九年末になってからである。それまでは自然湧出の河頭《こがしら》温泉しかなかった。

また鉄道は、九州では門司―八代間が明治二十三―二十九年に開業し、鹿児島までは大正二―昭和二年にかけてやっと開通する。したがって交通手段のない当時、鹿児島県内各地にある温泉地も、地元住民が恩恵

大正３年、父親の病気見舞いで鹿児島に帰省していた画家、黒田清輝は桜島の大噴火に遭遇。連作「桜島爆発図」６枚を描いた。本作はその３「溶岩」（鹿児島市立美術館蔵）

にあずかるだけで、現在から考えると外部の利用は驚くほど少なかった。このため鹿児島市から船で簡単に渡れる対岸の桜島の有村、古里両温泉が便利で大変に繁盛していた。

有村温泉は安永八（一七七九）年の噴火後初めて発見された。藩政時代には殿様が湯治する御仮屋があった。明治十二（一八七九）年ごろ、集落民が協力して簡易な浴場を設け順次設備の改善を行うと、入浴客が年々増加し、避暑に避寒に四季を通じて絶えることなく、一時は鹿児島県屈指の温泉郷として全盛を極め、富豪名士の別荘も散在した。創立百周年記念誌『改新』によると、明治四十一年に朝日新聞が全国の避暑地の人気投票をしたところ、なんと有村温泉が一位になったという。明治の作家徳冨蘆《ろ》花《か》は有村温泉を愛し、三度も訪れている。のちに大正三（一九一四）年一月十二日の桜島大爆発で、天恵の浴場は付近の集落とともに溶岩の下に埋没した。

その隣の古里温泉も同じく安永八年の噴火後初めて湧出した。大正三年以前は鹿児島市その他から一年を通じて入浴客が殺到して大変にぎわったという。

どうやら当時〝県内屈指〟という有村温泉には入り込む余地がなかったものの、二番人気の古里温泉なら何とかなったようだ。林新左衛門は、ここで温泉貸間業をやることで活路を見いだそうとする。補助金の八円五十銭では自分で旅館を建てることなど到底できないが、家を借りて部屋を温泉客にまた貸しするくらいなら、とりあえずの仕事としてできたのだろう。もちろん一家四人挙げて移り住んだはずだ。まだ十歳になったばかりのキクではあるが、働き手となって手伝っただろう。当初は貸間だけでは苦しかっただろうから、周辺の行商もして一家の生計を助けるようになる。弟久吉は七歳。『鹿児島百年』には西南戦争後七歳の少年が餅やたばこを売った例が出ているから、あるいは久吉も働いたかもしれない。よくいわれるキクの行商というのも、はじめからそう遠い所まで行ったのではなく、隣の有村温泉までのことかもしれない。子供でも十分通える距離だ。なにしろ、一年中大にぎわいだというのに、有村に日用品販売店は一軒しかなかったのである。

桜島大噴火から逃れる避難民を乗せた巨船

古里温泉も各地から四季を通じて入浴客が殺到したというから、貸間業は次第に軌道に乗ったのだろう。跡取りの久吉は明治二十九年三月二十九日、地元古里の宮里善次郎の三女ケサマツと結婚する。一方、キクは同三十一年七月十三日、川田藤吉との間に女児ヒデを産んだ。キクは満二十九歳だが、当時一般的な数えでいえばもう三十一歳である。十歳から働きづめに働いてきた人間がいつの間にか三十を過ぎてしまい、弟に続いて幸せな結婚を望んだのかもしれない。ところが産んだ子は父親に認知してもらえない。身の不幸を嘆いたことだろう。

地元古里の松山小次郎が大正八年九月一日になってようやくヒデを認知している。このときヒデは二十一歳だから、『現代日本文学アルバム』で和田芳恵の言うように「縁談があって小次郎が仮の父親となっての形式的な認知」だったのだろう。

川田藤吉という人は、孫の林福江の記憶によると、始良《あいら》町重富の人だというから、キクは行商で知り合ったのだろうか。藤吉は晩年、婿の内田新蔵が加治木《かじき》町の裁判所に勤めているときに、その加治木町反土《たんど》の家に娘ヒデを頼って同居しており、その家で死んだという。認知しなかった娘に老後の面倒を見てもらったわけだ。

キクはそのあとさらに父親不明の男児新次郎を出産している。この子は生まれてすぐ輝北《きほく》町市成《いちなり》の重久善四郎・セキ夫婦のもとにもらわれ、重久栄作となった。古里の改新小学校作成の系図では、ヒデ（明治三十一年七月十三日生）、栄作（明治三十一年八月十五日生）となっているが、姉弟でこの生年月日はあり得ない。ヒデの方は『現代日本文学アルバム』の戸籍を見ると、不鮮明ではあるが、確かに明治三十一年七月十三日生まれになっている（届け出は同十九日）。そして芙美子と同じく父親は空欄で、久吉の姪として籍に入っている。栄作の方は長男の重久紘三さん（当時鹿児島市の太陽運輸倉庫社長、鹿児島県トラック協会会

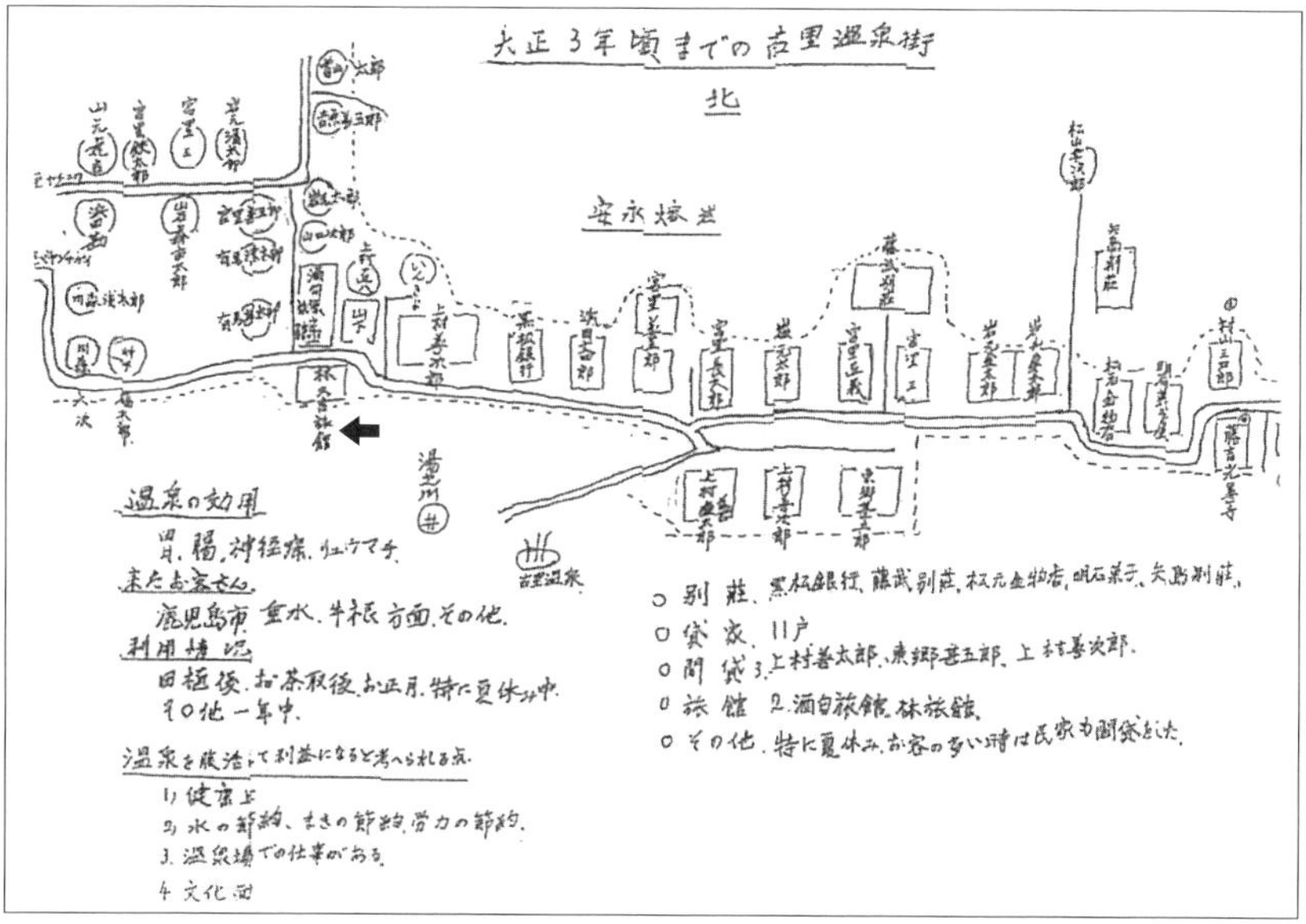

明治34年生まれの桜島古里の人、山口政雄氏が描いた「大正３年頃までの古里温泉街」見取図。山口氏は明治42年から大正３年桜島大噴火の時まで地元改新小学校の生徒だった

長）に戸籍を見せてもらったところ、出生はやはり確かに明治三十一年八月十五日となっている。ところが届けを出したのは、明治四十一年四月二十日。何と十年もたってからの届けである。ヒデの方は生まれてすぐに届けているので年月日を間違えたとは考えにくい。栄作の方は養子縁組の都合でもあったのか十年後の届けになってしまい、そのときに何らかの原因（記憶違い等）で出生の年を間違えたと考えるしかない。

明治三十二年、林新左衛門は死亡する。同年九月二十七日、二十八歳になっていた久吉が戸主になった。このあと久吉は小規模な貸間業から脱し、林旅館を建設したらしい。大正時代の集落見取り図（山口政雄氏作成）に「林久吉旅館」とはっきり描かれている。同三十五年四月には、本籍地を鹿児島市中町から古里に移している。戸籍を移すというのは、そこに骨を埋める覚悟になったことを意味する。同年七月には初めての子ノブが生まれる。名実ともに久吉の時代となった。旅館にいるのは母フユ、久吉・ケサマツの若夫婦と生まれたばかりのノブ、古里に来てから生まれた妹の鶴。父親のいないヒデを抱えて暮らすキクの立場は微妙である。ちょうどそんなころ、四国の行商人でありテキ屋である宮田麻太郎と知り合う。行商人同士として知り合ったのか、宮田が林旅館に投宿したのかいずれかだろう。

宮田は明治十五年、愛媛県周桑《しゅうそう》郡吉岡村新町生まれ。古里に来たときはまだ二十歳の若さである。漆器や伊予紙、呉服などを行商していたという。キクはこの若者に自分の将来を託した。キクは十四歳も年上であるから積極的に自分から接近したのかもしれない。こうしてキクと宮田は一緒に行商に旅立つ。まだ幼いヒデは行商の旅は無理と置いていったのだろう。このことを林芙美子は「放浪記」冒頭で「母は他国者といっしょになったと云うので、鹿児島を追放されて父と落ちつき場所を求めたところは、山口県の下関と云う処であった」と書いているが、実際には「追放」というよりも古里に居場所を失ったキクが自ら望んで選んだ道だと思う。ただ、キクが堅気ともいえない宮田に付いて古里を出て行くと久吉に伝えたときには、久吉はあっさりと承諾して止めはしなかっただろう。

門司出生の根拠は伝聞情報

林芙美子は明治三十六（一九〇三）年十二月三十一日に生まれた。本名フミコ。翌三十七年一月五日に届けが出されている。母親はキクで、当時三十六歳である。父親欄は空欄。叔父久吉（キクの弟）の鹿児島県鹿児島郡東桜島村古里三五六番地の戸籍に、姪フミコとして記載されている。

現在の戸籍法であれば出生地が必ず記載されるのだが、明治期の戸籍はあくまで本籍地が重要で、出生地は書いてあったりなかったりである。芙美子の場合出生地が記されていない。このため、どこで生まれたのかという問題になる。

「林芙美子生誕地」の碑。五穀神社の境内、鳥居横にある＝下関市田中町

出生地については、芙美子自身が『放浪記』に下関のブリキ屋の二階で生まれたと書いている。それを受けて地元研究者によって、下関市田中町にある五穀《ごこく》神社の入り口の角にかつて槇野敬吉というブリキ屋がいて、その二階の貸間で芙美子が生まれたという特定までされていた。昭和四十一（一九六六）年二月には田中町自治会の手によって同神社のその場所に生誕地の碑も建てられた。

ところが、昭和四十八年になって（芙美子が亡くなって二十年以上）、北九州市門司区の外科医井上貞邦が、芙美子は門司生まれであるという説を唱え始めた。井上は、宮田麻太郎の店で働いていた横内種助の娘佳子が継母であった。つまり、横内とは血はつながっていないが孫に当たる。

井上は昭和四年、十八歳の時に、門司に講演に訪れた芙美子に祖父種助と母佳子とともに会った。そのあとで種助が

「フミコは門司の小森江《こもりえ》で生まれた」と話し、キクは小森江のブリキ屋の二階の階段から転落して産気づき、芙美子が生まれたのだ、と宮田麻太郎から聞いたのだという。しかし翌五年に出た『放浪記』を井上が読んだところ、下関で生まれたと書いてある。そこで、種助に「おじいさん！　芙美子さんは下関で生まれたと本に書いてあるよ」とただしたところ、種助は「下関はそのあとのことよ。生まれたのは門司の小森江じゃがいの！」と強い調子で答えたのだという。

しかし、横内種助は芙美子出生を身近で見聞したわけではない。宮田麻太郎は芙美子出生の翌年、明治三十七年に下関で、日露戦争にちなんだ「軍人屋」という質屋を開いた。正確には質物を売りさばく店だったようだ。これが繁盛して同郷の種助らを手伝いに招いたわけで、種助は芙美子出生のときはまだ郷里にいた。宮田から聞いた話として信じているだけである。井上は小森江のブリキ屋まで特定しているが、門司説の根拠は、この伝聞情報だけである。

対する下関説は証拠が豊富だ（後述）。

それなのにどうして門司説が有力になってしまったか。

林芙美子最後の全集である、文泉堂版全集（一九七七年）の年譜（今川英子作成）に門司説を採用してしまったからだ。

「林芙美子は十二月三十一日（戸籍上）、当時の福岡県門司市大字小森江五五五番地、ブリキ屋を営んでいた板東忠嗣の住む二軒棟割長屋の二階で生まれた」

両論併記でもない。断言である。一般読者は信じざるを得ない。

この全集に対しては、令和元（二〇一九）年発行の廣畑研二『林芙美子全文業録』（以下、『全文業録』）

が「名ばかり全集・名ばかり編集」と厳しく非難している。確かに、夫の緑敏から、初期作二百点の切り抜きを収めた「スクラップ帳」三冊と自作の芙美子年譜を提供されながら、年譜にそれを明記しなかったとしたら不備だと思う。そもそも「スクラップ帳」なるものの存在を初めて聞いて驚いた。しかも書き込まれたメモを検証もせずに使っているという。年譜に間違いが多いのは事実だ。しかし、『全文業録』から四十二年前のこと、作成者にも言い分はあろう。

ただ、昭和四十八（一九七三）年に突如言われ始めた門司説を、拙速に採用してしまったのはいかにもまずかった。

当時から懸念する声があった。

翌四十九年刊の『現代日本文学アルバム』で和田芳恵や足立巻一が早速、井上貞邦説を検討している。和田は「芙美子が門司の小森江で生れたと話したのは横内種助だが、井上貞邦が、はっきりとたしかめないうちに種助は死んでいる。これでは決め手にかけるという意見を、井上貞邦に出して、その調査を待つことにした」とし、足立も井上貞邦に教えられたとおり小森江を歩いてみるが、「門司生誕説をすぐさま信じるわけにはいかなかった。ブリキ屋板東忠嗣方というのも、それが芙美子の生まれた家だとする根拠はない。種助も昭和三十三年に他界していて確かめようがないし、忠嗣も死亡している。取りあげた産婆もわからないという」と書いて、まるで支持していない。

それなのに、これは一説にすぎないという断り書きもなく、全集年譜は「門司生まれ」と断定した。

昭和五十四年八月二十七日付の山口新聞下関版は、一頁の半分を使ってこの問題を取り上げた。

リード（前文）は「かつて、放浪の作家・林芙美子は『下関生まれ』とされ、文学辞典、人名辞典から文

山口新聞

林芙美子は門司生まれ

文学全集年譜に"新事実"明記

文学史書きかえ？

地元の医師の苦労実る

下関は心のふるさと

ふってわいた門司誕生説に驚き、大きく報じる山口新聞下関版（昭和54年８月27日付）

学全集などの年譜に至るまですべて下関で統一されていたが、先ごろ文泉堂出版（東京都千代田区）から出版された日本文学全集シリーズの林芙美子全集第十六巻（最終巻）に出された年譜には、この〝定説〟が完全にくつがえされ、彼女は門司生まれと書き改められていることがわかった」と、いかにも悔しそうだ。

記者は当の井上貞邦にインタビューしている。

「仮に門司で生まれたとしたら、芙美子は母親から聞いて知っていたはず。にもかかわらず、どうして作品には『下関で生まれた』と書いているのか――」

もっともな質問である。

井上の答えが興味深い。

「おそらく、下関は子どものころ、いや一生において一番いい思い出だったのではないだろうか。考えてみると、（下関の）名池《めいち》小時代が一番幸せだったと思う。養父もいるし、三年九カ月、同じ場所から動いていない。何よりも名池小時代は、病欠以外はほとんど学校を休んでいない。ほかの子どもと一緒です」

おそらく、門司より下関にいい思い出があったから、下関生まれにしたのだろうというのでは、あまりに根拠が弱くて話にならない。

下関出生を記した戸籍を見た記者

実は、下関生誕を裏付ける決定的な資料がある。

昭和三十九（一九六四）年三月二十六日付毎日新聞鹿児島版の連載「桜島」第六回「古里温泉の今昔」で、

"花のいのちはみじかくて……"古里温泉を見おろす碑

林芙美子の下関生まれを決定づける毎日新聞鹿児島版記事（昭和39年3月26日付）

記者が林芙美子の戸籍を見たというのだ（昭和五十一年まではほぼ無条件に他人の戸籍を閲覧できた）。

「東桜島支所で、ホコリにまみれた戸籍を開いて見た。

『フミコ、明治三十六年十二月三十一日、山口県下関市田中町で出生、林キク（明治元年十一月二十八日生まれ）の私生児、本籍東桜島古里三五六番地』とある。父の項は空白。母のキクは平民、宿屋業、林新左衛門の長女。いずれも故人となった。フミコの姉などの名前も何人か書き込まれているが、林家の戸籍は全面的に朱の斜線が入っていて、いまは桜島に親族はだれもいないことを示していた」

コンピューターのデータベース時代となった今は分からないが、私が勤めていたころの南日本新聞社調査部には、項目別・人物別の膨大なスクラップ帳があった。人物別の「林芙美子」から複写したものだ。他紙でも鹿児島関係はこうしてスクラップしていた。

戸籍に「山口県下関市田中町で出生」と明記してあれば、もう論争の余地はない。どうして今までの研究者は戸籍をチェックしなかったのか。

いや、チェックはしている。

各研究者は戸籍ももちろん見ているが、そこから得られたのは出生地以外の情報だけだ。

どういうことだろうか。

毎日新聞の記者が嘘を書いたとは思えない。見てもらえれば分かるように、何も嘘をつく必要のない記事だ。

考えられるのは、戸籍は同じ一つのものがずっと続くわけではないということだ。

法改正で戸籍の記載事項も変わる。和田芳恵は「新しい戸籍では、族籍と私生児はなくなり、抹消された」ため、東桜島支所の「除籍簿」を見て失われた情報を確認している。また、平林たい子が「鶴は次女の筈だが三女という以上、他に次女がある筈だ。が、昔の壬申戸籍から新戸籍に移すとき、すでに死んでいたからのせなかったのではないかと、昔戸籍係だった人が教えてくれた」というように、あってはならないことだが、すべて手書きの昔は、書き写す際の漏れや勝手な削除があり得る。さらに、足立巻一が「ただし、原簿は大正三年の桜島爆発にかかって亡失し、八年に再調製されたものである」と書いているように、災害等で失われる場合だってある。

以上のことから、昭和三十九年に毎日新聞の記者が東桜島支所を訪れた時点では、除籍簿とは別に「ホコリにまみれた戸籍」（原戸籍）がまだ来所者に出せる状態で残っていたものと思われる。その後、原戸籍は廃棄されたか、どこか奥深くにしまわれて不明になり、十年近くたって和田や足立が訪ねた時点では除籍簿しか見ることができなかったのだろう。そして、そこには出生地の記載はなかった。

本人はずっと「下関」のみ

林芙美子が描いた「自画像」を表紙にした文藝臨時増刊『林芙美子讀本』

ほかにも「下関生まれ」を確実にする資料がある。

昭和三十二（一九五七）年三月の文藝臨時増刊『林芙美子讀本』（以下、『林芙美子讀本』）の河上徹太郎「林さんとの朝鮮旅行」に、「昭和十六年の秋、十日ばかり一緒に朝鮮を講演旅行して歩いた」とある。ここで興味深い挿話がある。

「下関で船に乗るのに半日暇があった。林さんはこの地で生れたのだが、生れて何年だか幼女時

下関（左）と門司（右）の間に横たわる関門海峡
には大小の船が行き交う。両岸を結ぶのは関門橋

代を過した家をその後訪れたことがないので、探して見たいから
つき合えという。二人は同じような低い丘に小さな谷戸が入り組
んだ場末の町を幾つも探して、やっと見つけた。階下は格子が道
路に面し、二階は縁側に手摺が嵌まった、塩せんべいか魚の干物
の臭いのしそうな、しもたやであった。私にとってはそういう任
意の家屋に過ぎないのだが、林さんは何かを新たに発見しようと
するかのように、ためつすがめつ観察していたが、しまいに私を
おいて中へ一人ではいって行き、家人と暫く話をして出て来た。
どうせ林さんとは縁のない住人だろうに、何を話したのか、きっ
と飛んでもない世間話をしていたのだろう」

芙美子はこのとき三十七歳。生まれてから何年かを過ごした家をおぼろげに覚えていて（というより母のキクに聞いたのだろう）、捜した結果、見つけたのである。河上徹太郎はそれに同行したのだから、こんな確実な話はない。

昭和八年十一月、沢井喜三郎（母キクの再婚相手）が死亡して以降、芙美子はキクを自宅に引き取り、自身が先に死ぬまでずっと一緒に暮らしている。芙美子がどこで生まれたか、絶対、間違いなく知っているのは母親である。出生地の話など、いくらでも

する機会はあった。

　芙美子は「思ひ出の記」（昭和十一年）の中でも「わたしの生れたのは山口県の下関です」と書いている。

　芙美子やキクと暮らしていた姪の林福江に直接聞いたが、二人が芙美子は門司で生まれたなどと話していたことは一度もないという。

　もう十分だろう。芙美子本人が下関生まれだと言っているのを疑う理由は何もない。

　平成二十六（二〇一四）年五月に北九州市が「林芙美子文学賞」の創設を発表した際、「本市生まれの作家・林芙美子」と記した資料を配布してしまい、「本市にゆかりの深い作家」と表現を改めて再配布する混乱があった。

　六月には北九州市長から下関市長へ「配慮が足りなかった」とのお詫びの手紙が届いたという。下関市長は七月の定例会見で、「両市の共通の財産として顕彰に努めたい」と述べ、〝政治決着〟した形だが、それで下関生まれが揺らぐわけではない。

　下関市田中町には面白い施設がある。市立近代先人顕彰館「田中絹代ぶんか館」だ。同市出身で二百五十本の映画に出演した女優田中絹代を主眼にしているが、文学者の紹介もあ

「私の生れたのは下関の町である」という『放浪記』の一節が亀山八幡宮の一角に立つ碑に刻まれている。向こうに見える山並みは門司側

って、林芙美子のほか、赤江瀑（小説現代新人賞等）、田中慎弥（芥川賞）、船戸与一（直木賞）、古川薫（同）など、同市から多くの著名な作家が出ているのに驚く。田中町の近くには亀山八幡宮や赤間神宮がある。亀山八幡宮には昭和四十一年、「花のいのちは……」を刻んだ文学碑が建てられた。また、赤間神宮は「耳なし芳一」の物語の舞台で、壇ノ浦の合戦で入水した安徳天皇の御陵（阿弥陀寺陵）が隣接する。まことに作家・林芙美子生誕の地にふさわしい。

大みそかの謎

さて、林芙美子の出生地については解決した。次は出生日の十二月三十一日についてである。

というのも芙美子は「一人の生涯」に「(私は) 夏の初めに生れて来ました」「私はほんとうは五月に生れたのだそうです」と記し、「放浪記」にも「私の生れた五月だ」とあり、「巴里日記」「滞欧記」の五月五日の項には「私の誕生日」と書いている。後年、母キクは芙美子のことを六月生まれと語り、実父宮田麻太郎と一緒に働いていた横内種助は「新緑のころのある日」と語っていたという。

しかし、芙美子が五月五日生まれだとした場合、八カ月も遅れた一月五日に届け出るというのはいくら当時でも尋常ではなかろう。十二月三十一日なら、正月明けの一月五日に届けるのはごく自然だ。

それでも、なぜ大みそかなどをわざわざ誕生日にしたのか、という疑問を持つ人がいる。数え年が通例のこのころ、あと一日ずらせば年が変わり、一歳若くすることができると考えるのは常識だったはずだ。まして年齢を気にする女の子である。平林たい子は「十二月三十一日生ということになっているが、それは、一月一日を生れた日にするための細工の手ちがいではないか」とみている。

しかし、そういう〝細工〟を好まない人も多い。面白いことに甥の重久紘三が昭和十四（一九三九）年の十二月三十一日生まれなのだ。紘三の父栄作（キクの子で養子に行った）は「生まれた日が誕生日よ」と言って、そうしたごまかしを好まない人だったという。そうなると、キクがわざわざ女の子に不利な十二月三十一日を届けたからこそ、逆に事実だったといえそうだ。

下関市立名池尋常小学校の学籍簿にも生年月日は明治三十六年十二月三十一日と記されている。芙美子が誕生日だと語っていた五月五日というのは何だろう。

芙美子は自分の人生を虚構化する際に、チェーホフやトルストイの作品の設定をよく借りている。チェーホフの戯曲「三人姉妹」の冒頭、最初のせりふで、長姉オーリガが末妹イリーナに「五月五日、あなたの名の日だわ」と語りかける。「名の日」とは、その人の洗礼名と同じ名前の聖人の祭日で、ロシアでは誕生日と同様にお祝いする。芙美子も父違いではあるが三人きょうだいの末っ子である。芙美子が自分の作品の中で最も思い入れが深いと明かした小説「稲妻」は、男一人と三人姉妹というきょうだいの設定がチェーホフの「三人姉妹」と全く同じで、どちらも末妹がきょうだいの中で最も気高く描かれている。

実父との別れ

実父が宮田麻太郎であるのははっきりしているのに「私生児」の届けであったところに引っかかるが、宮田と同郷の竹本千万吉《ちまきち》の研究によると、これまで流れ者のように思われてきた宮田の実家が、実は地元では有力な家柄であり、このため母親が、十四も年上で行商などしていたキクとの結婚に猛烈に反対したのではないかという。そのためキクも、生まれた芙美子も籍に入れてもらえなかった。キクは結局、林家の戸主である弟の久吉に頭を下げて、芙美子を戸籍に入れてもらうしかなかったのだろう。

それでも芙美子は、麻太郎とキクという両親とともに暮らし、もう行商ではなく落ち着いて店を持つまでになり、しかも繁盛している。キクはしばらくは子育てに専念しただろう。芙美子が小さいときには桜島・古里に里帰りもしたようだ。前掲の毎日新聞（昭和三十九年三月二十六日付）で記者が林芙美子の戸籍を見たあとの一コマに、幼時、芙美子と大の仲良しだったという村山キヨさん（当時六十一歳）が「古里海岸で、はだしになって土だんごを作りままごと遊びをしたものだ」と思い出を語っている。

下関の「軍人屋」は繁盛して、宮田麻太郎は同郷の友、横内種助や弟、そして沢井喜三郎らを使っていた。宮田は石炭景気の若松に目をつけ、明治四十（一九〇七）年本店を移す。羽振りのよくなった宮田だが、まだ二十代半ばの若さ。芸者遊びをするようになり、それが高じて、対馬出身の芸者堺ハマを家に入れる。キクは妻妾同居を受け入れる。ところが宮田のハマへの思いは本気だったらしい。キクが邪魔になって一計を案じる。以下は和田芳恵「林芙美子とその時代」（『現代日本文学アルバム』所収）からの引用である。

麻太郎はキクが邪魔になっていた。沢井喜三郎がキクに同情していることも麻太郎は見抜いていた。明治四十三年の旧正月、麻太郎はキクを下関に集金に出した。

帰りの遅いキクを迎えに喜三郎を出してから、残りの店員たちをつけて、種助を一杯飲み屋へ遊びにやった。麻太郎は経営者だが、年上の種助に、仕事を離れては頭のあがらないところがあった。

腹がすいていたキクは、喜三郎といっしょに、本町の大盛りうどんに寄ってから、店へ戻った。

麻太郎は、二人を前に据えて、どうして、こんなに遅くなったのかとどなりつけ、キクと喜三郎ができているると難詰し、「いっしょに出てゆけ」と責めたてた。麻太郎が仕掛けたわなであった。

キクが「どうするか」と芙美子にたずねると、いっしょに家を出ると、はっきり答えたそうである。

その夜、キクは芙美子と喜三郎をつれて、家を出た。外は雪になっていた。

和田は「放浪記」第三部を主宰の雑誌に連載した（100ページ参照）仲なので、実際に芙美子から聞いた話かもしれないが、ちょっと芝居がかっている。本当のところは冷静な話し合いがなされた可能性がある。もともと宮田麻太郎とキクは籍を入れていない。それぞれの道を歩む決心をしたのだろう。だからこそ、宮田は娘の芙美子とは縁を切ることもなく、その後も金銭面の援助をし、この年の暮れ下関に戻った芙美子は、宮田のもとへ行き来しているのである。ちなみに宮田は翌四十四年にハマと結婚しているが、大正三（一九一四）年には離婚している。

キクと喜三郎、二人は密通していたのか、濡れ衣だったのか。これも諸説分かれるが、ひょんなことから一緒になった林キク四十一歳、沢井喜三郎二十一歳、フミコ六歳。変てこな組み合わせのこの三人が生涯続く仲となる。人生分からないものである。キクは川田藤吉、新次郎の父、宮田麻太郎と来て、ようやく四人目にして生涯の伴侶を見つけた。林芙美子ものちに四人目で生涯の伴侶を見つけることになるのは、まさに母娘の人生繰り返し、である。

十歳で一人、鹿児島へ

明治四十三（一九一〇）年のはじめに若松を出た沢井ら三人は、まず長崎に九カ月、佐世保に二カ月滞在する。テキ屋稼業というものも、それほど行き当たりばったりの商売ではないと、清水英子が興味深い指摘をしている。

それは「神農会《しんのうかい》」の存在だという。「神農とは、中国の伝承にある三皇の一つの神農氏のことで、人々に農耕を教えたので神農氏とよばれ、また火徳を有するので炎帝ともいわれた。頭に角があり、薬草を口にした人身牛首の姿で、医薬の神ともいわれ、漢方医は冬至の日にこれを祀り、親戚知人を饗応する習わしがあった。わが国では少彦名神《すくなびこなのかみ》を薬神としており、漢方薬全盛の江戸時代に両者が結び付き、神社や祭りを俗に『神農さん』とよぶようになった」（『小学館スーパーニッポニカ』）。宮田麻太郎・キク、そして後に沢井喜三郎・キクが回った若松、直方、佐賀、長崎、佐世保、唐津、八幡はいずれも神農会一家の所在地だったというのである。テキ屋のネットワークである。

清水英子『ゆきゆきて「放浪記」』からの孫引きになるが、北園忠治『香具師《てきや》はつらいよ』によると、九州に神農会が一家を構えたのは明治三十五年ごろだという。そして「その昔は（香具師は）公共の乗物である汽車やバスを乗り継ぎ、祭りから祭りへ移動するジプシー生活であった」「旅先において病気ばかりでなく盗難や長雨のため宿泊料にも事欠き、帰郷する旅費もなく頼る者とてない異郷の地の唯一の心の支えが、神農の教えである。面識がなくてもその土地の親分は不運な旅人のため故郷までか、もしくは次の祭りの開催地までの旅費等を恵与する定めである」という。

　一家は結局その年の暮れには下関に戻る。芙美子は一年の間に勝山尋常小学校（長崎）、八幡女児尋常小学校（佐世保）、名池尋常小学校（下関）と転校を重ねた。一家は下関に落ち着き、沢井は古着屋を始める。すべて手織りであった時代は衣類は貴重品であり高価だったため、古着屋というのは大正のころまでは庶民の生活になくてはならないものだった。芙美子は下関の名池尋常小学校には四年通って欠席は二十五日間だから、普通に通っていたといえる。そしてそのころ再び門司に移っていた宮田の軍人屋にはよく遊びに行っていたという。もちろん双方の親とも公認の上であり、こんなところも協議による〝離婚〟を思わせる。だから清水は「芙美子は厳しい人生行路を強いられはしたが、人として健全な愛に育まれた」と結論づけている。賛成である。

下関市名池小学校の校門横に立つ林芙美子の碑

　しかし、沢井は宮田と違って商才には恵まれなかったらしく、大正三（一九一四）年、芙美子が十歳のときに古着屋はつぶれてしまう。一家は夜逃げすることになり、芙美子は通っていた名池尋常小学校には届けることなく行方をくらます。「宿命的な放浪者」は文学的な表現であり、芙美子は決して生まれたときから放浪者だったわけではないが、このときは真の放浪が始まる。

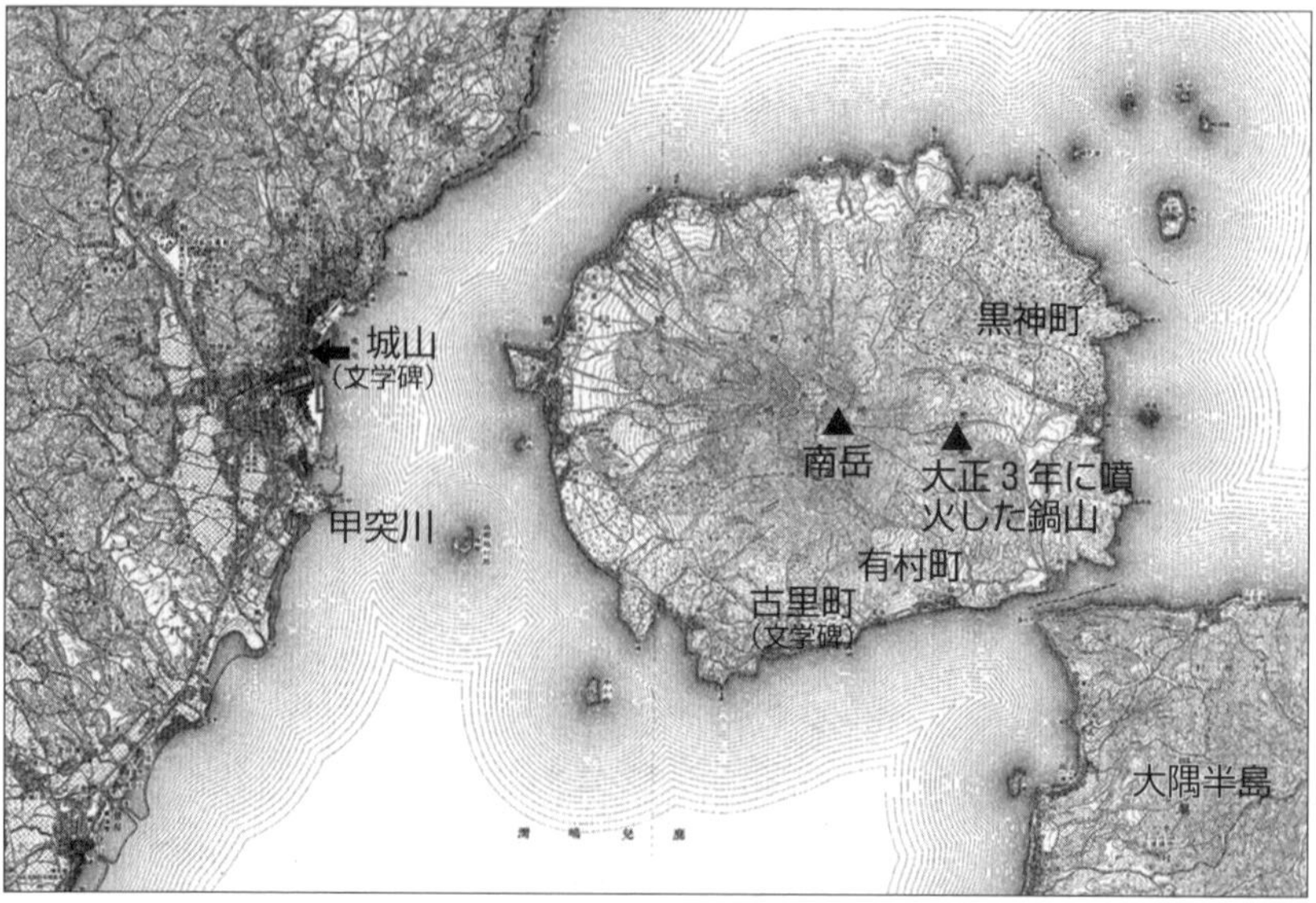

大正噴火で大隅半島とつながる前の桜島（国土画像情報・カラー空中写真に加筆）

母キクは芙美子に名札をつけて汽車に乗せ、鹿児島には連絡を受けたキクの妹、鶴が駅に迎えに来ていた。祖母フユの家に引き取られた芙美子は、鹿児島市の山下小学校五年に編入する。夏のころだったようだ。ちなみに同市繁華街と城山にほど近い山下小学校も明治十年、西南戦争の兵火により閉校し（このときは平小学校といった）、翌十一年十月に改築なって山下小学校と改称している。

このときフユがなぜ東桜島村古里でなく鹿児島市にいたのかというと、この年、大正三年一月十二日に桜島の大噴火が起こったからである。大噴火による噴石で、東桜島村の六百七十七戸、西桜島村の千四百九十一戸が焼失、倒壊した。桜島の住民は避難民となった。東桜島村の住民は多くは大隅半島に避難したが、一部は西桜島村民と同じく鹿児島市方面に避難したというから、もともと同市出身である林一家はそちらの方に逃げただろう。久吉・ケサマツ夫妻は古里で二男四女の子宝に恵まれていた。六人の子供と老母フユ、そしてキクが残したヒデ（十五歳）を連れての避難は大変だっただろう。

桜島の鳴動・地震はなかなか止まず、一カ月を過ぎてようやく帰村の布告が出た。古里の住民は二月十四日から戻ることになった。とりあえず久吉が様子を見に行っただろう。古里集落は家の屋根に火山灰が降り積もってはいたものの、焼失もなかった。久吉は懸命に降灰を除去して旅館を再開した。百周年記念誌『改新』の古老たちの話によると、「場所によっては一尺（三十センチ余）ぐらいの所もあった。避難先で人々は早く帰って灰をおろさないと家がつぶれると心配した。帰ってからは灰の除去作業が大仕事で、庭や畑のすみに高く積み上げた」という。ちなみに黒神町は七尺（二・一メートル余）とケタ外れだった。

これに対して隣の有村集落は溶岩に埋没し、温泉地は跡形もなかった。有村を埋めた溶岩流はさらに大隅半島との海峡を埋め立てて、桜島は陸続きになるという大変な噴火だったのである。有村の川原小学校はなくなり、児童は改新小学校に通うことになった。久吉は妻と子供たちを呼び戻したが、フユは「あげな所にはもう戻りたくなか」とでも言って鹿児島市にとどまったのだろう。

大久保利通生誕地近く

昭和五（一九三〇）年十二月に出た『続放浪記』の結びに「放浪記以後の認識――序にかへて」という文章がある。これは昭和四年十一月に出た『南方詩人』五年新春号の「故郷」という文章が基になっている。『女人芸術』連載の「放浪記」は、芙美子が昭和三年八月ごろに持ち込んだ「歌日記」が基になっている（96ページ参照）ので、「故郷」は「放浪記以後の認識」ということになる。

『南方詩人』は鹿児島市の詩誌である。鹿児島毎夕新聞記者で詩人の小野整《ひとし》が昭和二年に創刊した。芙美子がわざわざ鹿児島市の詩誌に寄稿したのは、小野が同市山下小学校の二年先輩だったからだ。伊藤信吉『紀行ふるさとの詩』によると、執筆者は農民詩人やアナキズム系の詩人がほとんどで、萩原恭次郎、神戸《かんべ》雄一、小野十三郎といった、芙美子が東京のカフェレストラン南天堂で付き合いのあった人たちと顔ぶれが重なる。このうちの誰かが芙美子を小野整に紹介したのかもしれない。

「放浪記以後の認識――序にかへて」の文章はその後、タイトルを外して、現在の新潮文庫や岩波文庫版でも第二部終盤に残っている。「私は生きる事が苦しくなると、故郷というものを考える」から始まる部分だ。分厚い『放浪記』全編の中でも、故郷・古里について最も饒舌に語っている個所として印象に残る。ところが、最初の昭和五年版以外では削られたところがある。それは山下小学校時代、祖母と暮らしたつらい思い出である。


父ちがいの私の姉（注＝ヒデ）は、小学生の私を連れては、大久保さんの邸跡《やしき》で、よく青年に会っていた。母に似た美しい姉であった。

「どうして芙美子さんに、こんなに虱《しらみ》たからしておくの？」

「だって、此の子とても意地が悪《わ》るくて、仕末させないからほっとくの……。」

青年と姉のこんなタイワを覚えている。

毎日髪をキレイに結んで欲しいと言ってもかまってくれない姉の口から、私は嘘を聞いて憎んだ。

祖母は、私を外者《よそもの》の子だと云って、小遣もくれなかった。

私は甲突川《こうつきがわ》の見える便所で、あまり川がマンマンと氾濫していたので、何の聯想が私にそんな落書をさせたのか、

大きくなったら、
あの水がみんな呑みたい
こんな風なキオクを持っている。
庭には沢山ブツブツ青いゴリがなっていた。
春、城山へ遠足に行った時、弁当を開くと、裏で出来た女竹《めたけ》の煮たのが三切れはいっていて、大阪で鉄工場へはいっていた両親をどんなに恋しく思った事だろう。

ヒデにしてみれば、自分は母キクに捨てられたのに、との思いはあっただろう。

これらは肉親に気を使って削ったわけではなく、後の「耳輪のついた馬」（『改造』昭和八年一月号）や「鹿児島は、私につれなかりし、縁遠いスヴニールである」という言葉も削られている。スヴニール souvenir すなわち思い出である。

「一人の生涯」でみっちりと描かれるテーマである。

「耳輪のついた馬」には、一人鹿児島にやられる幼い少女の気持ちが達者に描かれている。主人公の十二歳の八汐は「朝々一升の米を磨ぎ、火吹竹を吹いた。米が焚ける間、庭の雑草を摘んだ」「姉の部屋へ遊びに来る青年達は、八汐に度々足を拭かせて平気でいたのだ。おおかた女中とでも考えていたのであろう。それほど八汐の姿は、遠い汽車の向うから持って来たままのうらぶれた姿であった」というひどい暮らしぶり

右手の木々が茂っているのが大久保利通誕生の地（現在では生い立ちの地となっている）。すぐ下が甲突川だ＝鹿児島市加治屋町

である。

「一人の生涯」では、「ほんのわずかの間ですが、私は鹿児島の、母の里へ預けられていたことがありました。始めて会う親類でしたけれど、私は遠いところから、犬か猫でも来たような、肉親の厭な態度に、反吐とは人の顔に吐きすてるものの感じを強くしました」とある。「反吐とは人の顔に吐きすてるもの」とはまた凄い表現である。幼い芙美子は初めて世間の厳しさ、離れてしまった母親の有り難さを痛感したことだろう。祖母フユに女中代わりに使われていたため、ほとんど学校には行かなかったといわれている。

「放浪記以後の認識——序にかへて」から削られた文中に、「大久保さんの邸跡」や「甲突川の見える便所」があったために重大なことに気づくのが遅れた。郷土史家の五代夏夫は「祖母のフユは甲突川のほとりの、いまの大久保利通の誕生地の近くの借家にいた」と書いている（『薩摩的こぼれ話』所収の「城山と林芙美子」）。どこから大久保利通が出てきたのか、その根拠をずっと探していた。ここだったわけだ。大久保誕生地のある鹿児島市加治屋町は山下小学校校区である。「一人の生涯」にも「（家の）裏には甲突川が流れ

明治42年から昭和20年にかけての鹿児島市山下小学校校門。後ろは城山か（かごしま近代文学館提供）

ていて」とある。

芙美子は山下小学校に通うようになって城山がとても身近なものになる。同小百周年記念誌によると、同小学校は市の中心部にあるため校庭が狭く、運動会は城山のドン（午砲）広場（現在はない）であったし、週に一度は駆け足でドン広場に集合した。「当時の城山は山下小の一部みたいな気がしていた」と卒業生が大正時代の思い出を記している。芙美子自身も「私は学校のかえりに城山に登って、町をみることや、火を噴いている桜島を眺めることがたいへん好きでした」（「一人の生涯」）と書いている。「耳輪のついた馬」では、もっともの哀しく、学校へ行かずに城山に登っては楠にもたれて、母親でさえも一緒にいたいと言っても「無理を言う」と片づけて叱る、飢えたって一緒にいればいいのに、どうして自分にばかりつらい思いをさせるのだろうと少女は考えている。

ついに芙美子は古里温泉の久吉の元に追いやられたのか、「放浪記」第二部（「放浪記以後の認識――序にかへて」を少し修正した部分）にこんな場面がある。「私は夜中の、あの地鳴りの音を聞きながら、提灯をさげて、姉と温泉に行った事を覚えているけれど、野天の温泉は、首をあげると星がよく光っていて、島はカンテラをその頃とぼしていたものだ。『よか、ごいさ』と、云ってくれた村の叔母さん達は、皆、私を見て、他国者と結婚した母を蔭でののしっていたものだ。もうあれから十六七年にはなるだろう」。大正三（一九二〇）年夏なら芙美子は十歳、「放浪記」刊行時に二十七歳だから年齢がぴったり合う。「地鳴りの音」とは、大噴火後も続く鳴動だ。古里温泉には今も海を目の前にした露天風呂がある。「ごいさ」という言葉は聞いたことがないが、「お嬢さん」という意味らしい。

「一人の生涯」にも「祖母は、他国へ出て行ってしまった私の母を憎んでいましたせいか、私をも、またたいへん憎んでいました」とある。今はあまり聞かれないが、かつて鹿児島では「よそもん」という言葉をよく聞いたものだ。

有村温泉が溶岩に埋没して古里が桜島唯一の温泉となった今、頑張れば仕事は前以上にうまくいくかもしれない。しかし大噴火後急に減った入浴客はなかなか戻らなかった。少し後の数字になるが、昭和四年の『鹿児島県温泉案内』（県温泉協会）では、過去三年間の平均で一年間に入浴客は千八百人、投宿客九百八十人となっている。これではやっていけまい。

一家はついに大正九年十月に廃業して鹿児島市に戻る。

これがどうして確定できるかというと、32ページに掲げた改新小学校の記念誌の系図だ。さすが学校だけあって、久吉の子供たち六人の卒業年月日がすべて記載されている。

ノブ（大正四年三月二十五日改新小学校卒業）、タネ（大正六年三月二十四日同校卒業）、コト（大正七年三月二十四日同校卒業）、小次郎（五年生まで同校、大正七年山下小学校へ）、小太郎（大正九年十月、五年生のとき名山小学校へ)、テル(大正九年十月、二年生のとき名山小学校へ)。これによって久吉一家が大正九年十月には鹿児島市へ引き上げたことが分かるのである。久吉は同年、元の鹿児島市中町に本籍を戻しており、父の代で途絶えた紅屋を再興したようだ(中町は名山小学校校区)。およそ四十年ぶりとなる。さらにそのあとしばらく長男小次郎が継いでやっていたのは前述した通りだ。

林家は西南戦争、桜島の大正大噴火、鹿児島大空襲と三つの歴史的災禍に見舞われたことになる。

桜島の恐ろしさ

余談になるが、桜島の爆発のすごさを知ってもらうために、私の体験を紹介しよう。私は昭和五十九―六十一年の桜島南岳の活動期いわゆる〝ドカ灰〟の時期に、社会部記者として数え切れないほど桜島に通ったことがある。

昭和五十九(一九八四)年六月一日深夜から降灰が始まり、二日には桜島対岸の鹿児島市でも視界が悪く、車の運転は危険な状態だった。洗浄液をかけ続けワイパーを動かすが、音をたてて降る灰の勢いには勝てない。フロントガラスをのぞき込むような姿勢で、中央線も横断歩道も見えない灰色の道をソロソロと進むありさまだった。三日午前九時から二十四時間で、降灰は一平方メートルあたり一キロを超える鹿児島地方気象台観測史上の最高記録。生活や農業に支障が出る社会問題となっていった。

七月二十一日、岩ほどのものからこぶし大の噴石が有村町一帯を襲い、民家十一戸の屋根や窓ガラスを破損、噴石の熱でボヤ騒ぎまで起こった。有村は桜島南岳の直下にあって、いわば大砲の筒先が向いている最

ほえる桜島
噴石直撃
▶上◀

桜島南岳が凶暴な姿をむきだしにした。二十三日、鹿児島市古里町のホテルを直撃した巨大噴石は、ついに恐れていた負傷者を出した。一昨年有村町の集団移転問題に火をつけて以来、三年連続の人家への噴石落下。今回の災害は有村町住民に悪夢をよみがえらせ、古里町住民は「南岳ふもとに安全な場所はない」と震え上がった。伊豆大島・三原山大噴火で改めて問われている火山対策をここで検証する。（本社火山取材班）

ロビーをえぐった直径三ﾒｰﾄﾙの巨大な穴。ぐにゃり曲がった鋼鉄製の柱。手の施しようがないほど散乱したガレキ。

重軽傷者六人を出した噴石直撃から一夜明けた二十四日朝、ホテル山下家の現場は、ほとんど手つかずのまま、無残な姿をさらけ出していた。真っ赤なジュウタンは噴石片で焼けこげた跡が何カ所も。「石はどこな?」。小雨が降り注ぐ屋根と天井の大穴を近くの住民らが恐る恐るのぞき込む。「やっぱり噴石はおそろしか」。住民の顔がこわばった。

ホテル裏には別の噴石が落下したクレーターが。十八時間もたっているのに白い蒸気を上げ生々しい。

〃〃〃紙一重の恐怖

「まさか石が飛んでくると

「こんなにひどいとは」。ホテル床の大穴を恐る恐るのぞく住民ら　＝鹿児島市古里町

とうとう古里まで

桜島・古里を襲った噴石被害を緊急連載
した南日本新聞（昭和61年11月25日付）

も危険な場所なのだ。後背地の傾斜地に開いた畑には、直径二メートルもの球形の噴石が落ちていた。余りの大きさに驚いて休日に妻を連れて行って見せたら、ひと言「怖いから早く帰ろう」と言われたのを思い出す。住民は集団移住を決議して鹿児島市に陳情書を提出する騒ぎとなった。しかし、移転事業適用の困難さから住民が二つに割れて立ち消えとなり、翌年二月までに全四十七世帯に一つずつ緊急避難用の待避壕を設置することになった。

六十年二月、待避壕設置が終わった有村を取材した。火山灰がザーザーと音をたてて降り続いていた。待避壕は鉄筋コンクリート逆U字型で、二、三人がしゃがんで入れる程度のもの。前年、窓を突き破った噴石の熱でカーテンと家財の一部を焼かれた人は「もったいないような豪華なものができました。市も大変だったでしょう。でもこれに逃げ込むときは死ぬときでしょう」。別の一人は「有村が一番貧乏で、一番哀れな部落です。畑ではコンクリートのような灰を深さ五十センチも除かないと、もとの土は出てこない。上が止まって（南岳の活動が収まって）待避壕が必要ないよう毎日祈ってます」と語った。

だが、六十年は一年間で桜島は四百七十四回爆発し、一平方メートルの降灰量は日間（七月二十九日）二

・五キロ、月間（八月）五・九キロ、年間十五・九キロと、すべてが最高記録だった。そしてまたも有村への噴石落下があり、詳細は割愛するが大変な騒ぎが再燃した末、対岸の鹿児島市への移住は現実のものとなった。

有村展望台に立つと、火口からゴーッとジェット機そっくりの音が聞こえる。かつての温泉は大正三年の大噴火で溶岩に埋まってもちろん跡形もないわけで、私にとって有村のイメージは、高齢者が細々と農業をする灰色に沈んだ町である。一方、すぐ隣ながら古里には噴石は飛ばないといわれていたが、翌六十一年十一月二十三日、温泉街のホテルに直径二メートル、重さ五トンの噴石が直撃し建物を貫通、重軽傷者六人を出した。ロビーには直径三メートルの穴が開いていた。翌日、鹿児島地方気象台が噴石の温度を測ったところまだ三百度あった。

時を隔てて令和二（二〇二〇）年六月四日未明、桜島南岳が爆発し、火口から三キロの鹿児島市東桜島町に推定五十―百センチの噴石が落ちた。これほど大きな噴石が三キロ以上飛んだのは三十四年ぶりと話題になったが、まさにこの昭和六十一（一九八六）年十一月二十三日以来だったのだ。

ただこれだけは言っておきたいのは、鹿児島の人間はどんな災害をもたらそうとも、桜島を心の原風景として愛してやまないということだ。林芙美子も例外ではない。

日本のカチューシャ

鹿児島に受け入れられなかった芙美子はけっきょく両親の元に戻り、行商について回ることになる。学校

平成21年、林芙美子忌のあとで行われた福岡県直方市内の町歩き

に行くこともしなくなった。しかし再び母と暮らせるようになって、幸せな気持ちでいっぱいだった。

大正三（一九一四）年三月、芸術座公演「復活」の劇中歌として、東京・帝国劇場でカチューシャ役の松井須磨子が歌った「カチューシャの唄」（島村抱月・相馬御風《ぎょふう》作詞、中山晋平作曲）が六月ごろから全国的に流行した。翌年、直方《のおがた》にいた林芙美子は当時の大ヒットぶりを「放浪記」第一部の出だしに克明に記している。

カチュウシャ可愛や　別れの辛さ
せめて淡雪　とけぬ間に
神に願いを　ララかけましょうか。

なつかしい唄である。この炭坑街にまたたく間に、このカチュウシャの唄は流行してしまった。ロシヤ女の純情な恋愛はよくわからなかったけれど、それでも、私は映画を見て来ると、非常にロマンチックな少女になってしまったのだ。

トルストイの原作はもっと深刻な作品なのだが（108ページ参照）、当時十二歳の少女だった芙美子はロマンチックなラブストーリーとしてとらえている。のち尾道高等女学校一年のときに原作の「復活」を読んでいる。昭和二十二（一九四七）年発表の「読書遍歴」にもトルストイの「復活」「アンナ・カレーニナ」を「美しい」と称えており、この作品が長く芙美子の心をとらえていたことが分かる。『放浪記』出版前年の昭和四年に出した処女詩集『蒼馬を見たり』には、「いとしのカチユーシヤ」と題する詩がある。長いので後ろの二節だけ引用したい。

6

『今日は事務所をぶつこはしに行くんだ。』
或日
口笛を吹き鳴らし吹き鳴らし炭坑へ行くと
あんなに静かだつた坑夫部屋の窓々が
皆殺気立つて
糸巻きのやうに空つぽのトロツコがレールに浮いてゐた。
重たい荷を背負つて隧道を越すと
頬かぶりをした坑夫達が
『おい！　カチユーシヤ早く帰らねえとあぶねえぞ！』
私は十二の少女
カチユーシヤと云はれた事は

お姫様と言はれた事より嬉しかつた
『あんやんしつかりやつておくれつ！』

7

純情な少女には
あの直情で明るく自由な坑夫達の顔から
正義の微笑を見逃しはしなかつた。
木賃宿へ帰つた私は
髪を二ツに分けてカチユーシヤの髪を結んでみた。
いとしのカチユーシヤよ！

農奴の娘カチユーシヤはあんなに不幸になつてしまつた。
吹雪、シベリヤ、監獄、火酒、ネフリユウドフ
だが何も知らない貧しい少女だつた私は
洋々たる望を抱いて野菜箱の玉葱のやうに
くりくり大きくそだつて行つた。

当時全国一の炭田があった筑豊。その坑夫たちだ。芙美子がいたころは炭鉱業も好景気で、さほど争議は

なかったはずだが、詩集を出したころはストライキが激しかったので世相に合わせたのかもしれない。

　一般に遠賀川流域の筑豊地方は〝川筋気質〟の大変気の荒い所として知られ、芙美子には相当印象的だったようだ。『放浪記』冒頭の「放浪記以前」という文章は、昭和四年『改造』十月号に発表した「九州炭坑街放浪記」をほぼそのまま再掲したものである。

直方市の須崎町公園にある林芙美子文学碑。令和３年の林芙美子忌（没後70年）には、この碑の隣に芙美子の少女像が除幕される予定だ

　木賃宿に泊まって親指のない淫売婦と一緒に風呂に行くと、女は腹をぐるりと一巻きにして臍《へそ》のところに朱い舌を出した蛇の文身《いれずみ》をしていた。子供だったからしみじみ正視したというような印象的な場面が多い。

「こんな思い出」という随筆では、直方にいたとき、同じ木賃宿に非常に浪花節のうまい女の人がいたことを書いている。芙美子はこの人の影響で浪花節語りになりたいと思ったほどで、また、猿飛佐助などの講談本を盛んに読むようになったという。こんなところが案外、庶民的なストーリー作りや人情の機微をつかむのに役に立っているのかもしれない（晩年、『絵本猿飛佐助』を書いている）。

　この随筆によって、直方のほか、四国の高松や佐世保を回っていたことが分かるのだが、このころはまだ芙美子は、綿菓子屋やかるめら屋、炭坑の石炭選り、風琴弾き、弁士、宿屋、芸者になりたいと思っていた。

尾道に落ち着く

約二年の空白をへて、大正五（一九一六）年五月、一家は広島県尾道市に現れる。「風琴と魚の町」（昭和六年四月）によると、汽車に乗っていた一家の目にたくさん日の丸の旗を掲げた町が目につき、父親が「この町は、祭でもあるらしい、降りてみんかやのう」と言って降りることになったと書いてある。こうして放浪の一家が尾道には六年も住むことになる。

父沢井喜三郎はここで、オイチニの薬売りをやった。「明治・大正年間、軍帽、軍服姿で古風な手風琴などを奏で、『おいちに、おいちに』の号令を歌の合いの手にして、薬の効用を節おもしろく語り、売薬を売り歩いた行商人」（『小学館国語大辞典』）である。母キクも手袋、前掛け、元結、古着などを行商して歩いた。

「風琴と魚の町」には印象深いシーンがある。間借りした家の二階に芙美子一家、一階には五十くらいの夫婦が住んでいる。庭には井戸があって、囲いが浅いためによく猫や犬が落ちた。ある夜中に井戸からすさまじい水音がした。階下のおばさんが落ちたのである。おばさんは夜更けを待って質屋に行くところだった。この事件が貧乏暮らしのわびしさを際立たせる。

六月には、芙美子は尾道市立第二尾道尋常小学校（現在の土堂《つちどう》小学校）五年に編入する。鹿児島市山下小学校でも五年に転入していたから、二年遅れで再び五年をやり直すことになったわけだ。当然、同級生より

土堂小学校越しに見る尾道市街地

二年遅れの十二歳になっていた。

芙美子には尾道でよき師たちとの出会いがあった。まず、同小学校の教諭小林正雄。小林は芙美子の才能に目をかけ、芙美子もその影響で小説を読み始めた。六年生になると、小林は芙美子を女学校に進学させるよう両親を説得した。そして芙美子は小林の自宅に受験勉強に通う。不得意な理科や算術の補習を受け、さらに詩や文章の指導も受けたという。小林が「芙美子」と名付けたのは小学生の時だという。「林さんの将来を文筆か絵で過すよう指導、本名フミ子では…と芙蓉の花のゆかしさをとり『芙美子』とペンネームを考えたが小学生だった林さんも喜び」と、昭和二十七（一九五二）年の中国新聞記事が『現代日本文学アルバム』に写っている。

尾道駅を出て左手に行くとすぐに商店街が始まるが、その入り口に芙美子像（一九八四年建立）が建っている。一家はこの近辺に住んでいたわけだが、ここから山側の土堂小学校まではすぐである。小学生の足でも

尾道商店街入り口にある林芙美子像

一分かからないだろう。意外なほどの近さだった。ちなみに芙美子像の碑文は小林正雄が書いており、「芙美子にとって尾道は、少女期の感じ易き魂に、文学の眼を開かしめた唯一の揺籃の地であり、かつまた、わすれがたい故郷の街でもあった」と記している。

尾道は寺の町である。小さな市街地に二十五もの寺が林立する。ちょうど芙美子が通った土堂小学校から尾道東高校（旧尾道高等女学校）まで、古寺めぐりの石畳が整備されているので歩いてみた。市街地のほぼ西の端から東の端までだ。横に長い尾道の市街地は、国道2号線とJR山陽本線によって切り取られた海側が商店街になっており、山側に寺と住宅が密集している。

古寺めぐりの標柱を頼りに歩く。人しか通れない幅の狭い石畳の坂道が、人家の間をうねうねと続いている。板塀の古い家々は隣同士くっつき合っている。いや、家同士だけでなく家も寺も軒がつながっているのだ。廃仏毀釈で寺の少ない鹿児島育ちの人間から見れば、信じられないような町である。車も通れない道だから家には車庫も車もない。坂道の連続は、ゆっくり歩いていてもへとへとになる。尾道の人は脚が丈夫に違いない。川本三郎は『林芙美子の昭和』の冒頭で、「放浪記」時代の芙美子について「一日に十六キロも平気で歩いてしまう」と驚嘆しているが、芙美子の健脚は尾道の坂で培われたものかもしれない。

五十分かかって尾道東高校に着いた。「巷に来れば憩ひあり人間みな吾を慰さめて煩悩滅除を歌ふなり」という芙美子の碑が入り口に建っている。帰りは海側に下って商店街を西に戻ってきた。これがまた長い商店街である。今どきの大きな店はなく、昔ながらの個人商店が続く。空き店舗はほとんどなく、しっかりとした商業の町を実感させられる。商店街を歩いていて、横から交差する細い道をふと、山手に目をやると、先ほど歩いてきた寺がある。次の道でもそう、また次でもそう。つまりみな、寺の参道なのである！　今は国道と線路によって分断されているから明確に意識しづらいが、もともと山手の各寺からの参道が海側に何本も延びている町なのである。これだけ寺が多ければ、芙美子一家の目にとまったように、祭りも年がら年中開かれていることだろう。私もピンクの造花と提灯で飾られた一軒の寺を見かけた。

古寺と人家の間を縫うように続く尾道の路地

商店街を構成する建物も、アーケード街からふと裏を覗けば小さな建物がくっつき合いひしめき合っているのが分かる。だから小路が多い。芙美子一家が住んでいた所も、「うず潮小路」

うず潮小路。かつて芙美子一家の間借り先もあった。先はもう瀬戸内海だ

と名付けられて残っている。同小路近くのアーケードには「おのみち林芙美子記念館」があり、奥に林芙美子一家の旧居（証拠がないため尾道市が認定するまでには至っていない）を見ることができる。令和二年六月二十八日の林芙美子忌に、商店街関係者らで「おのみち林芙美子顕彰会」を設立。記念館をリニューアルし、同年九月二十日から尾道市の持つ林芙美子の遺品を展示・公開することになった。

高等女学校進学

大正七（一九一八）年四月、芙美子は尾道市立高等女学校に五番で合格した。担任の国語（漢文）教師森要人《かねと》に影響され、図書室で文学書を読みあさる。一年生のときに書いた作文が平林たい子『林芙美子』に収録されているので紹介したい。

仏通寺旅行記

林フミ子（女学校一年）

あかね色に染まった夕ばえの空は刻々に薄れて行く。冷たい師走の風はようしゃなく吹いて旅の空の淋しさがひしひしとせまる。

ここは本郷町の小さい停車場、我々は冷たいベンチに腰を下ろして友の帰りを待つのである。仏通寺への旅行を終えた私等は棒の様な足を引きずってようやくこの駅へ辿りついたのである。まだ二時間があるので十六人の足の強い方は先生と小早川の墓へ詣でられた。見る物もない田舎駅に二時間も待つのは身ぶるいする程寒い。時間は段々とたって、どこからか夕暮の寂しい鐘の音が流れる。

夜のとばりは全く下りて紺青の澄んだ空には金銀の様な星がキラキラとまたたいて鎌の様な月がすごい程青く満地を照らして蓮池にとろとろとうつっている。八十人余りの残った人は今か今かと十六人の方の帰りを待つ。火の気のない駅のベンチに腰かけていると、野面を吹いた風が肌にしむ。駅前の小さい宿屋には灯がついた。時間は進む。友の影は見えぬ。大勢で田圃の方へ出て見ると、夕方帰った道が田圃の中にうねっている。薄闇にすかして見ると、豆の様にぽっちりと小さな灯影が向うにゆらいで見える。私はもう何となく涙ぐまれて、そぞろに淡い哀愁を感じる。旅の空の悲しさがひしひしとせまって、長い漂泊の夢より目覚めた如く、尾道の空をなつかしく思うのである。

「嬉しっ」誰かの声に驚いて見れば、軽い旅のやつれをしたお顔をして四、五人帰られた。先生にお目にかかった時は丁度乳にうえたみどり子が、慈母に会える如くどんなに心丈夫に思ったことだろう。

ああ今日は思い出深い旅行だった。私の心の底には忘れえぬ何等かの意味ある印象をあたえたのである。銀砂子を散りばめた様な星が神秘な光をさして高い空に、丁度極地の人を待っている一種特有の、青いうるみのある瞳の様な色をしてキラキラとかがやいている。

あれだけ寺の多い町で、遠足までよその寺に行くのか（仏通寺は広島県三原市高坂町）とおかしくなるが、それはともかく、確かな才能を感じさせる文章である。教師が目をかけるのも無理はない。翌年、森要人は転任し、後任には早稲田大学出身の国語教師今井篤三郎がやってきて担任となる。今井は芙美子の文才を認め、強い影響を与える。成績も素行も良くなかった芙美子の卒業まで助けている。

ところが、芙美子は後年、随筆「私の先生」（昭和十年）に「森先生以外にはなつかしいと思う先生がひとりもない」「私はこの先生（注＝森）にだけは逢いたい」と書いている。さらに、森先生の後に「私たちの国語の教師には早大出の大井三郎と云うひと」（明らかに今井篤三郎のこと）が決まったとして、ある思い出を書いている。ある日芙美子が鈴木三重吉の「瓦」を読んでいたところ、校長がそういう社会の暗黒面を描いた本を読んではいけないと言った。芙美子は「大変いい本だと思います」と反論したが、翌日の朝礼で校長は小説の害を説く。そのあと、校長に日和ったのか、その本を貸した当の大井先生までが「小説を読むふとどきな生徒がいることは困ったことです」と壇上で話すのである。以来、芙美子はこの若い国語教師にうっすらと失望を感じ尊敬を持たなくなったと書いている。

また、前述した第二尾道尋常小学校の教諭小林正雄にしても『放浪記』はじめ、どの作品にも登場しないことを平林たい子は不思議がっている。小林は「芙美子」の名付け親で、尋常小学校、高等女学校、さらには上京後も芙美子の面倒を見続けた恩人なのである。平林は、小林は芙美子の最初の恋人とまで擬している。

「終生変りなくこんな清純な心を与えてくれる人が恋人の他にあるだろうか」というのである。ただし、小林の愛は片思いだった。自分にそれだけ恵まれた師がいたという事実は、芙美子初期作品の不幸という通底音とそぐわなかったのだろう。

当時の高等女学校というのは、現在の大学でも及ばない存在だったという。貧乏をテーマにした「放浪記」の中では、芙美子は高等女学校時代アルバイトに明け暮れたかのように書いている。日曜日にはそば屋や帆布工場の夜勤に行っていたようだが、女子高生のアルバイト代などたかがしれている。小林正雄が相当な援助をしていたようだ。また、大正八、九年に二年続けて芙美子は直方に住む実父宮田麻太郎を訪ねており、学費などの援助があったと想像できる。ちなみにそのとき宮田は津田秋生という人と同棲していた（入籍は大正十五年）。

芙美子は尾道で文学のほかに、恋愛にも目覚めた。尋常小学校六年のときに二階に間借りしていた煙草店の遠縁で、広島県立忠海《ただのうみ》中学校生の岡野軍一である。因島から通っていたため、『放浪記』に「島の男」と書かれる人物である。井上貞邦によると、因島から忠海までは尾道で船を乗り換えるため、岡野は遠縁の煙草店で船待ちをしたという。そこで二人は知り合った。芙美子は六年生とはいえ、同級生より二歳年上であったから、十四歳になっていた。

尾道市街地の最も高台にある千光寺公園の展望台から対岸を一望してみた。まず目に入るのは向島《むかいしま》である。島というより〝対岸〟だ。間を隔てる瀬戸内海は、普通の川くらいの幅しかない。ひっきりなしに小型のフェリーが人や車や自転車を渡している。近くに尾道大橋、新尾道大橋という大きな橋はあるが、これは幹線道路であり、日常生活としては、芙美子のころと同じように高校生もたくさん船で行き来していた。

千光寺公園頂上展望台から見る風景

向島には、尾道以上に密集した住宅の連なりが望める。日立造船所などもあってなかなか工業が盛んそうである。岡野のいた因島は、この向島にさらにつながるようにしてある隣の島である。少なくとも、私は「島の男」という言葉から来るわびしいイメージは覆された。岡野は大正七年に中学を卒業すると、大阪鉄工所因島工場に就職した。

大正九年四月、恋人の岡野は明治大学専門部商科に入学した。一方、芙美子は同十年には秋沼陽子のペンネームで山陽日日新聞や備後時事新聞に詩や短歌を投稿して掲載されている。また、同年五月には実父方の祖父の葬儀に参列するため、一人で愛媛県周桑《しゅうそう》郡吉岡村に行った。芙美子は尾道高等女学校入学時は五番の成績だったが、その後成績は悪化し、三年次は九十一人中最下位にまで落ちた。四年生のときには化学の時間に教師が重クロム酸を劇薬として回して見せた際に、一番最後の芙美子ともう一人が少し取って持ち出し、友達とけんかしたときにそれを飲むという騒ぎを起こした。平林たい子は「それは自分の運命に対する一般的な厭世に加えて、例の島の岡野少年とのことでも悲観していたのではないか」という。当時は「遠距離恋愛」という言葉もないし、尾道と東京では交際の望みを失うに十分な距離だろう。この事件で卒業が危ぶまれたが、今井篤三郎の尽力で大正十一年三月に卒業する。卒業時は八十五人中七十六番だったという。

そして四月八日に尾道を発って上京、小石川区雑司ケ谷墓地近くに住む。岡野と交際しながら自活のために働く。平林たい子によると、最初に就いた仕事がカフェーの女給だったという。ここから昭和三（一九二八）年、『女人芸術』誌に「秋が来たんだ（副題が『放浪記』）」で連載開始するまでの五、六年が下積みの「放浪記時代」である。

岡野は大正十二年三月に大学を卒業して故郷の日立造船所因島工場に就職する。そして家族の反対を理由に芙美子との結婚の約束を破るのである。

ここまでで林芙美子の足跡をまとめる。

［出生］山口県下関市田中町

［本籍］鹿児島県鹿児島郡東桜島村古里三五六番地

［学校］長崎市勝山小学校－佐世保市八幡女児尋常小学校－下関市名池小学校－鹿児島市山下小学校－広島県尾道市土堂小学校（卒業時の校名は第二小学校）－尾道市立高等女学校（四年制）

［先祖］鹿児島県鹿児島郡中町の紅屋「林小太郎商店」（江戸中期から明治十年西南の役まで。のち大正九年ごろから昭和十年ごろまで復活）

恋愛アナキスト

『放浪記』の進化

手塚緑敏と芙美子。昭和5年から約2年間住んだ上落合の家の前で（新宿歴史博物館提供）

芙美子は春をひさいだか

『放浪記』の主人公は多くの職業を転々とするが、その中でも最底辺の職業のように書いているカフェーの女給とはどのような仕事だったのか。芙美子は「全身全力で『ねえ』と云わなければならぬ商売」と面白い表現をしている。

「カフェーを名のる第一号は、一九一一年（明治四十四）三月、東京・京橋区日吉町（現在の銀座八丁目）に開店したカフェ・プランタンで、若い画家や詩人たちの欧米風のたまり場、会話の場を求める声を受けて誕生した。洋酒・洋食もあって、女給が給仕した。続いてライオン、パウリスタ、大阪ではキサラギ、ミカドができた。全盛期は一九二九、三〇年（昭和四、五）ごろから三五年ごろまでの昭和の初めで、大阪のカフェー資本が東京へ乗り込み、露骨なエロサービスを売り物とするようになった。／ネオン、ジャズ、そして脂粉の香り、嬌声、媚態は、不景気と失業の暗い世相から逃避したい大衆の心をひきつけ、『カフェの女給をワイフに持てば……』といった歌がはやった。三二年ごろの全国のカフェー店数は三万軒、女給は八万九千人にのぼった」（『小学館スーパーニッポニカ』）

「露骨なエロサービス」というのがどの程度のものなのかは分からない。芙美子は昭和三年ごろには足を洗っているはずだから、エロ路線に走る前であろう。ひとつの手がかりとして、成瀬巳喜男監督の映画「放浪記」（昭和三十七年、高峰秀子主演）があるが、これを見る限りでは現在のスナックのホステスとそう違いはない。客の隣に座って酌をし、話し相手となる。カラオケなどないから、客とわいわい騒いで今よりむしろ明るく楽しい感じである。夜の商売であり男女のことだから、体に触ったり、口説いたり程度のことはあっただろう。しかし、基本的には芸達者な面白い女性の方が人気があったようだ。その点で芙美子は人気があった。

当時芙美子と似たり寄ったりの生活をしていた平林たい子の思い出によれば、「いまの新宿三丁目から、太い道が一本入って、両側が遊廓になっていた。入口に射的屋があって、その裏を左にとおった細い道があった。彼女は左側のその鶴やの姐御の弓ちゃんとして、女給たちに『姐さん、姐さん』とよばれていた。いかにも気持よく商売をしている風だった。／ここには、芙美子さんを見すぼらしいと蔑視する目がなく、おもしろい女としていつも胴あげされているみたいだった。よい声の年増としても大もてだった。彼女が、さのさをうたうと、全く誰でもきき惚れる。啄木百人一首というのを昔本郷連がつくったが、それを全部知っていて吟じると誰でもほろりとする。まるで芙美子さんが志を得ない啄木であったかのように、彼女の声のよいことは前から定評があった」。

カフェーの女給をしていたころの芙美子。肩上げのある羽織に髪型は桃割れに結っていたという（新宿歴史博物館提供）

全く芸は身を助くである。直方など各地で芸人と接していたことが役立っている。ただ、気になるのはこの直前に書かれている部分である。たい子は芙美子のはがきを持って住ま

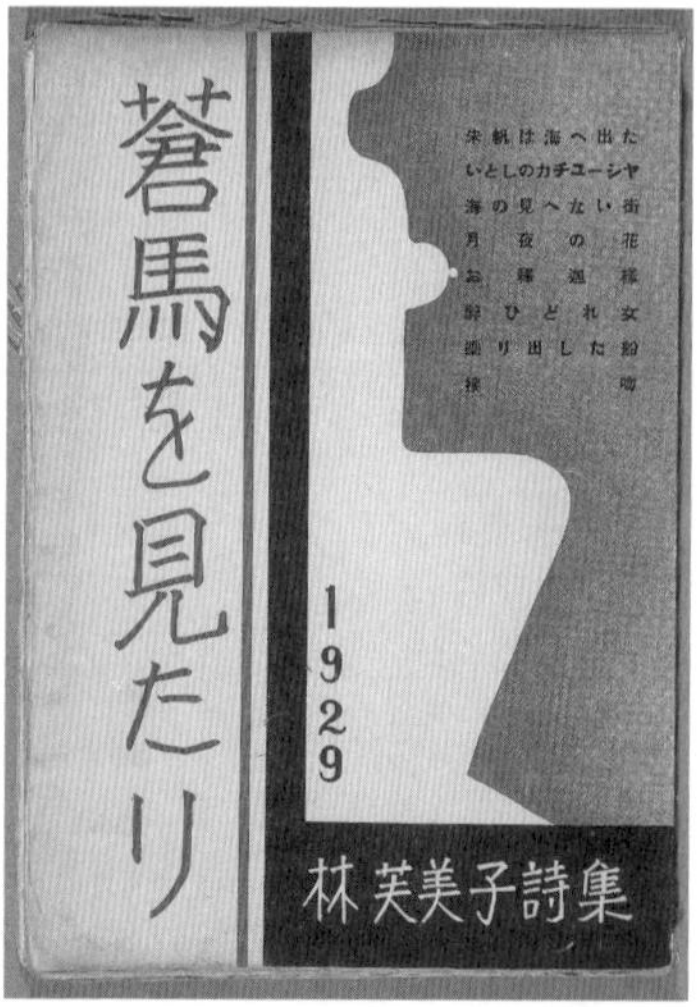

『蒼馬を見たり』の表紙

いを訪ねていく。芙美子は不在だったが、その二階家のおかみさんが部屋に通してくれて、たい子にも間借りを勧める。「お客さんを連れてきてもいいですよ。隣が空いてますから見てご覧なさい」とささやくのである！　たい子は、私なぞに「お客」になってくれる人間があるはずがない、と笑ってごまかすのだが、これはどういうことなのだろうか。芙美子が客をとっていたといわんばかりである。たい子は続けて「彼女の短篇には『骨』だの『牛肉』だの、肉体をひさぐに近い生活を送る女の心情を描いた小説が多い。一と頃は、殆ど題材がそこに偏っていた。或いは、こうした女の心情の原型は芙美子さん自身のものだったのではあるまいか」とまで、ほのめかしている。「骨」（昭和二十四年二月）は戦後の作品であり、主人公は若い戦争未亡人であるから時代設定はずっとあとのことになる。生きていくために初めて客をとった夜、「いくら？」と聞かれても気後れして金額すら言えなかったのが、だんだんとそんな暮らしにも慣れて、男にとって自分が大切な必要な存在だと思うぬぼれで夜が待ち遠しいほどになる。その女の気持ちの変わりようが見事に描かれている。

また、詩人の辻潤は芙美子の処女詩集『蒼馬を見たり』（辻が序文を書いている）の出版記念会（昭和四年七月七日）があったときに、芙美子を五十銭で買ったことがあるとスピーチして物議を醸したという。もっとも辻潤は、上野高等女学校での教え子伊藤野枝との恋愛事件で退職したあと、大正五（一九一六）年に野枝が大杉栄のもとに走ってからは放浪生活に入り、昭和七年ごろから精神錯乱になっている。檀一雄も、芙美子を五十銭で買ったという男の話を聞いている（211ページ参照）。

アナキスト詩人たち

岡野軍一と別れた大正十二（一九二三）年の九月一日、芙美子は関東大震災に遭う。本郷の西片町に下宿していた。震災発生時について『一人の生涯』に書いている。

九月一日、朝から油照りの、じりじりした暑い日で、私はそのころひどい脚気をわずらい、帝大病院へ施料《ママ》患者のような形式で診て貰いに通っておりました。病院から戻って、浴衣の帯をときかけているとき、ぐらぐらと畳がゆれて、津波のような、ごおっと云う地鳴の音がしました。私は梯子段のそばに行ったり、窓辺へ行ったり、一人でうろうろしていましたが、窓の向うの往来で瓦の飛び散っているすさまじさを見ると、私はきしきし床板や、梁のきしんでいる自分の部屋の真中にじっと坐っていました。地震と云うものは、あんまり長く続くと、おしまいには人間を狂人にしてしまうのではないかと思われます。私は、何時までも、しつこいゆりかえしの来るたび、何かに噛みつきたいような、憤りっぽい気持になっていました。

この地震では、色々なことを考えさせられた人があったろうと思いますけれど、私もまた、その一人で、人生観が変るぐらい、色々なことを考えました。

その夜は、空邸になっている或る家の庭で、沢山の人達と夜を明しましたが、下町に挙る、凄じい火の手を、私は、私の生涯にこんなこともまたあるのかと、じっと眺めていたものです。

井戸水に毒がはいっているから注意をしろとか、××人が革命をおこしたとか、さかんに流言が飛んでいました。

そして、こんな騒ぎのなかにも、産婆さんを探し求めている人もあり、私達の庭でも、赤ん坊が生れたりしました。

地震のせいか、きびしい残暑がつづいて、朝顔の花が何時までも咲きつづけていたものです。私は、十二社《じゅうにそう》の母達のところへ、米や、干うどんや、煙草を買って、重い足をひきずって歩いて行きました。帝大前を通って、本郷三丁目に出て、春日町から、水道橋、飯田橋、牛込肴町、抜弁天《ぬけべんてん》、新宿、鳴子坂という順に私は歩きました。電車の通らなくなっている線路を、沢山の避難民が歩いて行きます。娘達はみんな足袋裸足で、手拭をかぶって歩いています。私も似たりよったりのそんな恰好で風呂敷を背負って歩きました。

私はこの時位、自然だの宇宙だのを考えたことはありません。昨日まで威張りかえっていた人間の世界が、こんな地震に出逢うと、一朝にして、もろくもいりみだれてしまう……だけどまた、人間のたちなおる、生命や力に対するねばりの、何と逞しさよと云いたい復興してゆく姿もまた、私には何かを教えてくれるものがあったのです。

前年に上京してきた父母は新宿の十二社に間借りしていた。芙美子は十二社に行ったあと、避難船に乗って大阪を経て尾道に帰る。このころから「歌日記」と題する日記を書き始め、これが「放浪記」の原型となる。

　翌十三年には再び上京。三月に人の紹介で、詩人で新劇俳優の田辺若男と会い、二人は田端で同棲するようになる。田辺はあのカチューシャの松井須磨子と芸術座で共演もしていた。これが最初の「結婚」ということになっている。芙美子は田辺の紹介で、本郷区肴町南天堂書房二階の喫茶兼レストラン南天堂に集まっていたアナキスト詩人たちを知る。萩原恭次郎、壺井繁治、岡本潤、高橋新吉、小野十三郎、神戸《かんべ》雄一、辻潤、野村吉哉、友谷静栄、平林たい子らである。詩史・文学史に名を残したそうそうたるメンバーである。二十歳の芙美子に与えた影響は計り知れない。すぐ相手に染まる「かわいい女」である芙美子は、このメンバーの間を渡り歩くのである。なお、南天堂に出入りしていたのはアナキスト詩人たちだけではない。このころ川端康成も毎日のように行っていたと『文藝』の座談会で語っている（ただし、不思議と芙美子には会わなかったそうだ）。作家で僧侶の今東《こんとう》光《こう》も南天堂で喧嘩していたという。

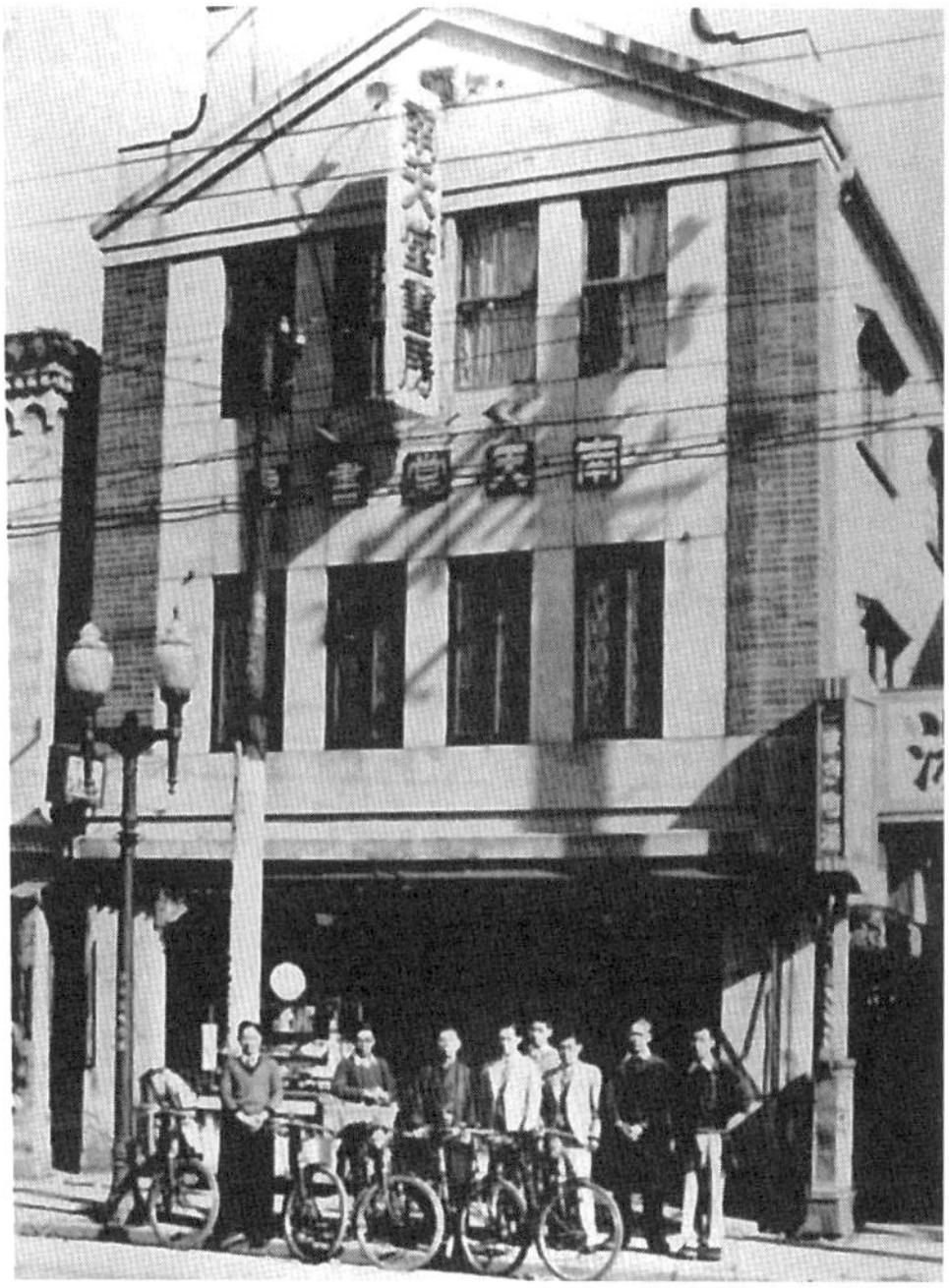

南天堂書房。２階のレストランにはアナキストの詩人や思想家が集まった（南天堂書房提供）

　六月に田辺の公演を見るが、相手役の女優が愛人だと分かって別れる。実家が素封家だった神戸雄一（宮崎県串間市生まれ、旧制志布志中学校出身、のち日向日日新聞

大正13年秋のアナキスト詩人たち。前列左から小野十三郎、壺井繁治、中列左から田辺耕一郎、神戸雄一、野村吉哉、後列、林政雄（県立神奈川近代文学館提供）

社［現宮崎日日新聞社］文化部長）の出資で、芙美子は友谷静栄と同人詩誌「二人」を刊行する。その中の「オシヤカ様」を辻潤は激賞するが、これはのちに「お釈迦様」となって『蒼馬を見たり』や『放浪記』にも収録される。

「お釈迦様／ナムアミダブツの無情を悟すのが／能でもありますまいに／その男ぶりで炎の様な私の胸に／飛びこんで下さりませ／俗世に汚れた／この女の首を／死ぬ程抱き締めて下さりませ。」という不遜なアナーキーな詩である。十二月には野村吉哉と親しくなり、多摩川べりの小さな借家で同棲する。二度目の「結婚」である。「この頃は芙美子さんだけでなく会ってじき同棲するのは、この社会での一種の風潮であった」（平林たい子）という。大正デモクラシーは性的自由の時代でもあったようだ。

　この時代は本当にユニークな男女カップルが出現している。

『放浪記』第三部にこんな一コマがある。大正十三年三月某日。二十歳の芙美子は、原稿の売り込みに苦労していた。

「銀座へ出て滝山町の朝日新聞に行く。中野秀人と云うひとに逢う。花柳はるみと云う髪を剪《き》ったはいからな女のひとと暮しているひとだと風評にきいていたので、胸がどきどきした。世間のひとと云うものは、なかなかひとの貧乏な事情など判ってはもらえない。詩をそのうち見ていただきますと云って戸外へ出る。／中野さんの赤いネクタイが綺麗《きれい》だった。／紹介状も何もない女の詩なんか、どこの新聞社だって迷惑なのだ。銀座通りを歩く。」

中野秀人は、朝日新聞記者から政治家になった中野正剛の弟である。福岡市生まれ。このとき二十五歳。文芸部にいた（『中野秀人作品集』年譜）。滝山町の東京朝日新聞社屋は前年の大震災で全焼したが、大阪朝日新聞の支援を受けて復旧は早かった。伝統ある東京紙の多くが廃業し、勢力図は一変した。

ちなみに朝日新聞は明治十二（一八七九）年、大阪で創刊された。同二十一年には東京へ進出し、東京朝日新聞を創刊した。これに伴い、大阪は大阪朝日新聞と改題。題号を朝日新聞に統一するのは昭和十五（一九四〇）年である。それまで東西で中身の違う紙面を作っていた。

一方、花柳はるみは二十八歳。大正八年から草創期の映画に立て続けに主演して知られ、舞台でも第一線で活躍していた。扇情的な魅力を持ったヴァンプ（妖婦）女優で名高く、髪をボブにして、股《もも》に腕時計をはめていて、時間を見るとき、スカートをまくり上げて人の目の前に突き出したという（戸板康二『物語近代日本女優史』）。

中野は大正十四年、朝日を退社。花柳はるみと劇団「戸をたたく座」を結成した（翌年解散）。花柳とは熱烈な恋愛だったというが別れ、ヨーロッパへ遊学。昭和六（一九三一）年、パリで金髪モデルのフェリシタと結婚した。帰国後、離婚するが、同八年の離婚訴訟の公判には女学生が傍聴に詰めかけたという。中野は兄正剛が昭和三年から十五年まで社長だった九州日報の論説委員を務め、戦後は昭和二十四年に日本共産党に入党（三十六年脱退）している。

さらに強烈なのは、平林たい子とアナキスト山本虎三の二人だ。平林『林芙美子／宮本百合子』（講談社文芸文庫）の年譜を見るだけでも凄まじい。大正十二（一九二三）年一月から同棲した二人（たい子このとき十七歳）は、メーデーでビラをまいて虎三が検束される。九月、関東大震災の惨状を見ていた二人は予防検束され、二十九日間の拘留の後、東京退去を条件に釈放された。翌十三年一月、二人は大連に渡るが、五月末には、摂政宮（のちの昭和天皇）成婚祝賀の饗宴の日のビラまきに連座して内乱罪予備で検挙される。たい子は不起訴となるが、虎三は不敬罪で実刑判決を受け、六月四日、大連分監に入獄。たい子はその三日後、女児を出産し、アケボノと名づけるが生後十六日で死亡する。十四年、たい子はアナキスト飯田徳太郎と同棲。十五年十月に帰国した山本虎三と再会する。

その三角関係の修羅場を、芙美子が『放浪記』第二部に書いている（新潮文庫版）。

やがて、飯田さんと山本さん二人ではいって来る、ただならない空気だ。

飯田さんがたい子さんにおこっている。飯田さんは、たい子さんの額にインキ壺を投げつけた。唾が飛ぶ。私は男への反感がむらむらと燃えた。「何をするんですッ。又、たい子さんもどうしたのッ、これは……」たいさんは、流れる涙をせぐりあげながら話した。「飯田にいじめられていると、山本のいいところが浮んで来るの、山本のところへ行くと、山本がものたりなくなるのよ。」「どっちをお前は本当に愛しているのだ？」私は二人の男がにくらしかった。

「何だ貴方達だって、いいかげんな事をしてるじゃないのッ！」

「なにッ！」

飯田さんは私を睨む。

「私は飯田を愛しています。」

たい子さんはキッパリ云い切ると、飯田さんをジロリと見上げていた。私はたいさんが何故《なぜ》か憎らしかった。こんなにブジョクされてまでもあんなひとがいいのかしら……山本さんは溝《どぶ》へ落ちた鼠のようにしょんぼりすると、蒲団は僕のものだから持ってかえると云い出した。

平林たい子（右）と小堀甚二＝昭和３年夏、豊多摩郡杉並町（現杉並区）馬橋

山本虎三の名は、昭和十二年の改造社の選集までは文中にあったが、同十四年の『決定版放浪記』（新潮社）から伏せ字になった（廣畑研二『放浪記復元版』解説）。『放浪記』が戦争中、発禁だったのもむべなるかな、だ。

このあと平林たい子は虎三と復縁するが、まもなく別れ、昭和二年に小堀甚二と結婚し、代表作「施療室にて」を書く。昭和二十九年、小堀の隠し子が発覚し、翌三十年八月離婚。三十年一月から三十二年七月まで『主婦之友』に大長編自伝小説「砂漠の花」を連載、全編にわたって林芙美子が実名で登場する。

また平林は昭和三十年、日本社会党に入党するが、次第に反共的姿勢を強め、三十四年離党。民主社会党支持に転じた。民社党はかつて「自民党より右」といわれていた。

生涯の伴侶

芙美子は大正十四（一九二五）年には野村吉哉と渋谷区道玄坂に住んだのち、四月に豊多摩郡世田谷町（現在の世田谷区）太子堂に移る。壺井繁治・栄夫妻の隣であった。夫妻の郷里小豆島《しょうどしま》には「二十四の瞳映画村」があって、今も壺井栄の業績を顕彰しているが、中にある壺井栄文学館を見ると、芙美子と近所付き合いをしていたころは戦後の「二十四の瞳」のイメージとだいぶ違う。夫妻ともにプロレタリア文学者で、繁治は昭和二－九年、思想犯として入出獄を繰り返した。

芙美子は近くに同棲中の平林たい子とともに、詩や童話の原稿を出版社に売り込みに歩いた。貧しい生活と肺の疾患が野村を狂暴にし、芙美子は暴力に耐えかねてこの冬夜逃げをして、世田谷町瀬田に移り住んだ。

大正十五年一月末に野村に恋人ができたため別れ、新宿のカフェーに移る。その後、やはり恋人と別れた平林たい子と本郷区追分《おいわけ》町の酒屋の二階に同居する。しかし、たい子が結婚したため、芙美子は十月に尾道に帰る。このとき「風琴と魚の町」第一稿に着手している。再上京して上野の不忍池《しのばずのいけ》に近い下谷《したや》茅町《かやちょう》に部屋を借りて新宿「つるや」で女給となる。たい子が芙美子の売春をほのめかしているのはこのころである。芙美子は、たい子のかつての恋人の下宿を訪ねた先で、長野県下高井郡平岡村出身の画学生手塚緑敏《りょくびん》と知り合う。そして十二月に三度目の「結婚」をする。生涯の伴侶を得たのである。十二月二十五日、昭和に改元。

なお、緑敏の読みは「りょくびん」で間違いないはずだが、例外も見かける。平林たい子は『砂漠の花』で「ろくとし」とルビを振っている。肝心なのは妻の芙美子だ。海外からたくさん手紙を出しており、「リョクさん」また、ずばり「ムッシュリョクビン」と呼びかけている。

翌昭和二年五月には和田堀の妙法寺境内浅加園内の一棟を借りて住む。「清貧の書」（同八年五月）はこのころの生活をもとにしており、四年の間に三人の男の妻となった話で、より小説的にはなっているが「放浪記」の続編と言っていい。二人目の男（つまり野村）は主人公の骨がガラガラと崩れていきそうなくらいに殴った。そして三人目の男（つまり手塚緑敏）は「平凡で誇張のない男」と突き放したような目で見ている。早朝、警察に踏み込まれ夫が連行されそうになって召集令状で人違いを証明する場面があるが、これは昭和四年の実話が織り込まれている。

昭和二年七月には緑敏とともに尾道に行き、一緒に因島の岡野軍一を訪ねるという不可解な行動に出ている。のちの「塵溜」（同九年四月）によると、昔の男が主人公はまだ独身だろうと思って家を訪ねてくる。主人公は男を親類の者ということにして夫に会わせる。成り行き上、男は、ぜひ自分の故郷に遊びに来てほしいと誘い、夫はぜひ行きましょうという話になってしまう。こうして夫婦は妻の昔の恋人の家庭を訪ねるのだが、タイトル（ちりだめ）のような無惨な家庭を見たことになっている。芙美子自身はこの作品で我が身を捨てられたことへの復讐をして溜飲を下げただろうが、全く人が悪いと言わざるを得ない。

このあと当時高松にいた両親に緑敏を紹介し、一カ月ほど滞在している。

『女人芸術』創刊号

『女人芸術』に「放浪記」載る

昭和三（一九二八）年七月に雑誌『女人芸術』を創刊して間もない長谷川時雨《しぐれ》のもとを、林芙美子は生田花世とともに訪ねる。生田花世は、生活難のために貞操を売って弟を援助した自分の体験を堂々と発表し、「食べることと貞操」論争を引き起こした人だ。半面、世話好きで、『女人芸術』の片腕として、原稿を持ち込んでくる無名の人たちにとても親切だったという。芙美子もその一人だったのである。

一方、主宰の長谷川時雨（一八七九―一九四一年）は、二十九歳のとき女性で初めての歌舞伎作家となる才媛であった。四十歳で三上於菟吉《おときち》と世帯を持ってからは、三上を世に出すことに全力を傾ける。三上は今でこそ忘れられた作家だが、その後大変な売れっ子となり、儲かった金を湯水のように使っていた。時雨の夢であった女だけの文芸雑誌を実現するにあたっては、費用を三上がすべて出した。『女人芸術』は一応店頭に並ぶ商業雑誌で、発行部数は三、四千部くらいだったようだ。執筆者への原稿料はなかったという。

三上が先に芙美子の才能を認めて、翌八月号に「黍畑《きびばたけ》」の詩が載る。再び時雨を訪ねた芙美子は「歌日記」と題された古びたノートを差し出す。長いこと読売新聞の学芸部記者のデスクに忘れられていたノートだったという。これも三上がまず読み、時雨に連載を勧めた。こうして昭和三年十月号から、途中四カ月の

女人芸術社編集室（長谷川時雨宅）で、左から伊福部敬子、素川絹子、新妻伊都子、八木秋子、林芙美子、望月百合子、平塚らいてう、富本一枝、今井邦子（横顔）、熱田優子（後向き）、生田花世、小池みどり、平林たい子、円地文子、中本たか子

中断を挟んで同五年十月号まで二十回にわたり連載される。各回のタイトルに「放浪記」という副題を付けたのも三上だった。

この連載中に、芙美子の思想的なスタンスが分かる重要な文章がある。昭和四年十一月、婦人毎日新聞に書いた「流転途上」だ（『全文業録』収録）。「私は人生半ばに達するまで、色々の主義へコウアンした、だが何とはかないことであろう」。人生五十年の時代だから、二十五歳の芙美子はちょうど人生半ば。コウアンとは「苟安」（一時のがれの意）だろう。「彼れ等イズムたちは、われこそはと、毒々しい花を咲かせて働蜂から蜜を搾取している」と続け、その指導者には「表をみれば立派な首領、裏は金屛風で女から女へ、それは金鎖をつけた、ブルジョワと何等のさもない世渡り、曲者とは彼れらをこそ」と痛烈だ。芙美子は「主義＝イズム」の欺瞞を見抜いて訣別していた。だから「放浪記」は当時はやりのプロレタリア文

『改造』創刊号

学にはなっていない。

『改造』との出会い

山本実彦《さねひこ》（鹿児島県旧川内市出身）は大正八（一九一九）年四月、三十四歳で改造社を創業し、雑誌『改造』を創刊した。二年前がロシア革命、前年にソ連が誕生し、この年にはモスクワでコミンテルンが結成された。次第に日本でも左翼旋風が吹き荒れる時期だ。当時、総合雑誌としては他に『中央公論』『日本評論』『文藝春秋』があったが、四誌の中で『改造』は特に左翼的なものを載せた。

山本が社会主義者や共産主義者であったからではない。山本にとって雑誌はあくまで踏み台で、政治家になるのが目標だった。だから山川均の論文「労働運動の戦術としてのサボタージュ」で創刊六号目が発禁になったときには、自分の政治生命が失われたと激怒したが、雑誌はよく売れて山本も時流に乗っていった。大正末年には『現代日本文学全集』を一冊一円で販売し、大成功を収めた。昭和三年からは『マルクス・エンゲルス全集』を刊行し、同七年までに全三十一冊を完結した。

山本自身は革命政党ではなく、「議会中心政治」を標榜する民政党に属し、昭和五年の総選挙で鹿児島から立って念願の当選を果たす。

昭和四年、『改造』編集者の水島治男は妻の勧めで『女人芸術』の「放浪記」を読んで「こいつはいけるぞ」と思い、原稿を書いてもらうことにした。そのころの芙美子は着る物がなくて赤い海水着で暮らす極貧状態だった。編集者が来たときには、むき出しの膝を手拭いで隠して応対したという（水島治男『改造社の時代　戦前編』）。

こうして「九州炭坑街放浪記」が『改造』昭和四年十月号に掲載された。芙美子は「そのときのうれしさは何にたとえるすべもありません」と言い、その号の他の執筆者名まで全部覚えてしまうほどの喜びようだった。

そのころ改造社では「新鋭文学叢書」一冊三十銭のシリーズもの企画が進行中で、それに急遽「放浪記」を加えたいという提案があった。山本実彦社長は水島に「この叢書に入れるのはまだ早くないか」と相談したが、水島が「名案です。ぜひ加えたい」と答えて実現したという。

こうして単行本の『放浪記』は、改造社から昭和五年七月、『女人芸術』掲載の十四回分を時系列順に並べ直して出版される。さらに同年十二月には残り六回分に新たに七編を加えた『続放浪記』が出る。

改造社社長室で山本実彦＝大正末ごろ

変遷した「放浪記」

決定版『放浪記』は昭和十四年十一月、新潮社から

改造社版『放浪記』。ベストセラーとなる

出たもので、文章に大幅な手が加えられ、現在流布されている形になった。しかしこの改訂について尾形明子は「詩精神とリズムの喪失」と厳しい評価をしている。『放浪記』は「（日記の形式とか詩のような）形式しか持ち得ないところで書かれた芙美子のぎりぎりの心の噴出であり、悲鳴であり、のたうつ日々の記録だった。文学の原点のすべてをもった、それなりに完成された形体だった。どのように歪《いび》つであろうと、それ自体が発光体としての輝きを持ち、そこから緊迫したリズムが生まれる」と惜しんでいる。

確かに『放浪記』から受ける印象は散文詩に近いものであり、その形式は「ついに模倣者を生まなかった」（中村光夫）独特なものである。この改訂の背景について尾形が「おそらくは戦場で出会った兵士たちをも含めて、かつてよりももっと困難な中にいる日本中の若者たちのために、この本を書き改める。戦争の渦巻きに巻き込まれてしまった若者たちへの芙美子のメッセージといってもいい」と指摘しているのは、鋭い。後述するように、芙美子は昭和十二―十三年に中国戦線を目の当たりにして、兵隊の姿にひどく感動しているのである。

昭和二十一年十月と十二月に改造社から『放浪記前篇』『続放浪記』が出る。翌年には一冊になって新潮文庫に収められる。そうした中で二十二年五月から和田芳恵主宰の『日本小説』に「放浪記」第三部の連載が始まる。断続的に十回連載され、二十四年一月、留女《りゅうじょ》書店からこれをまとめた『放浪記・第三部』が出版される。「昭和五年に処女出版した私の放浪記、続放浪記は自由に何んでも書ける時代ではなかったので、発表できる程度のものを二冊にまとめたものだった」と言うだけあって、第三部には「この街にいろいろな人が集ってくる／飢えによる堕落の人々／萎縮した顔　病める肉体の渦／下層階級のはきだめ／天皇陛下は狂っておいでになるそうだ／患っているもののみの東京！」というような過激な詩が載っている。

この第三部の出版によってこれまでの「放浪記」「続放浪記」は第一部、第二部となり、二十四年二月、三月には「放浪記Ⅰ」（第一部、第二部）、「放浪記Ⅱ」（第三部、巴里の日記）が新潮社『林芙美子文庫』に入る。二十五年六月、第一部から第三部まで全部収録して中央公論社から『放浪記』が出版される。現在の「放浪記」の形がここに整う。

『放浪記』の果たした役割

『放浪記』は、詩集『蒼馬を見たり』（昭和四年）を別にすれば林芙美子の単行本処女作であり、最も有名な作品である。やはり、虚も実も含めて彼女の前半生のすべてが詰まっているといっていい。

『放浪記』については、中村光夫が的確な分析をしている。中村は同書を「幼時の回想に始まるこの手記として、創作ではなく〝事実〟としてそのままに受け止めている。それはともかく、重要な指摘は、この作品の果たした役割である。「この特異な青春の書ほど昭和初年の青年男女を彼等の暗い生活環境で力づけた文学はないのです」。これこそが最も肝要な点なのだ。青年男女を力づけた理由はもちろん、作品の暗さなどではない。明るさの故である。どん底の貧乏の中にあって、主人公（林芙美子）が「根本においては生れつきの『元気』と人生にたいする信頼を失いません」。

さらに中村は『放浪記』から「此放浪記を書き始めた動機は、ハムスンの『飢え』という小説を読んだからである。作家になるなどとは思いもよらない事だったが、とりとめもない心の独白を書いているうちに、私は次々と書きたい思いにかられ、書いている時が、私の賑やかな時間であった。男に捨てられた事も忘れたし、金のない事も飢えている事も忘れた」を引用し、「書くことが、そのなかに書かれている生活の救いになっていることが、これほどはっきりしている文学作品はおそらく類が少ないのです」「作者がそれを書くという事で救われたのが、作品を読む者にも感じられ、それが読者にとっても救いになっている」と述べる。これは文学の本質的な指摘ではないだろうか。

三種類の古里

『放浪記』の有名な書き出し。「私は宿命的に放浪者である。私は古里を持たない」。しかし実際には、彼女ほど「古里」にこだわった人もいないのではないか。「古里を持たない」と言いながら、随所に「古里」という言葉が出てくるのに読者は面食らうだろう。

「放浪記」の中には、全部で三十一個所「古里」が出てくる。それを分析してみると、彼女の言う古里は三つに分類できる。一つは「旅の古里」であり、もう一つは「心の古里」であり、三つ目は原籍としての東桜島村古里である。

まず「旅の古里」である。「旅」という移動と、「古里」という不変のもの。この本来矛盾（概念対立）するものを結びつけた芙美子の造語である。芙美子にとって、古里は移動するのである！　これまで自分が転々と移り住んできた土地、例えば六年を暮らした尾道も「旅の古里」である。父方の里四国も古里であるし、自分と離れても母キクが生活していればそこは古里である。こうした、自分が足を踏み入れた土地土地に対しては「旅の古里ゆえ、別に錦を飾って帰る必要もない」と冷めている。誕生地の下関も特別な場所ではなく、所詮この分類でしかないようだ。

しかしこの「旅の古里」はダブルミーニングであり、もう一つの意味を持っている。「旅」そのものを古里と見る見方である。「旅が古里であった」「旅へ出よう。美しい旅の古里へ帰ろう」といった表現に強く表れている。ここで思い出すのは松尾芭蕉「おくのほそ道」の冒頭、「月日は百代の過客にして、行かふ年も又旅人也。舟の上に生涯をうかべ馬の口とらへて老をむかふる者は、日々旅にして、旅を栖《すみか》とす」である。この意味で『放浪記』は正しく日本文学の漂泊の伝統を継いでいるといえる。ひいき目かもしれないが、日本文学史上に永遠に残る作品ではないだろうか。ちなみに芙美子は高女時代に「おくのほそ道」を読んでいる。

次に「心の古里」である。これはずばり、文学のことである。「チエホフは心の古里だ」「チエホフよ、アルツイバアセフよ、シュニッツラア、私の心の古里を読みたい」。

そして東桜島古里である。これについては「放浪記」の中で複雑な思いを激しく吐露している。59ページで取り上げた「故郷」であり、「放浪記以後の認識――序にかへて」の部分である。

私は生きる事が苦しくなると、故郷というものを考える。死ぬる時は古里で死にたいものだとよく人がこんなことも云うけれども、そんな事を聞くと、私はまた故郷と云うものをしみじみと考えてみるのだ。

毎年、春秋になると、巡査がやって来て原籍をしらべて行くけれど、私は故郷というものをそのたびに考えさせられている。「貴方のお国は、いったいどこが本当なのですか?」と、人に訊かれると、私はぐゝっと詰ってしまうのだ。私には本当は、古里なんてどこでもいいのだと思う。苦しみや楽しみの中にそだっていったところが、古里なのですもの。だから、この「放浪記」も、旅の古里をなつかしがっているところが非常に多い。——思わず年を重ね、色々な事に旅愁を感じて来ると、ふとまた、本当の古里と云うものを私は考えてみるのだ。私の原籍地は、鹿児島県、東桜島、古里温泉場となっています。全く遠く流れ来つるものかなと思わざるを得ません。

鹿児島は私には縁遠いところである。母と一緒に歩いていると、時々少女の頃の淋しかった自分の生活を思い出して仕方がない。

「チンチン行きもんそかい。」

「おじゃったもはんか。」

などと云う言葉を、母は国を出て三十年にもなるのに、東京の真中で平気でつかっているのだ。

——いまだかつて温かい言葉一つかけられなかった古里の人たちに、そうして姉に、いまの母は何かすばらしい贈物をして愕《おどろ》かせたいと思っているらしい。「お母さん！ この世の中で何かしてみせたい、何か義理を済ませたいなんて、必要ではないではありませんか。」と私はおこっているのであった。あ あだけど、母のこの小さな願いをかなえてやりたいとも思う。

これで分かるように、一般名詞としての古里と故郷、固有名詞としての古里が次第に渾然となって区別しにくくなっている。桜島の古里は、芙美子にとって、冷静な感情を失うような特別な場所である。足立巻一は「芙美子は『古里』という地名そのものをもって故郷としていたのかもしれない」「芙美子は『古里』ということばそのものをもって何よりも桜島と結びついていたのではあるまいか」と指摘している。

ちなみに、「チンチン行きもんそかい」は「ぼつぼつ行きましょうか」、「おじゃったもはんか」は「来て下さいませんか」の意味。こういう正調鹿児島弁を都心で使う人に私はお目にかかったことがない。

熱海の旅館の女中が、林芙美子が鹿児島弁を使っていたという興味深い証言をしている（岩本ヤスノ「鹿児島弁の思い出」『林芙美子讀本』所収）が、それは「お安ちゃん、まだ、おきていたんじゃ、すまんのお」というもので、少しも鹿児島弁ではない。どうやら芙美子はわざと時々〝鹿児島弁もどき〟をしゃべっていたようだ。

鹿児島への意識

林芙美子は処女詩集『蒼馬を見たり』と『放浪記』の中に、明らかに鹿児島を意識したと思われる詩「生胆取り」を入れている。

鶏の生胆《いきぎも》に
花火が散って夜が来た
東西！　東西！
そろそろ男との大詰が近づいて来た。
一刀両断に切りつけた男の腸《はらわた》に
メダカがぴんぴん泳いでいる。

臭い臭い夜で
誰も居なけりゃ泥棒にはいりますぞ！
私は貧乏故男も逃げて行きました。
ああ真暗い頬かぶりの夜だよ。

有島三兄弟の一人、里見弴《とん》（一八八八－一九八三年）が大正六（一九一七）年、二十九歳のとき『中央公論』に発表した掌編小説「ひえもんとり」は、鹿児島県旧川内市出身である父有島武から薩摩の奇習として聞いた話を題材にしているという。
「ひ、え、も、ん、と、り、とは、首を打ち落されたばかりの死刑囚の死骸から、謂う所の生胆…胆嚢を取り出す一種の競技を云うのである。その、一つよりない生胆を、足軽以下の侍なら、早い者勝ちで、各自の腕力と敏捷と熟練との争いの結果、誰でもが得ることを許されていたが、施政者の側から云えば、これは、太平の世の士気を鼓舞し、緊張する役に立ち、競技に加わる者の側から云えば、競争心と名誉心とを満足さすことの出来る競技として、また血腥い興奮に我を忘れることの出来る遊戯として、そのこと自身の面白さ忘れがたさのほかに、なお、若し第一の優勝者となって生胆を手に入れることが出来るならば、それはまたよい金儲けでもあった」

芙美子の詩の「一刀両断」という表現は、はじめの一太刀にすべてをかける薩摩の剣法示現流を連想させる。

『放浪記』にはもう一個所、「生胆取り」という言葉が現れていて、それは女給暮らしの自暴自棄を表現した個所である。

「さてさてあぶない生胆取り、ああ何もかも差しあげてしまいますから、二日でも三日でも誰か私をゆっくり眠らせて下さい。私の体から、何でも持って行って下さい。私は泥のように眠りたい。石鹸のようにとけてなくなってしまって、下水の水に、酒もビールも、ジンもウイスキーも、私の胃袋はマッチの代用です。さあ、私の体が入用だったらタダで差し上げましょう。なまじっかタダでプレゼントした方があとくされがなくてせいせいするでしょう。酔っぱらって椅子と一緒に転んだ私を、時ちゃんは馬のように引きおこしてくれた」

本歌取りの手法

芙美子が生涯愛したトルストイの「復活」。この主人公カチューシャ（マースロワ）に芙美子は自らをなぞらえていた。

芙美子母娘以上に、カチューシャ母娘はもっとずっと悲惨なやりかたで男たちに翻弄される。百姓女である母親は夫もいないのに毎年のように子供を産んだ。望みもしないのに生まれてきた子供たちは乳も与えられずに餓死する。こうして五人の子供たちが死に、六番目に生まれたのがカチューシャだった。たまたま地主の老嬢がカチューシャを見かけて母親を援助するようになり、カチューシャは生き延びる。カチューシャ三歳の時母親が病死し、老嬢が彼女を引き取る。カチューシャは小間使いのような養女のような存在となって幸福に暮らす。十六歳になったある日、遊びに来た大学生の公爵に恋し、誘惑されて妊娠してしまう。その大学生に捨てられてからのカチューシャは老嬢の元を去り、転落の一途をたどる。どこに勤めてもそこで男に追いかけ回されてうまくいかず、最後は金に困って売春婦となる。

この、①淫蕩な母親が六人の子供を産んだこと、②大学生に遊ばれて妊娠した揚げ句、捨てられる――を自分の人生にうまく重ね合わせて、「放浪記」では、①「私の兄弟は六人でしたけれど、私は生れてまだ兄達を見た事がないのです」と書き、②「（雑司ヶ谷の墓地で）あんなひとの子供を産んじゃア困ると思った私は、何もかもが旅空でおそろしくなって、私は走って行って墓石に腹をドシンドシンぶっつけていたのだ。男の手紙には、アメリカから帰って来た姉さん夫婦がとてもガンコに反対するのだと云っている。家を出てでも私と一緒になると云っておいて、卒業あと一年間の大学生活を私と一緒にあの雑司ヶ谷でおくったひとだのに、卒業すると自分一人でかえって行ってしまった」。

虚実ない交ぜである。

①は、母キクが夫もいないのに次々と子供を産んだのは本当だが、それは三人であり、六人という数字は「復活」から借りている。

②は、大学生岡野軍一と付き合い、そして捨てられたのは本当だが、妊娠していたというのは嘘だろう。ましてや、墓石に腹をぶつけて流産しようとするなどは明らかに作り話である。『女人芸術』連載時の「旅の古里」では「尾道の海辺で、波止場の石垣に、お腹を打ちつけては、あの男の子供を産む事をおそれた」と書いているのだ。

日記のままでは作品にならない。カチューシャの不幸を重ね合わせ、フィクションの力を借りて話の強度を高める必要があったのだ。平林たい子は「日本のカチューシャ芙美子さん」と呼んでいる。

日記体の限界

『放浪記』は○月×日という日記体である。主語は「私」である。これがくせものなのだ。日記というものは本当のことが書いてあるという暗黙の了解がある。もちろん世の中に公表する以上は読者の目を意識しての粉飾・装飾程度のことはあるだろうが、基本的な事実関係などについては嘘は書いてはいないという前提である。だから読者は当然、『放浪記』を林芙美子のイメージにしてしまった。

変遷で見てきたように、芙美子は『放浪記』をのちのちまでいじっている。作者として愛憎半ばする作品だった。それを裏付ける直筆原稿が薩摩川内《さつませんだい》市のまごころ文学館に残っている。『林芙美子選集』全七巻（昭和十二年、改造社）に収録された「放浪記」の「あとがき」と推測される。

「この放浪記は昭和五年の七月に出版されて、のちに文庫になりましたけれど、私はこの放浪記をみるのが辛くて、暫く絶版にしておきました。いま再び選集のはじめにこれを出しますのは、この放浪記を書いていた頃から丁度十年もたちましたし、これはこれだけで作者からつっぱなしてもいいではないかと云った気持ちで、再び世に出してやる気持ちなのです。いま読んでみますと、たいへん幼い書きぶりで、考えていたことも、何かいまの私とはたいへん違う世界なのですけれども、読みかえしてゆきながら、これが私の若い日だったのかしらと、私はこの放浪記を私の作品としては一番記念すべきものだと、心ひそかに愉しく考えるのです」

『放浪記』は昭和五（一九三〇）年七月に出ると、飛ぶように売れた。二カ月で四十版を重ねたという。すると、芙美子は得た印税で、八月中旬に早速、中国旅行に出かける。ハルピン（ハルビン）、長春、奉天、撫順、金州、大連、青島、上海、南京、杭州、蘇州と回る、ひと月余りの大旅行である。

芙美子は世界の文芸思潮に興味津々だったようだ。帰国後すぐに書いた「哈爾濱《ハルビン》散歩」（『改造』昭和五年十一月号）では、ハルピンは「白色系露人の避難民の街」、つまりロシア革命（一九一七年）から逃れたロシア人の街だとしながら、わざわざソ連の「赤色系詩人（名前は失念したとして伏せている）」に会っている。そして「〜イズム」を信用しない芙美子は、どうやら赤色系詩人に論争を吹っかけたようだ。なぜそう言われたかは書いていないが、詩人に「貴女は大変一本筋で、矛盾を殺し得ない人ですね、矛盾と耳の垢は取った方がいいですよ」と戒められている。

上海では同年三月に結成されたばかりの中国左翼作家連盟の面々に会っている。魯迅からは『阿Q正伝』を贈られた。

パリ行きを決意

詩人の金子光晴（一八九五―一九七五年）は昭和五（一九三〇）年から二年間、妻の森美千代とともにパリで暮らす。このことを聞いた芙美子はいたく刺激されたらしい。

しかし、金子の貧乏旅行はケタ外れだ。

金子はパリへの船旅の途中、マレーシアで定価の三分の一に値切って靴を買った。その靴でパリを半年歩き回ったら底がすり切れて、あげくに底のゴムがめくれ上がって気をつけないと前のめりになったりするので、地下鉄の階段を下りるときは危険なほどだった。それでも裏から釘を打ち込んで接着剤でゴムを張りつけて履いていた。いよいよ限界になって靴の修繕に持っていくと、その店の親父はいきなりゴム底をはがして二つにすると、ごみ箱にポイと捨ててしまった。金子は親父を怒鳴りつけて靴を拾い、麻糸で靴を足の甲に縛りつけて歩いて帰るのである。

金子の『ねむれ巴里』にはパリの日本人がたくさん出てくるが、例の中野秀人（91ページ参照）もイギリスで絵の修業をしたあと画家を目指してパリに来ていた。金子は中野から金を借りようとするが、逃げられてしまう。同書は面白すぎて紹介したらキリがないので、ぜひ一読を勧めたい。

林芙美子のパリ行きは、金子の破天荒さには負けるが、危険性では引けを取らない。

ソ連への失望

一九三一（昭和六）年九月十八日の柳条湖事件は満州事変に発展した。二十七歳の林芙美子は同年十一月四日に東京を出発した。九日夜、下関から関釜連絡船で日本を出国してからは、釜山→京城（十日）、安東（十一日）、奉天→長春（十二日）、ハルビン（十三日）、満州里（十四日）という行程をとった。

清朝最後の皇帝、溥儀《ふぎ》は一九一二年の退位後も紫禁城で暮らしていたが、一九二四年に追放された。日本が受け入れを決め、翌二五年二月、溥儀は天津の日本租界に移っていた。その溥儀が日本軍の手で天津から大連に脱出したのがこの一九三一年十一月十日だから、芙美子が通過した満州は大変な緊張状態にあった。十八日には閣議で満州への軍隊増派が決定している。

二等寝台に乗っていた芙美子は、「私は戦争の気配を幽《かす》かに耳にしました。――空中に炸裂する鉄砲の音でしょう。初めは枕の下のピストンの音かとも思っていましたけれど、やがてそれが地鳴りの音のように変り、砧《きぬた》のようにチョウチョウと云った風な音になり、十三日の夜の九時頃から十四日の夜明けにかけて、停車する駅々では物々しく支那兵がドカドカと扉《ドア》をこづいて行きます。／激しく扉を叩きに来ますと、私の前に寝ている露西亜《ロシア》の女は、とても大きな声で何か呶鳴《どな》ります。きっと、『女の部屋で怪しくはないよ』とでも云ってくれているのでしょう。私は指でチャンバラの真似をして恐ろしいと云う真似《そぶり》をして見せました。露西亜の女はそれが判るのでしょうか、ダアダアと云って笑い出しました」（「西比利亜《シベリア》の旅」）。

そのときモスクワに行く日本人は一人だけだったために、芙美子は満州里の領事から、モスクワの広田弘毅大使（のち首相、東京裁判で絞首刑）に宛てた外交書類を託されるという出来事が持ち上がる。五カ所に赤い封蠟の付いた大きな状袋である。万一の場合に備え、露文で外交官の扱いであるとの添え書きをもらった。芙美子は「全くヒヤリッとした気持」ながら「愛国心とでも云うのでしょうか、そんな言葉ではまだ当はまらない、酢っぱいような勇ましい気持」になったという。

早くからロシア文学に親しんでいた芙美子はかなり期待してシベリア鉄道に乗ったようだが、「チェホフ型の女とか、プゥーシュキン型の女とか、そんな女には一人もめぐりあいません」と失望している。芙美子が一番強く感じたのは、世界初の社会主義革命、ロシア革命（一九一七年）の失敗だったようで、夫緑敏への手紙（十一月二十四日付）に「ロシヤはこじきの国だ。ピオニール（注＝共産主義少年団）が私に、マドマゼルパンをくれと云つてくる。全く一人の英雄の蔭には幾万のギセイ者だ。五年計画と云ふが、十代政治家が変つてもむつかしかろう。五年計画があんなものだつたら、ロシヤは又かくめいが来る」と書く。次の日の手紙にも再び「ロシヤは驚木《おどろき》桃の木さんしよの木だ。レーニンをケイベツしましたよ」と書き送っている。

モスクワの駅では大阪毎日新聞の記者と会うことができて、無事に外交書類を託すことができた。

輝かしいパリは去っていた

芙美子は一九三一（昭和六）年十一月二十三日、パリに到着した。

もう、かつての絢爛たるパリではない。

若きヘミングウェイが六年半暮らし、短編集『われらの時代に』、長編『日はまた昇る』を発表して一躍世に認められ、アメリカに帰ったのは三年前の一九二八年。一九二九年十月、ニューヨークで株価が大暴落し（暗黒の木曜日）、アメリカ発の大恐慌はあっという間にヨーロッパ各国に波及した。

一九二五年にパリで代表作『グレート・ギャツビー』を完成させたスコット・フィッツジェラルドは、一九三〇年十二月に「バビロン再訪」を書く。主人公はかつて乱脈の限りを尽くしたパリを訪ね、「パリの街が閑散としているのを見ても、彼はそれほどがっかりはしなかった。しかしリッツ・ホテルのバーの静けさは奇妙だったし、どことなく不吉だった。それはもうアメリカ人のバーではなかった。そこにいるとなんだか改まった気分になった。ここは俺の店だぞという雰囲気はもうそこにはなかった。それは既にフランスの手に戻ってしまっていたのだ」（村上春樹訳）とパリの変貌を表現している。

大恐慌前のパリは、ヘミングウェイとフィッツジェラルド以外の文学者ではドス・パソス、エズラ・パウンド、ジャン・コクトー、画家ではピカソ、ミロ、音楽家ではストラヴィンスキー、エリック・サティ、コール・ポーターら、のちに名を成す芸術家たちが交遊し、刺激し合っていたのだ。

その時代は去った。

芙美子と同時期でいえば、奇才ヘンリー・ミラーが一九三〇年三月に野心を胸に秘めてパリに到着している。金子光晴とよく似た破天荒な生活を送り、かの難解な『北回帰線』にまとめて文学史上に名を残した。一節だけ紹介すると、「パリは娼婦に似ている。パリを遠くから眺めると、その姿にうっとりさせられ、両腕で抱きしめるまで待っていられないほどだ。ところが五分後にむなしい心地がし、自分自身にうんざりする。裏切られたような気がしてくる」（本田康典訳）。なんだか筆致まで金子にそっくりだ。

今川英子編『林芙美子　巴里の恋』（以下、『巴里の恋』）は、芙美子のパリ時代のロマンスを詳細に研究し、私も大いに参考になったが、ただ、読者が芙美子のパリ滞在にロマンチックなイメージだけを持つのは大きな間違いだ。

実は芙美子はパリに失望し、来たことを後悔している。

着いた翌日の夫への手紙にもう「巴里はいいとこじゃないが、絵かきには来させたい」と不満が始まる。その後も止まらず、「巴里は絵かきにいい。それは本当だ。文士にはあまり面白くない」「絵かきの来るところだ」と、しつこく繰り返す。「早く日本へ帰りたい」も頻出する。

パリ生活の第一頁を記した「下駄で歩いた巴里」（『婦人サロン』昭和七年二月）にも、「どうして私は巴里に来たのだろう。こりゃお嬢さんか学生かそんなものが来るところじゃないかしら」「巴里は絵描きの来る街です。文学者が来るにしても、言葉を本当に持たなければすぐ淋しくなって来るでしょう」と書いている。

一九三二年の日記を見ると、一月十日にはとうとう英国に渡る決心をする。同二十日付の夫宛て葉書には「巴里に足かけ三ケ月得るものなし」とまで書いて、英国行きを知らせている。

大毎特派員の楠山と頻繁に会う

芙美子は仕事を焦りながら取りかかれない無為な毎日を暮らし、チェーホフばかり読んでいたが、一月二十四日にロンドンに移ってから、十日ほどしてようやく頼まれていた原稿に馬力がかかり出す。

ロンドンに行くにあたって、芙美子は大阪毎日新聞ロンドン特派員の楠山義太郎に手紙を出していた。一月二十九日消印の楠山の手紙に「お手紙有難う存じます。目下上海事件で英国政府の態度がどう傾くかが問題になっているので、少し忙しく御座いますが、そのうちに何とか都合のつくことでしょう」とある。「上海事件」とは今でいう第一次上海事変だ。一月二十八日、上海で共同租界警備の日本海軍陸戦隊と中国十九路軍との間に戦闘が勃発した。

二月一日、芙美子の日記には「上海事件が仲々大変らしい」とあるが、翌二日夜には楠山が訪ねてきてドライブ、日本人の店で夕食をごちそうになる。楠山は芙美子が気に入ったらしく、四日は蓄音機を持って遊びに来て、そのあと郊外にドライブしてホテルでお茶を飲み、またロンドンに戻って中国料理を奢ってくれた。六日夜も来訪。八日ドライブ。十日と十二日に夕食。つまり一日おきに会っている。

二月九日には民政党筆頭総務・前蔵相の井上準之助が右翼の血盟団によって射殺される。芙美子は同十四日に緑敏への手紙で「井上さんが殺ろされたそうだが、英国の平和主義者の与論の間には、『日本は大ヤバン国だ』と非常ゲキコウしている。日支問題があるせいだろう。昨日はトラファルガル広場で、支那コンミタンのデモストレーションがあった。日本の侵りゃく主義ファシズムもいいかげんにしないと、カイゼルの轍をふむ。外国もそう甘くはない。満州まではいいが上海は、仲々注目のまとらしい。イギリスの状態も中々つかれている。世界がけいざい的に行きづまっているのだろう」と心配している。

「コンミタン」は「コミンテルン（Communist International）」のことだ。レーニンがソ連誕生の翌年、一九一九年にモスクワで結成し、世界の革命闘争を指導した。ロンドン中心部で堂々と中国擁護、日本排撃の宣伝工作をしていたことが分かる。

「カイゼル」はドイツ皇帝ウィルヘルム二世。ドイツは第一次大戦に敗れ、またロシア革命の影響もあり、社会民主党が一九一八年十一月、君主制を廃して共和制（ワイマール共和国）としたため（十一月革命）、退位してオランダに亡命した。

芙美子と楠山は二月十六日、芝居見物。十八日はドライブ。しかし、せっかく気に入った英国も離れる決心をする。二十日には楠山と活動写真を見たあと、夕飯を食べ、世話になったお礼にウイスキーを贈る。翌二十一日夜にはロンドンを出発し（楠山ら見送り）、再び海を渡って二十二日にパリに戻った。

別れと世界的スクープ

前年、一九三一（昭和六）年九月十八日に満州事変が起こると、中国は三日後の二十一日には国際連盟に提訴した。連盟理事会は十二月十日、イギリスのリットン卿を団長とする英、仏、独、伊、米五カ国の調査委員会（リットン調査団）の派遣を決議。明けて三二年二月末、リットン調査団は東京にやってきた。

大阪毎日新聞ロンドン特派員の楠山義太郎は、リットン卿を徹底マークし、報告書のスクープを狙っていた。

三月一日、満州国が建国を宣言した。

三月は二度、楠山がジュネーブの行き帰りにパリに立ち寄っている。国際連盟での取材だろう。林芙美子は三月一日の日記で「后後五時五十分の汽車で倫敦から楠山氏来巴、ゼネバへ行く途中の四時間を利用して、夕飯をサンミツシエルにたべる。リオンの駅へ送つて行く」のあと、三月二十二日に突然、楠山への恋慕を吐露している。「ひる四時頃ジユネブの帰へりだと云つて楠山氏来訪、チヨコーレート貰ふ。好きな人だ、一寸困る。／夕方六時かへる。呆んやりする。——むちやくちやに早くかへりたい。主人に対して相済まない事だ。あゝ助けてくれだ」。きっと、ロンドンの時から好意があり、このままではまずいとロンドンを去ったのだろう。世界的なスクープを狙っている記者は、輝きを放っていたに違いない。

楠山義太郎とはその後、四月二十日付で芙美子に「ロンドンへ御出での御話はどうなりましたか?」と問う手紙を最後に、連絡が途絶えたようだ。実は四月一日、芙美子はパリで白井晟一《せいいち》と出会う。『巴里日記』の恋の相手S氏だ。楠山には「夫に済まない」と自制した芙美子が、白井にはのめり込む。

一方の楠山義太郎のその後も簡単に見ておこう。

リットンは九月四日に上海から帰国の途に就いた。報告書は同三十日に日中両政府に渡され、公表は十月二日午後九時と決まった。

公表の四、五日前にリットンは姿をくらました。二日前になって、ロンドン郊外のリットンの居城で、楠山はようやく面談にこぎつけた。詳細な説明を聞いた。

リットンによると、現地を視察して日本の主張も無理からぬ点があると呑み込めた。解決策は、満州を自治体にして広範な権限を与えることだ。「満州国」承認という形式論に捕らわれず、現実政策を取るべきだという。「リットン調査団は日本を非難し、その結果、日本は国際連盟を脱退した」と、確か学校では習ったが、実態はかなり違うようだ。

楠山は、報告書の内容と趣旨は分かったが、正文が欲しい、不正確な推測記事を書かれていいのかと迫った。渋るリットンに説得を重ね、ついに報告書正文と一言一句違わないものを本社に打電した。東京で東京日日新聞（大阪毎日新聞と同列）の号外が出たのは、公表予定の三十一時間半ほど前だった。楠山は歴史的スクープをものにしたのだ。

白井晟一の左翼思想に染まる

一九三二年二月二十二日にロンドンからパリに戻った芙美子は、松尾邦之助（読売新聞の特派員）夫妻が宿泊するホテル・フロリドールに滞在を決める。松尾は在留邦人会の世話をしていたらしく、これが運のつきというか、芙美子は以降、日本人との付き合いの只中に巻き込まれる。

四月一日もいろんな人に会う中で、白井晟一と知り合うのだ。

白井は一九〇五（明治三十八）年二月京都生まれだから、当時二十七歳、年下である。ドイツでハイデルベルク大学—ベルリン大学と学び、邦人相手の左翼新聞「ベルリン通信」を編集発行していたコミュニストである。

ドイツは先述したように一九一八（大正七）年、君主制から共和制になった（十一月革命）が、レーニンは次に共産革命をもくろんだ。コミンテルンの指導の下、一九一九年十月にドイツ共産党が組織され、一九二一年三月、同党は武装蜂起を図ったが、軍に制圧されて壊滅的な失敗に終わっていた。だからベルリンには共産主義者の〝捲土重来〟の余燼がくすぶっていたのだ。

このときは義兄の日本画家近藤浩一路がパリで個展を開くのに合わせて、白井はパリに滞在していた。以降、芙美子、白井、そして大屋久寿雄《くすお》（リヨン大学生）の三人は連日のように会うようになった。四月だけで九回。集まってはプロレタリアの理念について議論を戦わせた。あれだけロシア革命を馬鹿にしていた芙美子が、白井に会って四日目の四月四日付矢田津世子宛ての手紙には「欧州へ来て、始めてプロレタリヤ運動について再び私は情熱を持つやうになつた」と書くのだから、「かわいい女」の面目躍如である。

二人でベルリンへ行く

東京の新宿歴史博物館が所蔵する、一九三二年の日記のうち四月二十五日から六月三十日までが破り取られていたため、今川英子は、芙美子が四月二十八日―五月一日の四日間、パリ郊外のモンモランシイやフォンテンブロー、バルビゾンに旅したと「滞欧記」や「巴里日記」に書いているのは、実は白井と一緒の旅行だったのではないかと推理している（『巴里の恋』）。

芙美子は夫緑敏への五月四日の手紙で、「一日からこの四日にかけて仏蘭西の田舎に行って大変な収かくを得て来た」と報告している。ホンテンブロウに一泊し、バルビゾンへ。「バルビゾンと云ふ小村はミレーの生れたところで、こゝではミレーのアトリヱと最後に息を引とつたベツドを見ました」とある。このミレーが鍵になる。

芙美子は五月十三日、マルセイユから船で帰国の途に就き、六月十五日、神戸に入港する。

芙美子の一九三二年の日記は、破り取られた後の七月一日から再び『巴里の恋』に収録されているが、白井晟一のことばかり出てくる。問題は八月十四日の記述だ。「晟一より、何のたよりもなし、それでい丶遠い人だ、遠いひとだけに美しくまるで夢のやうでもある。／夕刊にはミレーの『夕べの祈り』が剪られたと出てゐた（注＝ルーブル博物館であった事件）。あ丶心に痛しバルビソオンの思ひ出よ」とある。晟一とミレーがつながる。二人でバルビゾンに行ったのは間違いあるまい。

ところが二人が行ったのはパリ郊外だけではなかった。さらにベルリンにまで行っていたのだ。

パリ滞在中から書き始め、帰国直後の八月の『改造』に発表した小説「屋根裏の椅子」には、白井晟一をモデルにした恋人が出てくる。その恋人が「もうじき送金して来ますから、そうしたら、二人でベルリンへ行きましょう」と主人公を誘う場面がある。主人公は断る。ベルリンなどへ行っても、自分も夫も母親も皆、滅びてしまうだけだと帰国の途に就くのだ。別れの日、恋人は「僕は貴女を見送ったら、此金で伯林《ベルリン》へ帰へろう」と告げる。この創作されたシーンと、日記の該当部分を破り捨てることで、芙美子はベルリン行きを隠しおおせた……はずだった。

ベルリン行きを示す資料は、昭和十六年発行の『文芸銃後運動講演集』（文芸家協会）の中に発見した。

林芙美子は「銃後婦人の問題」と題した同十五年の講演の中で「十年程前、欧洲へ行き、ベルリンのツオという動物園の近くに、下宿していました時、そこのお神さんが、夕食が済むと、電気を消していましたけれども、話をするのに、燈火はいらないと言って、暖炉の火明かりで、私達は話をしあいました」と語って

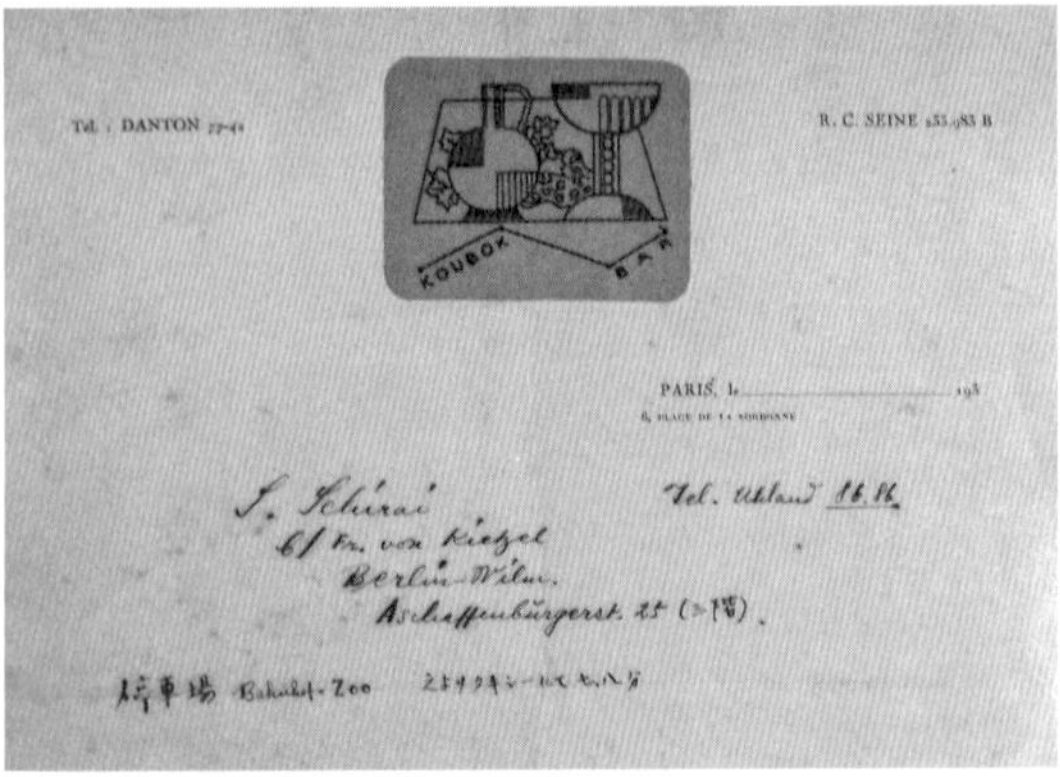

白井晟一から芙美子へ、ベルリンの滞在先を記したメモ（北九州市立文学館蔵）

いるのだ。

物証まで見つかった。

北九州市立文学館には白井晟一が芙美子にベルリンの滞在先を書き送った便箋が残されている。

ベルリンの住所番地の後に（三階）とあり、さらに別行で「停車場 Bahnhof=Zoo 之よりタキシーにて七、八分」とある。ZOOはドイツ語でも動物園で、ツォーと読む。芙美子の話にある「ツオという動物園」と完全に一致する。現在もツォー駅（ベルリン動物園駅）はある。

短い旅の宿を〝下宿していた〟とは言わない。芙美子は白井晟一がベルリン大学へ通う下宿に同宿したのだ。〝私達〟というのは下宿のおかみさんと芙美子の二人と受け取れるので分かるはずもないと思ったのか、八年たって油断したのか、満員の聴衆に真相を漏らしてしまったのだ。

ベルリンの次はモスクワだったはず

もっと重大な問題がある。

私は、白井がベルリンで、ソ連への亡命に芙美子を誘ったのではないかと思う。

実際、白井は芙美子と別れた後、モスクワに渡って一年滞在し、ソ連に帰化しようとしている。しかし芙美子は断った。それこそソ連などへ行っては、「自分も夫も母親も皆、滅びてしまうだけだ」。そこまでプロレタリア革命のイデオロギーに殉じるつもりはない。

「巴里日記」にこうある。「私は日本の可哀想な私の家族を忘れることがどうしてもできません。S氏よ、あなたはあなたの幸福輝くばかりの道があるでせうし、私には私の道があるのだろうと思ひます。貧しい私は、貧しい人達とともに歩む道しかありません」。芙美子にとって、階級闘争は貧しい人たちが起こすものという発想はないようだ。

芙美子は五月十二日夜、リヨン駅を発ち、十三日マルセイユ発午後五時の榛名丸に乗船する。ナポリ、ポートサイド、シンガポール、香港を経て、六月十二日朝八時に上海に入港すると、自動車で四川路《しせんろ》の内山書店と魯迅宅を訪ねる。魯迅は「上海事件の後のせいか非常に疲れたような顔をして」いた。しかし、「私が巴里の話をすると、それをむさぼるように訊いていられた」という(「魯迅追憶」)。

榛名丸は六月十五日、神戸に入港した。

芙美子は白井晟一への思いに苦しんだ。帰国後の日記には白井のことばかり出てくる。七月十三日には隠しておいた白井の手紙を緑敏に読まれ、「ゆるしてほしい」と書いている。

一方、大屋久寿雄も危ない橋を渡っていた。芙美子に送ってきた手紙(一九三二年七月十九日消印)には「僕今独りでアントワープに来てゐる。今月八日に遂に命数つきて、警察にあげられ、即決で国外追放となった。(略)白井とは其の後音信不通、どうやって生きてゐるか一向知らない。貴女の方が却つて知つてゐる位だろう」とある。「即決で国外追放」とは一体、何をやっていたのか。

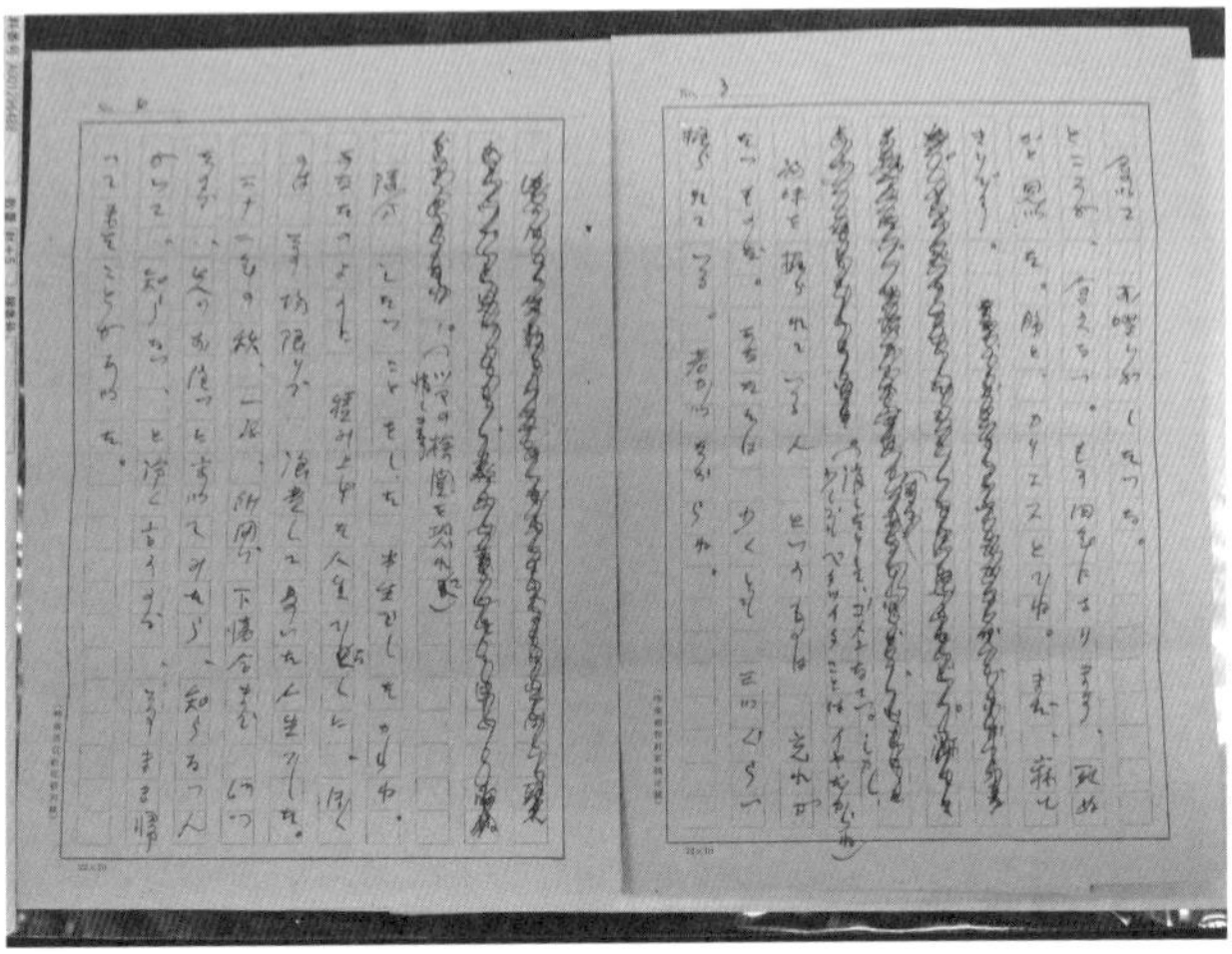

大屋久寿雄から芙美子への手紙（北九州市立文学館蔵）

大屋は翌昭和八年帰国し、新聞聯合社、同盟通信社を経て時事通信社記者となっている。

大屋が戦後、昭和二十六年六月二十五日に芙美子宛てに送った手紙がある（北九州市立文学館蔵）。時事通信社の封筒だ（なお、未公表の書簡にも著作権がある。本書で原文を引用している書簡は著作権保護期間を過ぎたものである）。

ラジオで芙美子の声を聞いて懐かしかった、自分は「肺とカリエスとで」寝たきりだと述べたあと、「弱味を握られている人というものは忘れがたいものだ。あなたには少なくとも三つぐらい握られている。若かったからね。［二行半ほど波線で消し」（ツマの検閲を恐れて消します）随分したいことをした半生でしたからね。あなたのように積み上げた人生でなしに、ぼくのはその場限りで浪費して歩いた人生でした」という意味深な文章である。

芙美子はこのわずか三日後に亡くなり、大屋も半年後には死去している。

白井晟一は昭和八年にシベリア経由でソ連から帰国した。翌九年には千葉県の山中に弟や仲間たちと拠点を作って共同生活を始めるが、官憲に睨まれ、一年ばかりで解散になったという。しばらくしてから建築設計者としての道を歩む。戦後、数々の賞を受け、昭和五十五年には日本芸術院賞を受賞した。書家でもあった。同五十八年に七十八歳で亡くなっている。

十日間の拘留事件

昭和七（一九三二）年六月に帰国した芙美子は同年八月、淀橋区下落合の洋館を借りて転居する（以後九年住む）。家賃は五十円。当時東京の一戸建て家賃が十二円だから、普通の四倍以上の豪邸である。大正十四（一九二五）年九月生まれの林福江は、小学校三年生の終わりから六年生の始めまで、この洋館に一緒に住んだというから、昭和八年から十一年にかけてであろう。芙美子が「子供がいないので寂しい。あなたのところは五人もいるのだから」と、異父姉のヒデに頼んだという。するとヒデ夫婦も上京して来て、近くの西落合で木炭売りを始めた。しかしのちに事業は失敗し、福江は両親とともに鹿児島に帰ったのだという。

福江上京の昭和八年は、芙美子のプライベートでいろいろなことが重なった年だ。三月、義父沢井喜三郎とキクが岡山から上京して同居、間もなく近所に住むようになった。

そして九月四日、日本共産党に寄付したという理由で、芙美子が中野警察署に十日間拘留されるという事件が起こる。小林多喜二が逮捕され、即日拷問で殺されたとされるのはこの年の二月二十日である。

平林たい子によると、共産党の理論家福本和夫（当時獄中）の愛人の一人と称する女性が、インテリの間を回って、革命は近い時期にあるから金銭を提供すれば革命後の取り扱いが考慮されるという、脅迫まがいで金を集めていた。芙美子は断り切れない付き合いとしてふらふらと金を渡したのだろうという。深い背景はなかったようだ。

芙美子は戦後、「生活に困っているひとへ幾何《いくばく》かの金を与えたと云うだけの理由ではいったのである。只そのひとが左翼のひとであったと云うだけの事であった。長い間の友人で、女の身で、壱日一日をしのぎかねているのを見ては、それを見捨ててしまうほど菊子（注＝主人公）は無情な気にはなれなかったのだ」と振り返っている（「夢一夜」昭和二十二年）。

一つ疑問に感じるのは、共産党員の愛人に金を渡したくらいで、十日間も拘留されるだろうか、ということだ。それは表向きの理由で、実は白井晟一との関わりを調べられたのではないか。白井がちょうどソ連から帰国したころだ。ソ連から帰った人間は当然、公安がマークしていたはずだ。このとき芙美子が「知らぬ存ぜぬ」を通したおかげで日本に帰っていた大屋久寿雄も救われ、それで大屋は芙美子に「弱味を握られている」と書いたのではないかと想像する。

秋に芙美子宅の隣に作家大泉黒石《こくせき》が越してくる。その四女淵《えん》（五歳）に芙美子は死ぬまで大変な愛情を注ぐようになる。十一月、義父沢井喜三郎が急性肺炎により四十五歳で死亡した。以後母キクを自宅に引き取り、ずっと一緒に暮らすことになる。十二月には沢井の遺骨を中野区上高田の萬昌院功運寺（のちに自分も入る）に納める。芙美子と功運寺との縁は、友人の軽部《かるべ》清子が夫婦で寺の離れに暮らし、そこによく遊びに行ったことによる。芙美子は寺の娘藤井田鶴子《たづこ》と親しくなる。藤井は芙美子の影響もあって、のちに中央公論社に入って編集者となる。藤井はのちに織田昭子（200ページ以降参照）に本をまとめるよう勧める（『わたしの織田作之助』あとがき）。

昭和九年八月十二日、芙美子は鹿児島の林久吉から分家して、本籍を初めて東京に移し、住んでいた洋館の番地である下落合四丁目二一三三番地に置いた。大きな決意と覚悟の表れであろう。そしてついに作家として一つの脱皮を遂げる。

自伝小説からの脱皮「牡蠣」

昭和十（一九三五）年九月、芙美子は「牡蠣」を『中央公論』に発表した。

主人公の周吉は、日本橋の袋物問屋の下で〝駄物《だもの》〟を専門に縫う職人である。実直に暮らす周吉は下宿屋の女中のたまと結婚して、つつましいながら幸せな生活をつかみかけていた。しかし機械化で手縫いの仕事は先細りになり、持病の恐怖症のようなものが高じて次第に人格的に破滅していくという、非常に暗い話である。これまでの自伝的色彩はすっかり影を潜め、客観的写実を志向し、それに成功している。周吉の狂気を表すのに、らんちゅうの尻尾を引き裂く様子を描いているが、芙美子は下落合の洋館でらんちゅうを飼っていたから、ひょっとしたら自分でも実験したかもしれない。それくらいプロの作家としての凄みが感じられる作品だ。

らんちゅうと遊ぶ「牡蠣」執筆のころ＝昭和10年９月、下落合の西洋館で（新宿歴史博物館提供）

芙美子は随筆「私の仕事」（昭和十二年八月）の中で、自分の仕事を、①放浪記時代、②清貧

『牡蠣』出版記念会。前列右より宇野浩二、広津和郎、佐藤春夫、後列右より林房雄、長谷川時雨、芙美子、吉屋信子（新宿歴史博物館提供）

の書時代、③牡蠣時代——と三期に分けている。ホップ・ステップ・ジャンプで、やっとプロの作家になれたと自覚したのではないか。それほど会心の作だった。

十一月には短編集『牡蠣』（改造社）出版記念会を開き、宇野浩二、広津和郎、佐藤春夫、中島健蔵、林房雄、長谷川時雨、吉屋信子、佐多稲子らが出席した。中島健蔵によると、この会は芙美子が自分で企画し、主催し、金を出したものだったという。しかし、岩橋邦枝の『評伝長谷川時雨』によると、会は長谷川時雨が企画・主催したものだった。ところが、会の前夜に芙美子は使いの学生を時雨のもとにやって、「明日の会のために前々から用意しました」というメモと、新札の入った分厚い封筒を届けたというのだ。時雨は気分を害して、この金で戦地に毛布を送ったという。

それを知らずに自分の金で会をやっていると思っている芙美子は、客観小説の完成がよっぽどうれしかったらしく一番はしゃいで、とうとう皿をざるに見立ててどじょうすくいまで披露する。「満面にこぼれるばかりの笑をたたえて、手ぶりもあざやかで、嬉しさそのものという感じであった」（中島健蔵）。椅子の上から今日出海《こんひでみ》に飛びついたりもしたという。

ところが、二、三日たって新聞に悪口が出た。「お芙美がいい気になって、大盤振舞をやって文士を集め、どじょうすくいを踊るとは何ごとであるか、という悪意にみちた非難」（中島健蔵）だったという。芙美子はこれですっかりくさってしまった。以後二度とこのような人を大勢集める会をしなかった。

佐々、芙美子にアドバイス

東京朝日新聞の佐々《さっさ》弘雄が昭和十（一九三五）年十一月二十七日、林芙美子に送った書簡がある（北九州市立文学館蔵）。非常に興味深い人物なので説明したい。

佐々は熊本市生まれ。東京帝国大学法学部を卒業後、同学部助手を経て、英独仏三カ国に留学。大正十三（一九二四）年十一月に帰国すると、新設の九州帝国大学法文学部教授に二十八歳で就任したというから、相当優秀な人だったようだ。

ところが、昭和三年三月十五日未明を期して、内務省が一斉に共産党関係の大検挙を敢行した（三・一五事件）。起訴・収容された者五百三十人。取り調べを受けたのは五千数百人に及び、その中には帝大をはじめ大学、高専の学生が二千数百人もいた。一般国民が初めて共産党の社会への浸透ぶりを知って驚愕した事件である。九州大学では四人の学生の放校処分が決まり、佐々弘雄、向坂逸郎ら三教授が辞職に追い込まれた。九大事件といわれる。
職を失った佐々弘雄は中野正剛が経営する九州日報に論説を書き、上京して雑誌『改造』や『中央公論』の常連執筆者として政治評論を書いた。そして筆政の緒方竹虎《たけとら》に認められ、昭和九年三月、東京朝日新聞社に入社したのである（「筆政」とは編集部門の最高責任者を指すが、正式の役職名ではない）。
佐々の手紙は少々長いが、これまで公開されておらず内容も面白いので全文を引用する。東京朝日新聞社の封筒と便箋三枚である。判読の難しかった二文字には「?」を付けた。

過日はお本（注＝改造社刊『牡蠣』）お送り頂き有難く存じます。早速お礼状差上げたいと考えましたが、お手紙をなくなし住所がわからぬので、改造社あてに致しました。不悪《あしからず》。

早速、折にふれて一つ一つ読んでおります。秋風と云うか枯葉と云うか、断えずそうしたものの聯想をもちながらそのしみじみした感じを非常にユニークなうそのないものだと敬服しております。文芸十二月号を拝見しましたら枯葉と耳(?)の詩を詠んでおられ面白く感じました。

方丈記は仏教思想の影響多いもので、文章としても説明的なのを余りかかってはおりませぬが、どこか基底(?)に似たものがあるのではないでしょうか。現在でも日本人の心の中に共通にもっているものに通うのが一つの強味だと思います。また、古事記のようなのんきさと、人のよさと、明るさ、それも、古代から今にもつたわっている日本人の現実生活の気分でしょうが、これも作品の中によく現われており、少しおかしいくつろぎを感じさせられます。

小生は商売柄毎日社で各社の新聞を一通り目をとおすのですが、今日の都新聞に板垣［直子］女史への反駁を読んでおやっと思いました。ポンポン物を言うのも胸がすいて気持のいいことですが、その場限りですんでしまうのを小生は惜しいように感じます。小生は批評は評者にまかせお返事は仕事でお目にかけると云う態度で押通して来ましたが、その方がトクのように思えます。板垣氏はチシキのクズで一杯なような人だし、ものを育てる気分や内面に入ってゆく力がないため外面的に自分のものを見せ度いことの見えすくような評の仕方なことは分かっているのですから、平気ですごされた方がよくはないでしょうか。……

小説でもいろいろの流儀特長があるのでしょうから、何もバルザックやゾラのようなのばかりがえらいとも限りますまい。頂度油絵の外に日本絵もあるわけですから。

勝手な色々のことを申上げて失礼しました。お礼に兼ねお健康を祈ります。

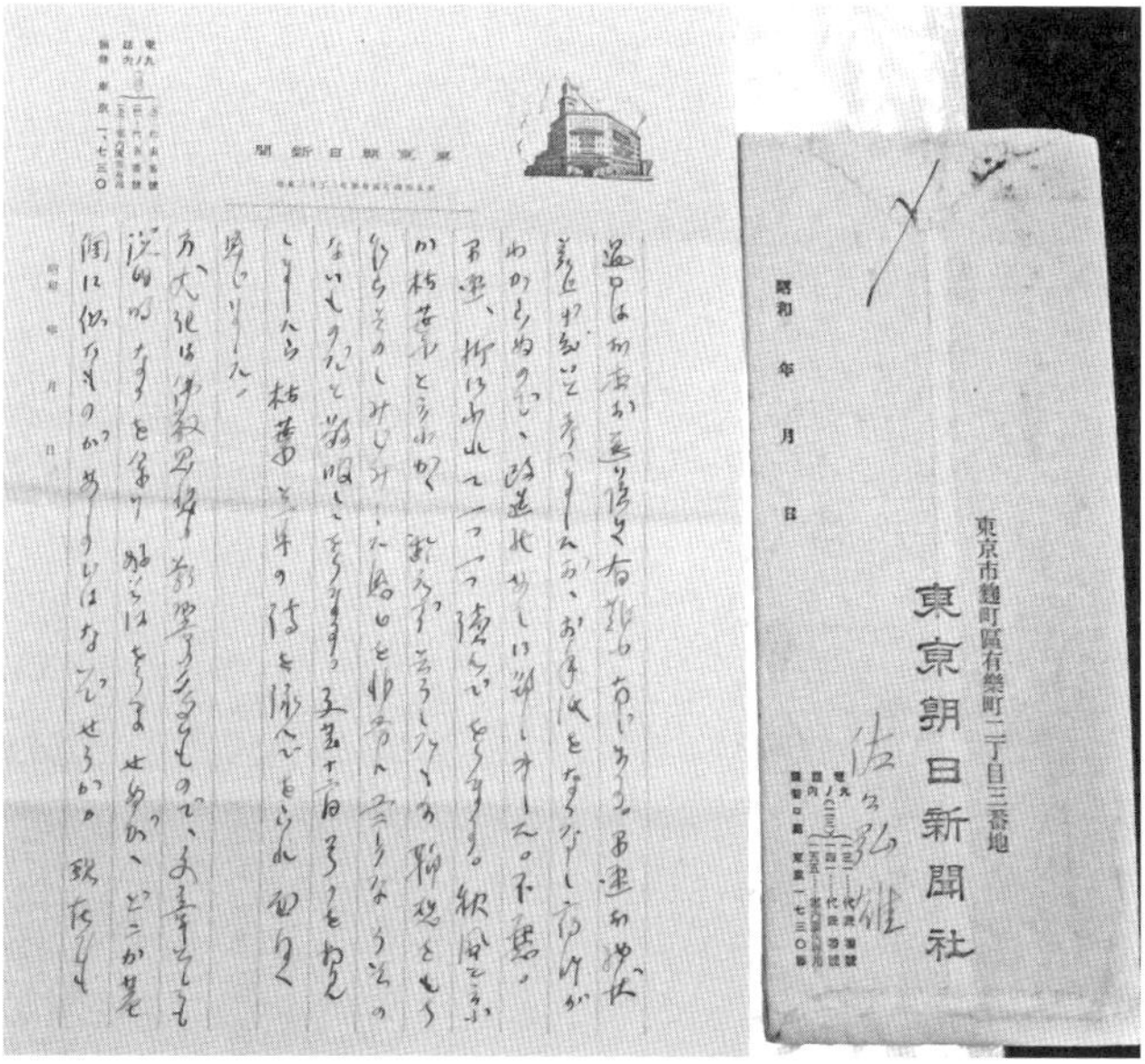

佐々弘雄からの手紙（北九州市立文学館蔵）

文中の板垣直子は、女性の文芸評論家の先駆け。武藤康史編『林芙美子随筆集』（岩波文庫）解説によると、長谷川時雨が発行していた『輝ク』という文芸冊子に板垣直子が書いた文章に対し、林芙美子は「あなたは、私を上りきるところまで上りきって頂上も判ったような事を云うが、冗談じゃありませんよ」と腹を立てた。それが「貸家探し」と題して都新聞に書いた四回連続の随筆の第一回だった。

このとき佐々弘雄は三十八歳、林芙美子三十一歳。佐々の「平気でやりすごしなさい」というアドバイスを容れたのか、翌昭和十一年に出した単行本『文学的断章』(河出書房)には、「貸家探し」のうち件《くだん》の第一回分だけは収録しなかった。

佐々はすぐに論説委員になったが、最も有名なのは同僚の尾崎秀実《ほつみ》や笠《りゅう》信太郎(緒方竹虎の修猷館人脈の一人)らとともに、近衛文麿の昭和研究会に参加して有力なブレーンとなったことである。次男の佐々淳行が書いた『私を通りすぎたスパイたち』によると、佐々弘雄は尾崎秀実の南進論(日本は南方に進出し、米英と戦え)に反論したことを特高警察が知ってスパイ容疑を免れ、尾崎・ゾルゲ事件で検挙されずに済んだという。

なお、朝日新聞と林芙美子の関わりの深さも本書のテーマの一つである。

北九州市立文学館には佐々弘雄、橋本登美三郎、鈴木文四郎(筆名は文史朗)、古垣鉄郎、渡辺正男といった朝日新聞記者から林芙美子宛ての書簡がたくさん収められている。杉山平助(社員ではないが朝日新聞の人気コラムニスト)も加えていいだろう。

ところが、これまで「(林芙美子資料の)いいものは全部新宿[歴史博物館]にある。ここは取るに足らないものばかり」(同館)という認識だった。それは文学研究者の視点であって、ジャーナリスティックな目で見ると「宝の山」なのだ。主なものに目を通して(悪筆は読めなかったが)得た興味深い発見について紹介していきたい。

昭和13年10月、武漢攻略戦に従軍した芙美子。
揚子江を渡る船上で（新宿歴史博物館提供）

南京へ武漢へ
決死の一番乗り

毎日新聞の特派員だったのか？

戦争中の林芙美子については、拙著『林芙美子が見た大東亜戦争』に詳述したので、ぜひそちらを読んでいただきたいが、ポイントとなる陥落直後の南京取材、武漢戦従軍、七カ月に及ぶ南方滞在の三つについてはどうしても触れないわけにはいかない。なるべく重複しないよう、新しい切り口で書いていきたい。

東京朝日新聞の昭和十二（一九三七）年十二月二十八日付十一面に「お客満載の上海丸」というベタ記事が載っている。

「【長崎電話】神戸で入渠中であった日華連絡船上海丸は二十六日出渠《しゅつきょ》し直に神戸を出帆二十七日未明煙突に新たに引かれた二本の白線も鮮かに長崎に入港。大谷光瑞師、特命全権公使谷正之氏、改造社長山本實彦氏、女流作家林芙美子さん、国際金融研究家として知られている土屋計左右《けいぞう》氏、甘濃《あまの》上海居留民団長夫人みち子さんなど多数多彩な船客を満載、同日正午長崎を出港上海に向った」

中華民国の首都南京が陥落したのは十二月十三日である。

芙美子はそのときの気持ちを、「今日、南京陥落をきき、私は自分達の民族がここに流してくれた尊い血潮に合掌して感謝しなければならないと思います」（「会遊の南京」）と記している。

記事中にある山本実彦とは仕事上の強いつながりがあるので連れ立って行ったのかと思いきや、別行動だった。

船は十二月二十八日午後、上海に到着。

山本は翌二十九日と、明けて一月三日の二度にわたって装甲巡洋艦「出雲」に長谷川清・支那方面艦隊司令長官を訪ね、また、十二月三十一日には松井石根《いわね》・上海派遣軍司令官のもとを訪れた。二人との対談内容は山本の『興亡の支那を凝視めて』（改造社、昭和十三年）に掲載された。のち〝南京事件〟によって東京裁判で絞首刑となった松井大将の一部を紹介しよう。

上海に停泊していた旗艦「出雲」

「南京があれほど早く陥ちるとは思いませんでした」という山本に、松井は「実は僕等も、もう二週間位は後になるだろうと思っていたが、案外に早かった。蔣介石の教導総隊だけは相当に抵抗をつづけたが、後はたいした抵抗をしなかった。だから南京は都合の好いことには余り破壊されていない」と答えている。最後に、一月四、五日ごろ南京に行く予定だという山本に、松井は「おいでになったら一つよく見て来て下さい。特に外人にお会いになった方が面白いことが分るかも知れませんね」とアドバイスしている。同書はルポルタージュではなく論文調なので、〝南京見聞記〟がないのは残念だ。一月七日ごろ南京へ向かったようだ。「中華門外視察の著者」という写真がある。南京からは「H艦」に便乗して上海に帰ったという。

林芙美子は東京日日・大阪毎日新聞（のちの毎日新聞）

ている。

確かに「静安寺路追憶」には「日々新聞の従軍記者」だったと記している。しかし、肝心の新聞記事を書いていないのだ。帰国後、系列の『サンデー毎日』には書いているが、他の雑誌にはそれ以上に書きまくっている。

五泊六日の南京取材記と呼べるものを、廣畑研二『全文業録』で確認してみる（すべて昭和十三年）。
▽「女性の南京一番乗り」『サンデー毎日』二月六日号（のち「南京行」と改題）
▽「黄鶴《こうかく》」『改造』三月号　※小説
▽「静安寺路追憶」『新女苑』三月号
▽「私の従軍日記」『婦人公論』三月号
▽「南京まで」『主婦之友』三月号（のち「露営の夜」）
ようやく東京日日新聞に「南京まで（上）無錫から江陰へ」「（下）かさゝぎのゐる庭の元旦」を書いたのは、なんと七月八・九日になってからだ。速報性の点で、とても「特派員」とは呼べない。ほかでさんざん書きまくった〝出がらし〟だ。戦地から朝日新聞に原稿を送り続けた武漢従軍とは大きく違う。

南京で取材するには、従軍記者章、移動手段、宿が必要だ。それには現地の新聞社に頼るしかない。便宜上、「日々新聞の従軍記者」ということにしてもらい、その〝領収証代わり〟に少し記事を書いたと考えるのが妥当だろう。

「女性の南京一番乗り」（「南京行」）には「社のトラックに便乗させて貰って」南京へ行き、南京では「写真班のひと達の自動車に便乗させて貰って」街を見ることができたという表現をしている。

芙美子が南京から帰ってくると、一月六日付東京日日新聞は【上海本社特電】で「林芙美子女史／南京一番乗り」を二段見出しで伝えたが、記事は「支那の不思議の一つだ。女流作家林芙美子さんがやって来た。廿九日夜上陸第一歩を川向うのダンスホール、リットル・クラブに背の低い某君と現れ大いに踊ったものだ。女史は卅日にトラックで南京入りを企て廿四時間目に南京の土を踏んで三日トラックで上海帰って来たが『日本の女では私が南京一番乗りよ』と大威張りであった」と、ふざけ半分なのは「世話してやった、面倒を見てやった」という気持ちがあったのかもしれない。

陥落後の南京光華門にて＝昭和13年1月2日（新宿歴史博物館提供）

南京は整然としていた

十二月三十日の消印で、芙美子が上海の豊陽ホテルから、講談社の編集者宛てに出した手紙がある（『現代日本文学アルバム』に写真で収録）。

二十八日に上海へ着きました。二十八日も二十九日も雨です。今日は閘《ざ》北《ほく》方面を海軍の方の御案内でまわりました。思ったより大激戦で、日本の兵隊の強さや、雄々しい日々の働きを、涙ぐましく思います。閘北方面の家々は全く廃居《ママ》、昼間でも怖いです。八文字橋へも参りましたが、凄惨の極、如何に敵が多かったかがよくわかる。至るところに、小さな日本兵の墓表がたててあります。陸戦隊では大川地中将におめにかかりとても親切なおもてなしを受けました。明朝八時、大毎のトラックに便乗、南京に向います。軍用列車も昨日から開通ですが、苦しいそうですから、トラックで行きます。（そのあとは、良い写真機を買って小遣いが少なくなったので三百円ほど送ってほしいという頼みと、南京からは二、三日で帰り、蘇州杭州にも行くつもりとある。実際、南京からの帰りに蘇州に寄っている。列車が苦しいというのはトイレの問題だろう。芙美子は戦場では常に「御不浄」を心配している）

小説「黄鶴」に、十二月三十日朝、新聞社のトラックで南京に向かおうというとき、創作か事実か分からないが、興味深い出来事が起こる。

狐の襟巻をした若い和服の女が走ってきて、「このトラックはどこへ行くの」と聞く。南京と答えると、「私も乗せていってよ」という。驚いて事情を聴くと、南京の様子を見て商売になるようだったら女を五、六人連れていきたいのだという。カメラマンが「南京に行ったって第一宿屋もないし、当分駄目じゃないかな」と留めるが、女は引き下がらず、荷台にもたれて「ねえ、二千円で、女がどれだけ連れて行けるかしら、軍で何とか相談に乗ってくれるといいわねえ」と言っている。エンジンをかけると、女はようやくトラックから体を離した。主人公は「自分の弱々しい生活」を振り返り、「あの女の階級の強さ」を羨ましく思う。

昭和12年12月17日、南京入城式。先頭は松井石根軍司令官（朝日新聞社提供）

慰安婦の実像とはこういうものだろう。

芙美子は大阪毎日新聞社のトラックで、南京まで百二十里（四百七十キロ余り）を揺られていく。「黄鶴」に加え、ほかの一連の従軍記も併せて見ていこう。

長い戦場の跡に、たくさんの中国兵の死骸を見る。輸送用の軍馬が累々と斃れている。

芙美子らは「どの人も鉄砲一つ、ピストル一つ持ってはいない。荷物と云えばカメラと飯盒くらいで、敵の敗残兵でも来たら、いっぺんに殺されてしまう」ので、日本の兵隊らとともに露営する。翌朝（三十一日）、兵隊にいつごろ南京に着くんですかと尋ねると、「これから、まだ敗残兵をかたづけて、十日ばかりはかかりますでしょう」と答えが返る（「露営の夜」）。

見渡すかぎり土ばかりの大地を永久のように感じながらトラックは走り、芙美子らは夕方、南京に到着する。

中山門《ちゅうざんもん》の近くで、晩のおかずにでもするのか、鳥を撃っている兵隊がいる。「四囲に誰もいないせいか、百二十里の道々眺めてきた戦争はどこへ行ってしまったのかとおもうほど静かな景色だった」（「南京行」）

中山門をくぐると「南京の街は漠然としている感じで、まるで長男がのびのびそだったように、市街はかつての新生活（注＝蔣介石が提唱した新生活運動）をモットーにして整然としている」。中山路の通りは日本の兵隊ばかりだ。民衆は皆、避難民区域に固まっていて、街中は空き家ばかりだった。

「まるでポスターのような都である。あっちこっちに、ぽつんぽつんと大学や病院や博物館が建っている。建設途上だったから仕方がなかったのかも知れないけれど、何の味《あじわ》いもない西洋風な街である」（「露営の夜」）

「黄鶴」でも、主人公は「南京は乾いたような退屈な街に思え」、「新開地のような広い道路」に「がっかりした気持ち」になる。同行の新聞記者も「裏切られた」「全くくだらん街ですね、支那自身を見失ってゐる都会ですよ。まるで舞台みたいで、楽屋と云うものを持たないンですからね」とこき下ろす。

国民政府財政部次長の徐堪《じょかん》が去った後の邸宅が大阪毎日新聞の支局になっていて、芙美子もそこに入った。大みそか、芙美子、三十四歳の誕生日である。

ちょうど本書執筆中に画期的な本が出た。池田悠『一次史料が明かす南京事件の真実』によると、新生活運動とは単なる生活改善運動ではなかった。軍事面を含んだ蔣介石の政治活動そのものであり、中国在住のアメリカ人プロテスタント宣教師たちが全面支援した。蔣介石・宋美齢夫妻や側近も皆プロテスタントだったからだ。アメリカ人宣教師たちは国際委員会を組織し、代表にドイツ人のラーベ（日記で有名＝邦題『南京の真実』）を祭り上げて中立を装い、中国兵をかくまうため南京に「安全区」を設置した（日本側は中立地帯と認めず、「難民区」と呼んだ)。安全区とはいってもフェンス等の仕切りも何もなく、多数の中国兵が隠れており、安全区こそが治安悪化の原因だった。宣教師たちは安全区を正当化して維持するために、日本兵による残虐行為を発信・宣伝した。日本軍が昭和十三年二月四日に安全区を解散させてから、治安が回復したのである。

正月三が日の平和

大阪毎日新聞南京特派員の志村冬雄が書いた「南京の感傷」に林芙美子が登場する(『大阪毎日新聞東京日日新聞特派員従軍手帖』)。

「南京陥落最初の元旦をその南京で迎えるなんて、もったいなくて、記者冥加に尽きるぜ」

支局前庭にテーブルを持出して、上海から送られた大鯛を肴に、私たちは日本酒の杯をカチリと合わせて、お互の幸先を祝った。

「来年の正月は、どこで迎えるだろう」

ふと、つぶやいた私の言葉に間髪を容れず、

「無論四川か、西蔵さ」

と誰かが簡単にどなった。ドッと崩れるような爆笑に次ぐ乾杯、庭の隅で餌をあさっていた雀がパッと群れ立った。小柄な林芙美子女史、オトッチャン小僧のような木村毅《き》氏の童顔も上気して見える。

これがまた因縁の組み合わせで、芙美子は一九三二(昭和七)年二月十日の日記に、楠山義太郎が「木村キと云う人を大変うらんでいた」と書いているのだ(『巴里の恋』所収)。あのリットン報告書をスクープした大阪毎日新聞ロンドン特派員の楠山だ。木村は多作家で、このときは「南京城総攻撃」を含む『戦火』という本を書いている。

「おい、志村君、自治委員会の発会式に行こうぜ」

ぼんやりしていた私は、木村さんの元気のよい声にふと感傷を破られ、なんということなしに羞《はずか》しくなった。この日正午、やがて生れ出る新政権の芽ばえである自治委員会の発会式会場に当てられた鼓楼楼上で、私は発会式を祝う爆竹の音を聞きながら、怪火に焔々と燃えさかるソヴィエート大使館を眺め、さらに夜は元日の写真と原稿を沢山持って、人っ子一人いない常熟《じようじゆく》、太倉《たいそう》間で、中田運転手とともに故障の自動車を護って、寒気と敗残兵におののきつつ一夜を明かした自分を不思議そうにあらためて見廻した。

昭和十三(一九三八)年元日、南京自治委員会が発足した。

自治委員会は治安維持会が発展したもので、「国民党容共政権の打倒、絶対的親日政策の確立、一般民衆幸福冀願、亜細亜民族の発展団結」を掲げた。これを母体にこのあと三月二十八日に南京に中華民国維新政府ができた。

写真班の車に乗って街を回っていた芙美子も、爆竹の音を聞いている。

「来る道々、昨日まで馬や支那兵の死骸を見て来た眼には、全く幸福な景色である。立っている歩哨の兵隊さんも生き生きしているし、街には避難民たちがバクチクを鳴らしている。バクチクの音は耳を破るようにすさまじく鳴っていて、その音をきいていると、わっと笑声を挙げたいほど愉しかった」（「南京行」以下同じ）

「わたしは南京という街は上海の閘北《ざほく》とか、大場鎮《だいじょうちん》あたりのようにめちゃめちゃなのかと考えていたけれど、ここではどこへ爆弾を投げられたのか、家々は案外整然としていた」

兵隊たちも穏やかだ。二階から「お上がんなさい」と呼びかけられて行ってみると、兵隊がピアノを弾いている。また、炊事に雇っている中国人の少年に「シンネン、オメデトウ」を教えている。

二日には日本軍が一番乗りをした光華門を見る。一分の隙もないほどぎっしり土嚢が詰め込んであって、「よくもここを打ち抜いたもの」と感嘆しつつ、「支那人くらい生れながらに土木工事のうまいものは他にないだろう」と賞賛する。

「正月二日の日も、南京上空には敵機の空爆があったそうだけれども、私は陽当りのいい徐堪《じょかん》の宿舎の二階で、故郷の友人達へ宛てて年始状を書いている長閑さであった」（「露営の夜」）

「百人斬り」のカメラマン

当時、東京日日新聞のカメラマンだった佐藤振寿《しんじゅ》が平成十七（二〇〇五）年、九十二歳で雑誌『諸君！』

に「事変下の大陸　従軍カメラマンがみた中国」を五回連載している（五－九月号）。

林芙美子さんには、陥落直後の南京で出会いました。すでに多くの記者は上海や内地に帰ってしまっていて、社でも数人が残っているだけでした。林さんは私たちを迎えにきた東日のトラックに乗って、上海から一泊二日かけて入ったようです。同じ宿舎に滞在していましたが、久々にあった日本女性ですから眩しかったですね。ある記者が構いたくて、宿舎の庭にあったポプラの木に、冗談で「林芙美子女史脱糞の地」なんていう張り紙をしてました（笑）。本人も見つけて「新聞社の人は、すぐからかうから嫌だわ」と笑ってました。気さくな人でしたよ。

林さんとは同じトラックで上海に戻りました。私が共同租界によく遊びに行っていたからか、林さんに「フランス租界に行きたい」と頼まれて、同行したこともありました。

具体的で、いかにも本当のようだが、これが怪しい。というのも、佐藤振寿はこの二十年前、昭和六十（一九八五）年には、いつまで南京にいたのかという質問に、「（昭和十二年十二月）二十四日までいました。二十四日の午後にトラックに連絡用のオートバイを載せ南京を出発しました。道路には大きな穴があってたいへんでした。途中一泊して二十五日早朝に上海に戻り、上海には昭和十三年の二月までいて、その後で東京に戻りました」と答えているからだ（阿羅健一『「南京事件」日本人48人の証言』）。この日程だと芙美子に南京で会うはずがない。

芙美子と同じトラックで上海に戻ったというのも怪しい。芙美子の帰路については「私の従軍日記」に詳しいが、途中、蘇州で、カメラマンの「Hさん」を降ろしたと書いてあるのだ。「H」が別の人だとすれば、そもそも佐藤は同乗していないことになるし、イニシャルをあえて変えたにしても上海までは同乗していないことになる。

『諸君！』には「陥落後の上海・フランス租界でフランス兵を取材する林芙美子。後ろは住民申請に殺到する中国人（十二年十二月）」という佐藤撮影の写真が掲載されている。十二月で可能なのは、芙美子が上海に到着した二十八日か二十九日だ。

有名な「百人斬り競争」の野田毅、向井敏明両少尉が軍刀を地面に突いて並んでいる写真を撮ったのが、佐藤振寿だ（記事を書いたのは浅海一男記者）。両少尉（のち少佐）は戦後、GHQに逮捕されて南京に移送された。東京日日新聞の記事を基に、南京軍事法廷で起訴され、最初の公判で即日死刑判決を受け、その後、南京郊外で処刑された。

佐藤は「百人斬り」は「フィクション（作り話）」だったと証言している（これは『「南京事件」日本人48人の証言』でも『諸君！』記事でも一貫している）。

もちろん芙美子は「百人斬り」の話題などひと言も書いていない。

これまで紹介した一連の従軍記は『私の昆蟲記』

『私の昆蟲記』表紙。装幀は芙美子自身

長谷川清司令長官（左から２人目）と（新宿歴史博物館提供）

（昭和十三年七月、改造社）に収められており、その内容から、どう考えても「南京大虐殺」などなかったというのが私の結論である。

芙美子は一月三日に南京を出発、再び露営して四日に上海に戻った。滞在を一週間ほど延ばして、好きな静安寺《せいあんじ》路を歩いたり、装甲巡洋艦「出雲」を訪ねて長谷川清司令長官にも会っている。

「あんまりざっくばらんなひとなので、かえって私の方が吃驚した位です。オールドパアだの恩賜のお酒だの其ほか、お土産まで戴きました」（『私の従軍日記』）

芙美子は『私の昆蟲記』を長谷川に送っており、お礼の手紙（昭和十三年八月十四日付）には、受け取った日の夜に一気に読み終わり、「近来の女性刊行物で一番秀逸なものと思われます」と絶賛している（北九州市立文学館蔵）。

長谷川はこのあと台湾総督になり、非常に善政を敷いたと言われている。

石川達三「生きている兵隊」事件

林芙美子の『私の昆蟲記』によって南京大虐殺はなかったと書いた以上、石川達三の「生きている兵隊」を取り上げないのはフェアではあるまい。

石川達三は林芙美子に遅れること五日、昭和十三（一九三八）年一月八日に南京に到着した。十五日に上海に戻るまで、南京には正味七日間滞在した。二十日に上海を発ち、二十三日に東京に戻った。それから『中央公論』三月号に発表するために一気に書き上げた「生きている兵隊」には、日本軍の南京攻略戦の残虐性をたっぷり盛り込んだ。今も中公文庫で出ているので読んでもらえば分かるが、実に醜悪な小説である。

冒頭いきなり、部隊本部の民家に火をつけた中国人の首を、日本兵が日本刀で斬る場面である。

部隊は南京攻略に向かう。その後も、農家にいる若い女を見つけ、拳銃を向けられたとはいえ（不発）、飛びかかって裸にし、短剣を乳房の下に突き立てて殺す。部隊の炊事をやっていた中国人が砂糖をなめたといって、短剣で背を刺して殺す。弾丸に当たって死んだ母親を抱いて泣き続ける若い女を、夜うるさいと言って、銃剣で胸を刺して殺す。

これは事実なのか。

日程から分かるように、石川は南京攻略戦を実際に見聞したわけではない。本文の前に、「この稿は実戦の忠実な記録ではなく、作者はかなり自由な創作を試みた」と断り書きがある。石川は南京へ貨車で行っている。トラックで露営までして行った芙美子と違い、南京攻略の道を追体験していない。おまけに石川は十

昭和13年の石川達三＝杉並区馬橋の自宅書斎

一日間で二百四十枚書き上げ、入稿は出張校正間際だったという。「やっつけ仕事」と言っていいだろう。河原理子『戦争と検閲――石川達三を読み直す』によると、『中央公論』昭和十三年三月号は二月十七日に配本されるが、十八日夜までに発禁処分となった。十九日、店頭に出ていた同誌を警察が押収した。二十一日に〈［当該の］各頁切除ノ上分割還付許可〉が出て、中央公論社員が警察署に行って手作業で「生きている兵隊」を切り取ってから雑誌を受け取り、販売した。

これで「生きている兵隊」は世から葬り去られたはずである。ところが、直後の三月には中国・上海で翻訳され、米国系資本の一流漢字紙「大美晩報」に堂々と連載された。

一体、誰が上海に持ち込んだのか。

朝日新聞記者の尾崎秀実《ほつみ》の影が差す。尾崎は昭和二年十一月から同七年二月まで上海支局に勤務し、夏衍《かえん》ら中国の左翼作家と関係が深かった。

「発禁になった『生きている兵隊』をひそかに読んで、その筆力に感激した尾崎が、かねて知り合いの中央公論社編集部員・松下英麿を通じて、石川を夕食に招待した。そのとき尾崎が行きつけの神楽坂の料亭に設けた席で、初対面のふたりは、互いにうちとけて、『夕食をともにしつつ歓談』したのである。一九三八年（昭和十三年）春、石川が警視庁に召喚された前後のことであった」（『戦争と検閲』から風間道太郎『尾崎秀実伝』）。

コミンテルンのスパイだった尾崎には、日中の和平を妨害して戦争を泥沼化させ、日本の兵力がソ連に対して手薄になるようにする使命があった。石川の「生きている兵隊」が中国側の敵意・戦意を煽るのにうってつけとみたのだろう。

興味深いことに尾崎秀実は昭和十二年末に上海にいた。

東京朝日新聞コラムニストの杉山平助が昭和十三年四月十四日に林芙美子に出した手紙がある（北九州市立文学館蔵）。時期が興味深いし、「支那の本の打ち合わせをしたい」という内容なので、該当する杉山の本『支那と支那人と日本』（昭和十三年、改造社。装幀は林芙美子）を調べてみた。面白いことが分かった。

杉山も、林芙美子と同時期に南京に行っていた。昭和十二年十二月二十四日に長崎から船に乗っている。二十五日上海に着くと、朝日新聞の支局員二人が迎えに来ており、そのまま支局を訪ねる。

翌二十六日、杉山は尾崎秀実に会っている。

尾崎は昭和七年、上海支局から大阪朝日新聞に戻った後、同九年、緒方竹虎の肝いりで設立された東京朝日の東亜問題調査会の一員に抜擢された。日本の新聞社初の研究機関、シンクタンクである。緒方はのち昭和十九年に朝日新聞社を退社し、小磯国昭内閣の情報局総裁になっているが、元来インテリジェンス（諜報）に関心があった。〝怪物〟尾崎秀実の育ての親といったら言い過ぎだろうか。

どうして尾崎はこのとき上海にいたのか。杉山は「外交関係の調査にやって来ている」とだけ書いている。

二人は上海の街を見物し、「支那人と犬入るべからず」の立て札で有名な公園にも行く。立て札は抗議で既に撤去されているが、英国人はあくまで中国人を公園に入れさせないために別の手を考え出した。中国人には入場料を二十銭取り、英国人には一年間通用のパスを一円で発行したのである。

尾崎は、いかに英国人が中国人を扱うのに巧妙か、日本人の理詰めな四角張った考え方は中国人に無意味であると論じ立てた。英国人は中国人を頭から人間扱いしていない。それでいて中国政府は英国と仲が良く、日本とは戦争を始めた。日本人の外交手腕の拙劣さは言語道断だと二人は歩きながら論議し合ったという。

尾崎はこのあと年を越した三月下旬までも上海と香港に滞在している。石川達三が南京から上海に戻った一月十五−二十日に二人が会っていれば、尾崎は「生きている兵隊」に使えるネタを喜んで教えただろうが、それは想像でしかない。

石川のその後と芙美子

林芙美子も石川の事件に関心を寄せている。発禁処分の責任を取って四月八日に退社した『中央公論』編集長の雨宮庸蔵に励ましのはがきを送っている（『戦争と検閲』）。

たいへんごぶさたいたしております。おげんきでいらっしゃいますか。こんどのことをうかがいびっくりいたしております。どうぞお元気でいらっしゃいますように。お気がむきましたら、どうぞ私の方へもお出かけ下さいますように。お大事に。

（五月二日付）

尾崎秀実は七月に朝日新聞を退社し、近衛内閣嘱託となって、ついに政権中枢に入り込んでいった。

石川達三は八月四日、新聞紙法違反（安寧秩序紊乱《ぶんらん》）の罪で起訴され、九月五日、東京区裁判所は禁固四カ月執行猶予三年の有罪判決を言い渡した。東京区検は同七日、執行猶予は不当だとして控訴した。

石川は判決の翌週、再び中国へ従軍取材に出る。派遣するのは中央公論社。二審対策であるのは明らかだ。

林芙美子の『北岸部隊』（157ページ以下に詳述）の始めには石川達三が続けざまに登場する。「船艙には茣蓙《ご》《ざ》が敷いてあって、真中に石川達三さんが坐っていた。私達はやあやあと云いあった」（九月十九日）、「私のそばにいる石川さんは、味岡少尉と話がはずんでいた」（二十日）、「私の枕もとで、石川さんがよく寝ている。直立不動のような長い寝姿だった」（二十一日）、「はしけで味岡少尉や、石川さん、古田原さん達と、せんだ兵站と云う処へ着く」「軍報道部には石川さんが来ていた」（二十三日）、「味岡少尉や、石川さん、深田［久彌］さんを追って、私は走り出したけれど、おかしい程、頬に涙が溢れてきて仕方がなかった」「三階の味岡小隊長の部屋へ、石川さん、深田さん、私三人は招待されてお茶をよばれた。紅茶のうまかった事、疲れていたせいか腹に滲みるようだった」（二十四日）、「朝、八時半、味岡少尉のみさは部隊へ、石川さんと三人で出掛けて行き、星子《せいし》へ行く、星子迄は、大阪橋《だいはんきょう》あたりで大分敵の猛烈な射撃を受けた部隊があると、同室の若い少尉の方におどかされたけれど、兎に角、自動車が出ると云うので、星子迄石川さんと私は乗せて貰う」（二十五日）、「紅茶をよばれていると、昨夜星子に泊った石川達三さんが、偶然小隊長の部屋へ這入って来る」（二十六日）、「丁度そこへ味岡少尉と石川さんが自動車で来てくれて、私達を港まで送って下すった」（二十九日）。

石川はのちに『心に残る人々』（昭和四十三年）で「自動車輜重隊《しちょうたい》の若い小隊長」味岡益太郎と実名を挙

げて、林芙美子と行動した同じ場面を振り返っている。

「私は前の従軍のあと、『生きてゐる兵隊』を書いて公判にかけられ、まだ検事控訴中であったから、前線の戦闘に取材することを避け、後方の兵站線の活動を主にした、戦争というものの全体的な構図をつくり上げて見ようと考えていた」

味岡少尉と親しくなったのはまさに石川にとって「渡りに船」だったのだ。その通り、翌昭和十四年の『中央公論』一月号に発表した石川の「武漢作戦」は、自動車輜重隊など後方部隊の働きぶりを丹念に描いて、今度は日本軍の残虐行為など書かなかった。

石川が兵站基地をうろうろ回っていると、「いきなり揚子江の北岸にいた陸軍部隊が、戦車隊を中心に走りはじめ、海軍の艦艇も機雷の掃除をしながら揚子江を急にさかのぼりはじめた。北岸の陸軍はまるで敵軍を左右に掻き分けるような勢いで真一文字に走りつづけ、三日目ぐらいに漢口に突入した。蔣介石はあわてて最後の飛行機で漢口から脱出したという話だった。／この陸軍部隊のなかに林芙美子さんがはいっていた。彼女がいつどこで、どんな伝手《つて》を得てその陸軍部隊にもぐり込んだのか、誰も知らなかった。彼女は漢口一番乗りの部隊とともに突入し、その報道記事は日本の新聞雑誌に派手に掲載された。何とも見事な抜け駆けだった。彼女にはそういう計算と度胸のよさと負けん気が有ったらしかった」と感心している。

昭和十四年三月九日の二審で、石川達三側の証人として、尾崎秀実が法廷に立った。「生きている兵隊」に反戦的な印象など受けなかったと話したという。同十八日の判決は一審と変わらず、実刑判決は免れた。石川はお礼として尾崎に伊勢丹から葡萄酒を贈った（『戦争と検閲』）。

日米開戦後の石川達三は海軍報道部員として活躍する。

櫻本富雄の調べだけで、単行本で『赤虫島日誌《あかむしとう》』、雑誌に「艦内日記」「昭南島従軍記」「海を護る心」「従軍手帳」「シンガポール総攻撃」「実践の場合」「南方見聞対談」を書いている（『文化人たちの大東亜戦争』）。ところが、日本が敗戦するとすぐ、石川は再びころりと立場を変える。その態度はあまりに目に余るものだったらしく、当時二十三歳の山田風太郎が、昭和二十年十月二日の日記で口を極めて非難している（『戦中派不戦日記』）。

「闇黒時代は去れり」と本日の毎日新聞に石川達三書く。日本人に対し極度の不信と憎悪を感ずといい、歴史はすべて忘れよといい、今の日本人の根性を叩き直すためにマッカーサー将軍よ一日も長く日本に君臨せられんことを請うという。——彼にいわすれば彼相当の理由あるべし。すなわち「涙を以て日本人を鞭打つ」つもりなり。

ああ、何たる無責任、浅薄の論ぞや。彼は日本現代の流行作家の一人として、戦争中幾多の戦時小説、文章、詩を書き、以て日本民衆の心理の幾分かを導きし人間にあらずや。開戦当時日本の軍人こそ古今東西に冠たるロマンチストなりと讃仰の歓声あげし一人にあらずや。

彼また鞭打たれて然るべき日本人中の一人なり。軍人にすべての責任を転嫁せしめんとする今の卑怯なる風潮に作家たるもの真っ先に染まりて許さるべきや。戦死者を想え。かくのごとき論をなして、自らは悲壮の言を発せしごとく思うならば、人間に節義なるもの存在せず、君子豹変は古今一の大道徳というべきなり。

若き山田風太郎が見抜いた「無責任、浅薄」という石川評は、彼の一生を見事に言い当てている。昭和二十一年五月三日に極東国際軍事裁判（東京裁判）が始まると、石川は同九日付読売新聞のインタビュー記事「裁かれる残虐『南京事件』」で、自身の小説『生きている兵隊』の記述を正当化した上で、「何れにせよ南京の大量殺害といふのは実にむごたらしいものだつた、私たちの同胞によつてこのことが行はれたことをよく反省し、その根絶のためにこんどの裁判を意義あらしめたいと思ふ」とまるで原告側のように語っている。石川の望みどおり、「南京事件」は東京裁判で裁かれ、今では国際的に事実とされ、日本の反論は難しくなっている。

しかし、石川の追従にもかかわらず、昭和二十三年三月、文筆家の追放第二次仮指定に石川の名前が入った。石川は震え上がった。情報収集に努めたらしく、五月一日付で林芙美子に「拝啓、先般は勝手なお願いを申し上げました。今日毎日新聞から電話で、追放問題は無事パスした由知らせてくれました」と御礼の手紙を出している（新宿歴史博物館蔵）。

昭和六十（一九八五）年、死去する少し前の石川は、畠中秀夫のインタビューに答えて、南京大虐殺を否定している（『じゅん刊世界と日本』「聞き書き　昭和十二年十二月南京」）。

「私が南京に入ったのは入城式から二週間後です」

——そのときどのような虐殺をご覧になられましたか？

「大殺戮の痕跡は一ぺんも見ておりません」

——いわゆる「南京大虐殺」をどう思いますか？

「何万の死体の処理は、とても二、三週間では終わらないと思います。あの話は私は今でも信じておりません」

なんという無責任な人だろう。

朝日新聞と命がけの従軍

中国・武漢発の未知の肺炎ウイルスが令和二（二〇二〇）年初頭から全世界に蔓延し、災厄をもたらしている。同年九月一日現在、世界の死者は八十五万人を超えた。日本の死者は千三百十三人と比較的少ないものの、東京オリンピックをはじめあらゆるイベントが延期・中止され、全国に緊急事態宣言が出されて人との接触を避けるよう求められた。その後、徐々に経済活動を再開しているが、まだ全く先の見えない状況だ。

武漢は古くから武昌、漢口、漢陽で武漢三鎮と呼ばれ、現在の武漢市は戦後、三つが合併したものである。その武漢に蔣介石率いる国民政府は移転し、抵抗を続けた。

昭和十三（一九三八）年の武漢攻略戦に従軍した林芙美子はマラリアに罹患している。古来、感染症の多いところなのだ。芙美子や兵隊たちはマラリアやコレラを恐れ、警戒している。秦郁彦『旧日本陸海軍の生態学』が引用する『大東亜戦争陸軍衛生史』によると、日中戦争（一九三七－四〇年）では戦（闘）死十万二千九百人に対し、戦病死は一万七千四百人（うち伝染病八千三百人）を数えた。

ふつう一国の首都が陥落すれば、降伏→停戦・賠償交渉→条約調印（戦争終結）となる。だから日本では提灯行列して盛大に南京陥落を祝った。ところが日本人と違い、中国人は「城を枕に討ち死にする」精神はない。最高指導者の蔣介石は昭和十二年十二月七日に南京を脱出し、南京防衛の司令官・唐生智《とうせいち》も同十二日、自軍の兵士を捨ててさっさと逃亡した。このため指揮官を失った敗残兵に日本軍はさんざん悩まされることになったのだ。

昭和十三年六月十五日、御前会議で武漢・広東作戦が決定される。

八月二十三日、内閣情報部は菊池寛ら作家十二人を招き、文壇から二十人のペンの戦士を選んで武漢攻略の最前線へ送るという文壇動員計画を発表した。

これに対し、芙美子は八月二十五日付東京朝日新聞で、「是非ゆきたい、自費でもゆきたい。ならば暫く向うに住みたいと願っていたところです。中支の生活が『動』の感じで興味があります。女が書かなければならないものが沢山あると思っています。戦争について書いた優秀な文章に出遭うと、現に私自身が打たれる——それが何よりの証拠で、もう今はくだらん恋愛なんか書いている時代じゃないと思います。ひっかかっている仕事は雑誌原稿が七つ、全集が一つですが、もちろん書けるだけ書いてゆきますが、間に合わなければ抛ったらかしたって連れていってもらいたいと思っています」と熱烈な希望を述べている。

八月二十七日、二十二人の従軍作家が決定した。女性は林芙美子（陸軍班十四人）と吉屋信子（海軍班八人）の二人である。朝日新聞は「女性の南京一番乗り」の実績を見込んで林芙美子と契約した。東京日日新聞・大阪毎日新聞は今度は吉屋信子と契約した。

長江（揚子江）作戦の海軍遡航部隊は八月末に行動開始。海軍陸戦隊は陸軍の南北両岸進撃の部隊と協力して進んだ。

九月十日付朝刊には「夫婦揃つて御奉公／ペンの従軍林芙美子さん／夫君は看護兵として活躍」という記事が〝前祝い〟よろしく出た。夫の緑敏は前年の日中戦争勃発後、召集されていた。

芙美子は九月十一日に東京を出発し、十三日、陸軍班第一陣として久米正雄らとともに福岡の雁ノ巣飛行場を飛び立って、上海に到着した。十五日には朝日新聞上海支局次長の橋本登美三郎（のち運輸大臣。ロッキード事件で逮捕される）からホテルの芙美子宛てに「中佐はできるだけ便宜を図るつもりだ。先に南京までは書いたので、その先をやりたい旨、明日（十六日）自分で会って希望を話してほしい」という手紙が来た（北九州市立文学館蔵）。芙美子の寄稿は十七日付の「漢口従軍ハガキ通信」から始まる。同日朝、上海から海軍機で一人南京に飛んだ。朝日新聞の南京支局長宅（ドイツ・シーメンス社別荘）に宿泊する。

『北岸部隊』（昭和十四年元日刊行）は九月十九日から始まっている。芙美子は南京から揚子江を遡る船に乗る。現役や予備の兵隊がいっぱい乗っている。芙美子の同行者は朝日新聞の無電担当者と連絡員の二人だ。

船には三百頭近い軍馬も乗っていて、芙美子はさっそく馬の所へ行って切り藁を口もとへ持っていく。もぐもぐと食べる様子が可愛くて涙が出そうになる。芙美子は『北岸部隊』全編を通して馬によく目を向けている。

二十三日に九江着。もうすでにかなり揚子江を遡っているが、芙美子は早く前線に行きたいと気持ちを高ぶらせる。朝日の支局で原稿を書きながら涙を流し、「もう東京へなんか帰れなくてもいい」と思うのである。しかしながら、ひどい腹痛を起こし、二十九日に南京に引き返す。

その船が傷病兵をぎっしりと積んだ船だった。芙美子は軍医や衛生兵と一緒に奮闘する。何しろ若い軍医と七人の衛生兵が、三百人の傷病兵を看護しなければならない。衛生兵は全く休む暇もない。芙美子は病人

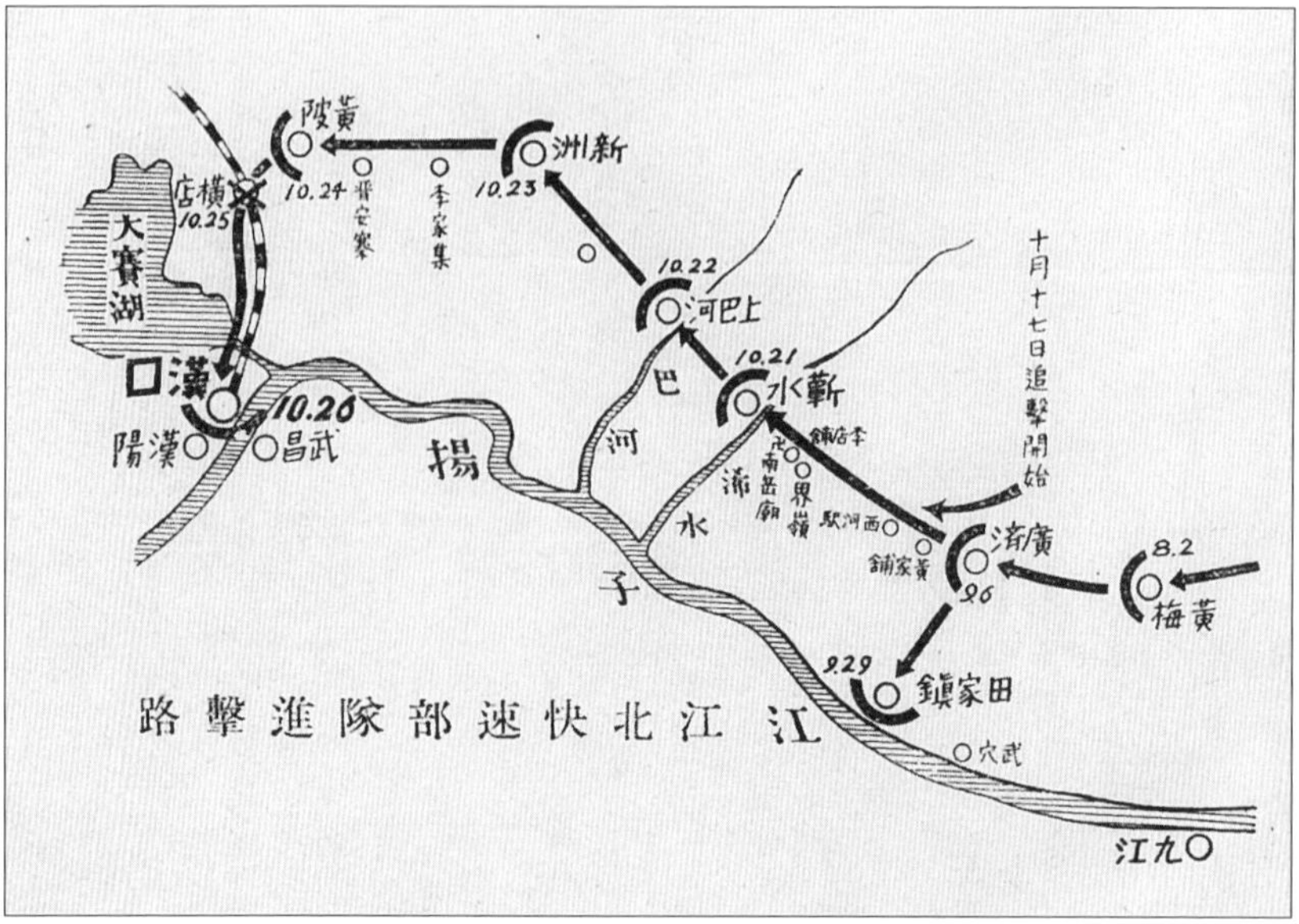

江北快速部隊進撃路（林芙美子『戦線』から）

ごとに粥や重湯、普通のご飯と異なる食事や茶を給仕して回り、やがては尿瓶の世話までする。肺に大きな穴があいた少尉が死んだとき、足の指の爪が伸びているのに目を留め、告別式のあと芙美子は遺体の爪を切ってやる。

十月一日南京に戻る。このころ他の作家たちは続々と日本に帰り始める。八日には四人が南京から帰国の途に就き、十一日には海軍班の吉屋信子ら七人が神戸に到着している。

これで朝日と毎日新聞の競争は、勝負あり、だった。

体調を整えた芙美子は、再び九江に戻って「北岸部隊」と行動をともにしようと決意する。きっかけとなった理由の一つが、九州部隊だからというのが面白い。「私は、自分の故郷の兵隊につきたいと思った」とはっきり書いている。自分に故郷はないと言いながら故郷にこだわる芙美子の気持ちがここにも出る。

北岸部隊は、揚子江北岸を西進する部隊で、第六師団（師団長・稲葉四郎中将）である。第六師団の編成地は熊本で、その指揮下の歩兵連隊の兵営は鹿児島、都城、熊本、大分にあった。

芙美子は十月十五日にようやく海軍の輸送機を捕まえて乗ることができ、九江に戻った。そこから武穴《ぶけつ》、広済《こうさい》と移動し、作戦出発前日の十八日に稲葉師団長のもとに挨拶に行く。師団長は「黄梅《こうばい》から広済の戦いは全く大激戦でねえ、もう、その塀や、屋根をばりばり撃って来るので、肚をきめて、こっちも腰をすえてしまったが、一時は全く苦戦におちいり、方法がつかなかったですからね。兵隊は実によくやりましたよ。——明日はいよいよ前進して行くのだが、一兵も殺したくないと思っています……」と語り、芙美子は感激する。日本軍の人命軽視をさんざん聞かされてきた戦後の人間には、瞠目する言葉である。

昭和13年10月10日、南京の林芙美子。『北岸部隊』によると、この日は中華民国維新政府（親日派）の建国記念式典に出席している（朝日新聞社提供）

芙美子は、朝日新聞社のトラック「アジア号」に乗って兵隊たちを追いかけ、時には追い越して最前線を突っ走っていく。「もしものことがあったら自殺してしまおう」という決死の覚悟である。トラックが遅れるときは、歩いて行軍する。銃弾も飛んでくる。脚の

紅馬湖付近で休んでいる輜重隊。芙美子撮影（新宿歴史博物館提供）

丈夫な芙美子でも、足の裏が燃えるようにずきずき痛む。その間も新聞連載は続けた。アジア号は無電と伝書鳩まで載せていた。まさに同時進行戦場ルポである。読者は興奮したことだろう。

「兵隊の一人一人の顔は困苦欠乏によく耐えて、私のように考えごとをしている兵隊は一人もいない。前線へ出てみて、私は戦争の崇高な美しさにうたれた」「どの兵隊の顔も光輝ある故郷を持つ落ちつきが、若い眉宇《びう》にただようている」。一方で、疲労と不安で後方へ戻ろうかとも考える。気持ちが揺れる。

いつまでもいつまでも続く日本軍の軍列を眺めては、錦絵のように美しいと感激する。そして芙美子らしいのが、どうしても輜重隊（食糧・衣服・武器弾薬などを運ぶ兵隊）に目が向くところだ。「今日も昼間、川真田部隊の輜重隊のひとが話していたけれど、前線へ食料や弾薬を運ぶのに、五日間も梅干しの種をしゃぶって、それをおかずにして進んで行ったこともあると云う話を聞いた。どんなに辛くても、前線へ運ぶ食料に手をつけてはいけないのだそうだ。川真田部隊と云うのは、大部分輜重隊で、今度は夜を日についでの大行軍を続けていた。車輌や馬を曳いているので、並々ならぬ働きは特筆すべきものだと思う」。

到る所に中国兵の死体がある。「内地へ再び戻れることがあっても、私は、この戦場の美しさ、残酷さを本当に書く自信はないと考える。残酷であり、また、崇高であり、高邁である。この戦場の物語を、実戦に参加した兵隊のようには書けないのだ。だけど、そのくせ妙になにか書きつけたい気持は何時も噴きあがり、私の頭の中はバリバリと音がしそうなのだ」「兵隊達は何時でも、子供の話をすると、みんなしんみりしてきた。子供の将来の為にも親一代のこの戦争で沢山だと云っていた」「内地へ戻ってゆく話になると、みんな各々子供のような欲望を話しあうのだ。青畳に寝転んで酔い醒めの水を呑みたいと云う兵隊、寿司を鱈腹《たらふく》食べると云う兵隊、お神さんを床の間に祭って大切にすると云う兵隊、新しい蒲団に二人の子供と寝るんだと云う兵隊、さまざまな欲望が露営の夜なんかに花が咲くのだ」「この戦場から帰って行けた時の、私のこれからの生活が、本当は私の成熟期であり、破壊期であるかも知れない

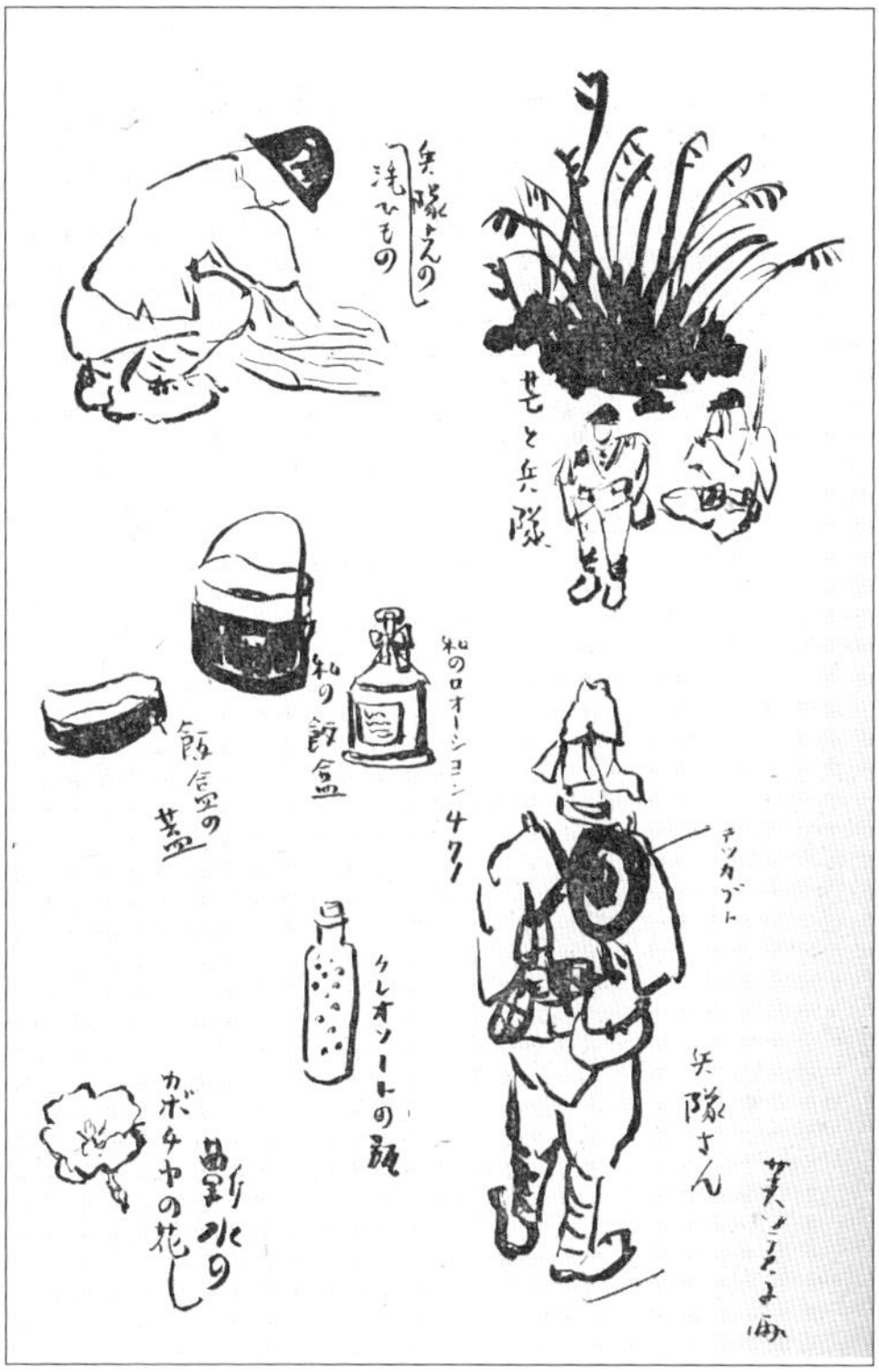

芙美子の戦場スケッチ（『戦線』から）

と思っている」。芙美子は兵隊への好意・好感を度々口にしている。「私は兵隊が好きだ」という詩までつくっている。ともに行軍する者の偽らざる共感だろう。

十月二十五日、漢口を目前にした、大賽湖《たいさいこ》のほとりで、芙美子たちは豪雨に打たれた。戦場の雨ほどみじめなものはないという。トラックの上の天幕《テント》は雨漏りしてとても寝られないので上に毛布をかぶせたが、落ち着けなかった。夜更けに下をのぞくと、兵隊が数人、トラックの下にもぐり込んで寝ていた。どうやらこの雨で芙美子はマラリアにかかったらしい。

十月二十七日、芙美子は漢口一番乗りを果たした。第一線が突入した直後で、まだ本隊さえ到着していない。

漢口へ着いた。廣済を出てから十日間の戦場は、まるで夢のようだ。烈しい堪え難い苦しさが、何か遠く煙霞《えんか》のように消えて行って、肚から嬉し涙が溢れて来る。どの兵隊にも握手をしたいような嬉しさだ。二十五日夜大賽湖《たいさいこ》の畔《ほとり》まで出《い》で、漢口に一歩という時は感慨無量な気持だった。日本の母と妻よ、兄よ、妹よ、恋人よ、今あなた達の人は、騎虎《きこ》の勢《いきおい》で漢口へ大進軍をして来た。

漢口の晩秋はなかなか美しい。街を日の丸や軍艦旗が行く。私は街を歩きながら、私一人が日本の女を代表して来たような、そんなにうずうずした誇りを感じた。途中で何度か不安をもった苦しい露営も、自分ながらよく堪《こら》えて来たと嬉しくて仕方がない。漢口は美しい街だ。私の何度かの支那旅行の中《うち》一、二を除いては、漢口は実に美しい都だ。日本租界は二十五日の夜、支那軍によって爆破されているのを大賽湖の北岸から、豪華な煙火《はなび》のように遠く眺めていたが、行って見ると建物は崩れて廃墟になっている。総領事館も滅茶苦茶だった。漢口神社も同じように崩れている。

並木の篠懸《すずかけ》やアカシヤの寂《さ》びた色が目に沁みる思いだ。フランス租界はバリケードが厳重で、入ることは出来ないが、太平路の外れの路傍では、肉や野菜を売っている小さい市場があった。三百万の大都会だけあって、ここへ来て郊外の豊富な野菜畑を眺めることも出来た。十日間の大行軍大猛進は、兵も馬も辛そうだったけれども、漢口へ入って何も彼も苦しさは夢のように飛び、遠い故郷から歓喜の声が津浪になって、私の耳に滔々と響いて来る。

「漢口戦従軍通信（五）嬉し涙で漢口入城」（十月三十一日付東京朝日新聞）

二十八日、「明日は漢口を去る」ということで、夕方、芙美子は稲葉四郎師団長にお別れの挨拶に行く。「私は昨夜もねえ、あなたの事をじっと考えてた。今度のことは伊達や酔興では中々出来ない。全く戦場の奇蹟だなア……」と感心される。師団長は、広済から漢口までの追撃戦でどのくらい戦死者や負傷者があったと思いますか、と尋ねる。芙美子が緊張していると、「戦死者は五名、負傷者が八十一名ですよ」と言う。敵の死傷者が七万と聞いていた芙美子は、「一兵も損じてはならない」という命令を聞いたのを思い出して思わず嗚咽してしまう。稲葉から芙美子宛ての昭和十四年の手紙も三通、北九州市立文学館にあり、『北岸部隊』の礼などを書いている。

ペン部隊だけでなく画家たちも戦場に派遣されており、芙美子は藤田嗣治と会っている。十月二十八日の日付で、藤田は漢口での芙美子のスケッチを残している。

日本軍は十月二十六日の漢口、武昌、二十七日に漢陽と、武漢三鎮を完全占領した。しかし、国民党総裁の蔣介石は十月二十五日には漢口を脱出していた。日本軍は持久戦を強いられることになる。

以後の林芙美子の働きぶりもすごい。

十月二十九日に漢口を船で発つと、翌日は空路で南京、上海を経て福岡に戻り、三十一日午後にはもう大阪に着いた。マラリアに罹っていたが、十一月一日は早速、大阪で渡辺正男、鈴木文四郎（のち常務、筆名は文史朗）両特派員とともに、朝日新聞社主催の武漢陥落戦況報告講演会に出た。鈴木は戦線でなかなか林芙美子に会えず、この講演で初めて会ったのだという。

私は中支に行きまして、丸で林芙美子さんの後を追っかけ廻して居ました。私が上海に着くまでは、支局長がいって居りました。

「林芙美子女史が今まで居った」

「何処へ行きました」

と聞くと、「南京だ」ということで、南京に行くと九江に行ったというようなことで私は非常に残念がって居りましたが、今日ここに来て初めて林芙美子さんに会えた。（笑声）しかも、それが生れて初めてであります。

『朝日新聞社特派員　武漢攻略に従軍して』（昭和十三年、朝日新聞社）

夜行列車で上京すると、二日は東京の二カ所で講演。二重橋前で宮城を遥拝し、靖國神社に参拝した。その後は、第六師団の地元である九州でも凱旋講演した。

十一月十六日に鹿児島から東京朝日新聞社学芸部の新延修造宛てに出した速達がある（日本大学芸術学部

西郷隆盛終焉の地、城山の岩崎谷にあった「岩崎谷荘」

図書館発行『林芙美子の芸術』収録写真）。新延はこのあと芙美子が出す本に『戦線』と付けた人だ（『戦線』後記）。

「全部　小倉、福岡、熊本、鹿児島をすませました。福岡で渡辺［正男］様入院なすって、私と森川と云う人とで講演いたしました。病気は一進一退のありさまで熱は一日おきに出ますが、無事に済みまして吻としています。故郷《ふるさと》にはるばる戻って哀しみも愉しさもなし。空の財布をひらくが如し。いまは空漠としたおもひですが枕元から桜島の火を吹く山を見て慰さめています」（故郷にわざわざ読みがなを振っている）

過密日程で倒れたのは渡辺記者のほうだったのだ。

便箋は岩崎谷荘の用箋。十二年後の昭和二十五年、屋久島に行くときにも泊まる由緒ある旅館だ。故郷に対する冷めた目は一貫して変わらない。山下小学校時代のつらい思い出はどうしても拭い難いものだったようだ。

芙美子は桜島だけは懐かしいらしく、このとき古里温泉を訪れた写真が『現代日本文学アルバム』にある。しかも母キクと一緒だ。

驚くべきことに十二月二十日に『戦線』（朝日新聞社）を刊行し（新聞連載も再録しているが、ほとんどは書き下ろし）、加えて『婦人公論』新年特別号に「北岸部隊」を一挙掲載した上で、元日付で単行本（中央公論社）として刊行した。同じ漢口攻略戦を描きながらも、書簡形式と日記形式に書き分けたのである。

林芙美子は他の作家を圧倒し、朝日新聞社の期待に応えた。

当時の朝日新聞は、緒方竹虎の時代である。

緒方は大正十四年から昭和十八年まで十八年間にわたって、「筆政」という編集トップに君臨した。こんなに長く権力の座を保てたのは、ある意味、戦争のおかげだった。おかげで驚異的に部数を伸ばし、昭和十六年にはついに毎日新聞を抜いてトップに立つ。昭和十三年の漢口攻略戦での芙美子を使ったキャンペーンが、毎日新聞の追撃に「一役も二役も買った」とみるのは、佐藤卓己だ（中公文庫『戦線』解説）。

緒方竹虎と林芙美子が面識があったかどうか分からないが、可能性はある。芙美子の秘書役だった大泉淵が、親しかったようなのだ。芙美子の死後のこと。「あれは有楽町のあたりを歩いてる時だったかしら？緒方竹虎さんにお逢いしてね。『どうしてるの？』っておっしゃるから『私、働こうと思ってるんです』って申し上げたら、皆さんで心配して下さったらしくて結婚することになったのよ」（『フミコと芙美子』）。

芙美子は「漢口が陥落したら、この戦いも一息だろうと思っていたけれど、武漢攻略なってからも、広東、海南島、汕頭、と戦況はめざましく進んでいっている」（『心境と風格』所収「事変の思い出」）と終わらぬ戦争にいら立っている。

このため満州の守りが手薄になった。日本の在満兵力は八師団。一方、極東ソ連軍は約三十師団に増強し、昭和十四年五月、満蒙国境で両軍が衝突したのがノモンハン事件である。激闘は九月十五日まで四カ月に及んだ。

芙美子は今度は冬の北満に旅立つ。

昭和十五年一月、満州国の首都、新京に到着する。かつての片田舎の淋しい長春時代から、人口四十万人の都会に変貌している。漢口で従軍を共にした朝日新聞の渡辺正男記者に再会する。渡辺は新京に来てちょうど一年、その間、ノモンハンにも従軍したという。芙美子は「戦時の記者の人達も大変だなと思った」(「凍れる台地」)。

ノモンハン事件といえば、東京裁判で日本の侵略戦争と断定され、しかもソ連に惨敗を喫したという「日本の愚かさの象徴」のように言われてきて、南京大虐殺と並んで今なお論議を呼んでいる。

現場にいた渡辺正男が何か記録を残していないかと調べてみると、『外蒙古《がいもうこ》脱出記　ビンバー大尉手記』(昭和十四年八月、朝日新聞社)に「附・ノムハン事件の経過」を書いていた。「附」とはいっても百十ページの同書の半分を占める。事件の真っ只中で書いた、貴重な一次史料である。

「関東軍記者倶楽部の一員として軍に出入を許されている記者は、事件発生以来、刻々軍に入る情報と国境戦線の特派員より打電してくるニュースに血の高鳴りを覚えつつ、報道の任に当たった」

渡辺は「満蒙国境紛争史」と題して「その悉くが外蒙側の不法行為に起因する」として、「今年(一九三九年)当初より満蒙国境における外蒙兵の不法越境が再び頻繁となり、ついに五月に入って外蒙ソ軍空陸大部隊の不法越境となり、今次ノムハン事件の発生をみるに至った」と書き出す。

両軍の壮絶な空中戦、近代機械化戦(戦車、装甲車)を詳述し、「五月初旬事件発生以来ソ連は、国境の戦場においてその優秀性と強大さを誇る空軍機約《およそ》七百機を失った。また強大さを自負していた機械化部隊もわが勇敢な攻撃によって戦車、装甲車三百台以上を撃破されて沙漠の熱砂に黒焦げの残骸を曝すという醜劣振りをみせた」「ソ連が一流のデマ宣伝を飛ばしても、自国空軍の無能と拙劣さを今さらのごとく痛感し、日本空軍の優秀強大なるに戦慄的恐怖を覚えているに違いない」「ソ連空軍七百機撃墜に対してわが損害はわずかに十数機。ソ連空軍は断じてわが敵ではないのだ」と結んでいる。

同書は八月二十一日印刷なので、八月二十日からのソ連軍の大攻勢には触れていない。ただ、少なくとも七月二十四日まで日本軍は、ソ連軍の攻撃をはね返して大損害を与えた——つまり〝惨敗〟などではなかったと分かる。これは渡辺が当時の勢いで大げさに書いているのではない。ソ連崩壊後の新史料を基にした『歴史街道』二〇一一年五月号「総力特集・ノモンハンの真実」の最新研究とも一致している。

もっと重要なのは「今次わが軍の行動は自衛権の発動に本づく正当なる行動であって、いまだわれより進んで敵を攻撃したことはなく、常に敵を邀撃《ようげき》して来たのである。すなわち非は明かに彼にある」という関東軍報道班五月二十九日発表の通り、国境を侵犯したのはソ連側だったことだ。

尾崎・ゾルゲ事件と朝日の責任

芙美子は昭和十五（一九四〇）年二月はじめに北満から日本に戻ると、文芸家協会会長の菊池寛が提唱した文芸銃後運動に率先して参加する。

第一班として菊池ら六人と五月六日から九日間、東海近畿の八都市（浜松、静岡、岐阜、名古屋、京都、大阪、神戸、和歌山）を回って講演した。芙美子の演題は「銃後婦人の問題」。聴衆は合わせて一万六千人。会場に収容しきれず、場外に拡声器を設けた所が三カ所もあった。芙美子はさらに第三班のうち東京市内に参加し、七月八日には早稲田の大隈会館で川端康成らと講演した。東京五カ所で聴衆六千人。第六班（四国）にも参加し、十月五日から十一日まで、四都市（高知、徳島、高松、松山）を横光利一らと回った。聴衆は七千人を超えた。

文芸銃後運動講演会は十二月まで十一班が、内地以外にも朝鮮、満州、台湾を回った。講師の総数五十四人、のべ九十人余。海外まで飛び回った久米正雄は別として、芙美子は最も熱心に取り組んだ。聴衆は総計十万六千余人を数えた。

芙美子は四国から帰ると、借りている洋館と同じ下落合四丁目に、念願の自宅を建て始める。前年の十四年十二月に土地三百坪を購入していた。十五年十二月には上棟式、明けて十六年一月には茶の間を床張りしている。三月はじめ、今度は広東に行く朝日新聞の渡辺正男を下落合の家に招いているが、当然、新築中の自慢のわが家も見せたことだろう。

渡辺正男から林芙美子への書簡は長いのが特徴で、北九州市立文学館蔵の五通には便箋十枚や十四枚のものもある。書かれたのはいずれも昭和十六年。

それによると、渡辺は三月八日に東京を発ち、十二日に広東着。下落合での一日が楽しかったこと、出たばかりの短編集『歴世』をもらってすっかり読んでしまったことなどを知らせている。

広東はもう銃砲声はやんでいるものの、日本軍の様子はものものしく、渡辺は上海の上陸戦、武漢攻略戦、ノモンハンに続いて四度目の従軍だとしている。目的は澳門（マカオ）に一人で通信部を設けること。香港や重慶側の情報を取るのが仕事だという。四月に広東から澳門に渡った。しきりに「南支へおいでください」と芙美子を誘っている。

ところが、日本が米英と開戦し、芙美子の目は南支どころか、さらに南の仏印・蘭印へと向かうことになる。

昭和十六年十二月八日、日本海軍はハワイ真珠湾に攻撃を加え、米太平洋艦隊の主力を全滅させた。翌々日の十日にはマレー沖で英東洋艦隊の主力戦艦を沈め、西太平洋の制海・制空権を握った。

陸軍はタイ、マレー、フィリピンに進出し、昭和十七年一月にマニラ、二月にシンガポール、三月にはラングーン（現ヤンゴン）を占領した。スマトラ島第二の都市パレンバンへの落下傘部隊による奇襲降下が成功するなどして、蘭印（オランダ領インドシナ、現インドネシア）も三月には完全に攻略された。

「蘭印攻略作戦が予想よりもはるかに短期間に完遂することができた原因に、原住民のオランダ支配にたいする反感と日本人にたいする親近感が挙げられる」と桶谷秀昭は『昭和精神史』で指摘している。日露戦争後に日本人の移住が次第に増え、その中にはなんと、芙美子の父親が尾道でやっていたあの〝オイチニ〟の薬の行商人ら、零細な商人が多かった。彼らは「人柄もお人好しで温和であった」ために、インドネシア人の日本人に対する印象は悪くなかったのだという。

ジャワ方面作戦部隊は昭和十七年三月にジャカルタに入ると、邦字紙の東印度日報社を接収して陣中新聞「うなばら」の発行を始めた（『大東亜戦史4蘭印編』所収「ジャワ新聞始末記」）。印刷機が旧式だったため、あらためてオランダ語新聞の印刷工場を接収したが、活字を積んだ引っ越しのトラックが誤って運河に転落してしまった。ジャワを視察に来ていた朝日新聞の村山長挙《ながたか》社長が「陣中新聞が活字に困っている」と聞き、後日、ジャワ軍司令部に活字の母型と鋳造機を寄贈した。軍司令官がこれを評価し、ジャワの邦字新聞の委託経営権を朝日新聞に与えることに決めた。

その初代社長となったのが、くしくも林芙美子と武漢攻略従軍報告講演を行なった鈴木文四郎である。鈴木は「うなばら」を「ジャワ新聞」と改題した。

この人事の裏には、朝日の権力闘争があった。

昭和十六年十月、「尾崎・ゾルゲ事件」という日本史上最大最悪のスパイ事件が起こった。ソ連に日本の軍事情報を流したかどで、元朝日新聞記者の尾崎秀実《ほつみ》と、ドイツ紙記者リヒアルト・ゾルゲが逮捕された。

さらに半年後の昭和十七年三月、朝日新聞政経部長の田中慎次郎（尾崎と同期入社）が尾崎への情報提供容疑で、四月には陸軍省詰め政経部記者磯野清が取材した作戦内容を田中に伝えたとして検挙された。今度は二人とも朝日の現役記者である。

この事件は世間に秘匿されていたが、司法省の昭和十七年五月十六日の発表を受け、同日、朝日新聞は社内処分を行った。東京本社編集局長野村秀雄と編集責任担当者緒方竹虎の職を解くと発表した。なんのことはない、緒方の代表取締役・主筆はそのままだった。

これに真っ向から異を唱えたのが、出版局長の鈴木文四郎である。

結論は変わらなかったが、今西光男『新聞　資本と経営の昭和史――朝日新聞筆政・緒方竹虎の苦悩』によると「これが社内で公然たる緒方批判の火の手をあげた最初のものであり、反緒方勢力の結束につながった」という。

鈴木文四郎は緒方竹虎のわずか二歳下ながら、まだ編集局長になっていない。傍系の出版局長である。

緒方に歯向かった鈴木は、昭和十七年十月、外地のジャワに飛ばされたのである。

鈴木が赴任すると派遣軍幹部は「自由主義者がやってきやがった」と冷笑し、ジャワ新聞創刊の祝宴にも誰も出席しないので、鈴木は友人の中将をシンガポールの南方総軍から招いて来てもらったという（前掲『大東亜戦史4蘭印編』所収「ジャワの日本人」）。逆に言うと、それほど知られた名物記者だった。

英語が得意で外報部で活躍したが、最も有名なのは「虎ノ門事件」をめぐる筆禍事件だ。

大正十二（一九二三）年十二月二十七日、摂政宮裕仁親王（昭和天皇）が帝国議会開院式ご出席のため虎ノ門を通過される際、共産主義者の難波大助が狙撃した。難波は翌十三年十一月十三日処刑されたが、同日の東京朝日新聞夕刊「今日の問題」欄に鈴木文四郎社会部長が「一個可憐の年少逆徒大助断罪の朝、秋の陽は照々として洽《あま》ねく輝きわたる」と、まるで犯人を称賛するような書き方をした。複数の右翼団体が抗議し、当初は鈴木本人が応対していたが埒が明かず、福岡県立中学修猷館（今の修猷館高校）卒で玄洋社や黒竜会とつながりが深い政治部長の緒方竹虎が相手をするようになった（玄洋社を結成した頭山満は緒方の仲人を務めている）。明けて十四年一月二十日、緒方は村山龍平社長と勘違いされて赤化防止団員を名乗る男に襲われ、布で巻いた石が頭に当たって重傷を負う。村山社長は襲撃事件の翌二月、自らの〝身代わり〟となった緒方を、三十七歳で東京朝日新聞編集局長に抜擢する。「緒方筆政」の始まりである。鈴木は緒方の出世のきっかけをつくったのだから、二人の因縁は深い。

ジャワ、ボルネオ両新聞に協力

昭和十七（一九四二）年十月、林芙美子は再び報道班員として、南方に赴く。徹底的にこだわって完成した新居に住み始めて、わずか一年後だ。仏印（フランス領インドシナ、現ベトナム・ラオス・カンボジア）、シンガポール、ジャワ、ボルネオなどに翌十八年五月まで丸七カ月も滞在した。身分は軍の嘱託で、往復交通と軍施設での宿営・給養（食事）以外は朝日新聞社がスポンサーとなった。各新聞社、同盟通信社に取材地域が割り振られ、朝日新聞社はジャワ（陸軍）と南ボルネオ（海軍）を受け持った。

一行十八人は十七年十月三十一日、病院船で広島県宇品《うじな》港を出港、十一月十六日、シンガポール（昭南）に到着した。

十一月十九日付朝日新聞【昭南特電十八日発】は「ただ頭が下がる／林、美川両女史ら昭南島へ」の見出しで、一行が十六日無事上陸したことと、「一行中林芙美子さんと美川きよさんが、十八日午後ジョホール水道の敵前渡河点および昭南島のブキテマの激戦地、フォード会社の両司令官会見の場所などを詳細に視察した」とし、芙美子の談話「昭南に着き激戦地を見るにつけ兵隊さんはえらい所を取った。大変な苦労だったろうと強く胸を打たれた。戦死された兵隊さんに黙禱をささげるばかりです。私は戦死された兵隊さんのことを主として書きたいと思う。女の眼で見た南の戦いというものを書きたいと思うのです」を載せている。美川きよも小説家。

芙美子は十一月二十三日にシンガポールを発つと、マレー半島を回り、いったんシンガポールに戻って、

林女史・サマサマ生活へ

カンポンで"美しき放浪記"執筆

豊島、松浦に敗る

大相撲六日目　西軍猛然と挽回す

カンポン入りした林さん

六日目勝負

昭和18年１月16日付ジャワ新聞

十二月十一日、おそらく船でジャワ島のバタビア（ジャカルタ）に渡る。美川きよと合流し、一泊後、東ジャワのスラバヤへ一緒に朝日新聞社機で飛び、兵站の指定旅館に三泊してから別れた。ジャワ新聞昭和十八年元日付に芙美子と美川きよの対談が載っているが、このとき対談させたものだろう。元日付を前もって取材し書いておくのは今でも同じだ。ジャワ新聞では鈴木文四郎社長兼編集局長に会ったのは間違いない。

　林芙美子は十二月十五日、スラバヤから再び朝日新聞社機に乗って南ボルネオの中心地バンジェルマシンに降り立った。朝日新聞社が発行する「ボルネオ新聞」の支援が目的だったという。

　開戦一周年の十二月八日に創刊したばかりで、まだ一週間。社員は数人で、外勤と内勤を兼ねた記者が一人。なんと、「林は多忙を見かねて校正を手伝い、わずかのジンに陶然として安来節を歌ったりした」（『朝日新聞社史　大正・昭和戦前編』）という。

　十二月末には、ボルネオ民政部などでタイピストや事務員をしている若い女性九人を集めて座談会をしている（『週刊婦人朝日』昭和十八年二月三日号に掲載）。

十八年一月六日、芙美子はバンジェルマシンを出発し、再びスラバヤにやってきた。十六日付ジャワ新聞に早速、「林女史、サマサマ生活へ／カンポンで〝美しき放浪記〟執筆」と報じられた。「サマサマ」とは「同じ」、「カンポン」とは「村落、部落」だそうだ。トラワス村の村長宅に十二―十八日の一週間滞在したのである。

このあと、バリ島を三泊四日で訪ね、スラバヤから汽車でジャカルタへ一月三十日に着いた。二月六日にジャカルタから昭南（シンガポール）に飛んで、そのあと再び西ジャワに戻って見て回り、ジョクジャカルタ（中部ジャワ）にも足を延ばしているので、ジャワ島はほぼすべて踏破している。

三月三日、ジャカルタから南スマトラのパレンバンに到着する。「空の神兵」落下傘部隊降下で有名な、インドネシア最大の石油基地である。同月五日、パレンバンからスマトラ島を北上する。北スマトラのメダンで、佐多稲子と出会っている。

五月五日、シンガポールからマニラに飛ぶ。同月七日、友好国や占領地を歴訪中の東條英機首相をルネタ広場に迎える。同日付朝日新聞に「祖国の首相を迎ふ　マニラにて林芙美子」という詩を発表した。そのあと帰国の途に就く。

疎開と横浜事件の影

昭和十七年、『改造』八、九月号に載った細川嘉六の「世界史の動向と日本」が問題になって発売禁止となった。細川は逮捕され、家宅捜索で見つかった集合写真が日本共産党再建準備の会合だとして、翌十八年には写っている人間が順次捕まった。

芙美子は昭和十八年五月に南方から帰国した。水木洋子宛てはがきによると五月末だという。十二月には産院から生後間もない男児をもらい受け、泰《たい》と名付けた。懇意な川端康成が同年三月に養女をもらったことも影響しているかもしれない。

十九年一月二十九日、改造社関係四人、中央公論社関係五人の編集者が治安維持法違反容疑で検挙された(改造社は三月にもう一人)。関係というのは、水島治男のように既に退社していた者も含まれていたからだ。神奈川県警の管轄だったので「横浜事件」と呼ばれる。

細川嘉六の活動には尾崎秀実が資金援助していたため、水島治男は昭和十六年十月の尾崎ゾルゲ事件から横浜事件までは一本の線でつながっているとみる(『改造社の時代　戦中編』)。その通りだろう。『改造』はたびたび尾崎秀実にも書かせていた。

十九年七月には、改造社の山本実彦社長と中央公論社の嶋中雄作社長が内閣情報局に呼ばれ、「自発的廃業」をするよう通告されて、ついに両社は解散する。

一方、芙美子は十九年三月、泰を自分の籍に入れると同時に、ようやく緑敏と入籍する。四月、母と泰を連れて長野県下高井郡上林《かんばやし》温泉に疎開、八月にいったん帰京して、今度は同郡角間《かくま》温泉に疎開する。疎開中は農耕、読書、童話を書いて村の子供たちに読んで聞かせたりした。京都の旅館「其中」女将の伊藤ナミが芙美子のエピソードとして「ある時は文楽の人形を求められて、私は文楽の知人におそめ人形を造ってもらい、寝台車で先生(芙美子)にお供して上京した事もありました。其の人形がとても御気に召して戦時中疎開先信州まで持って行かれたそうです」と回想している(『林芙美子讀本』所収「『めし』と林先生」)。

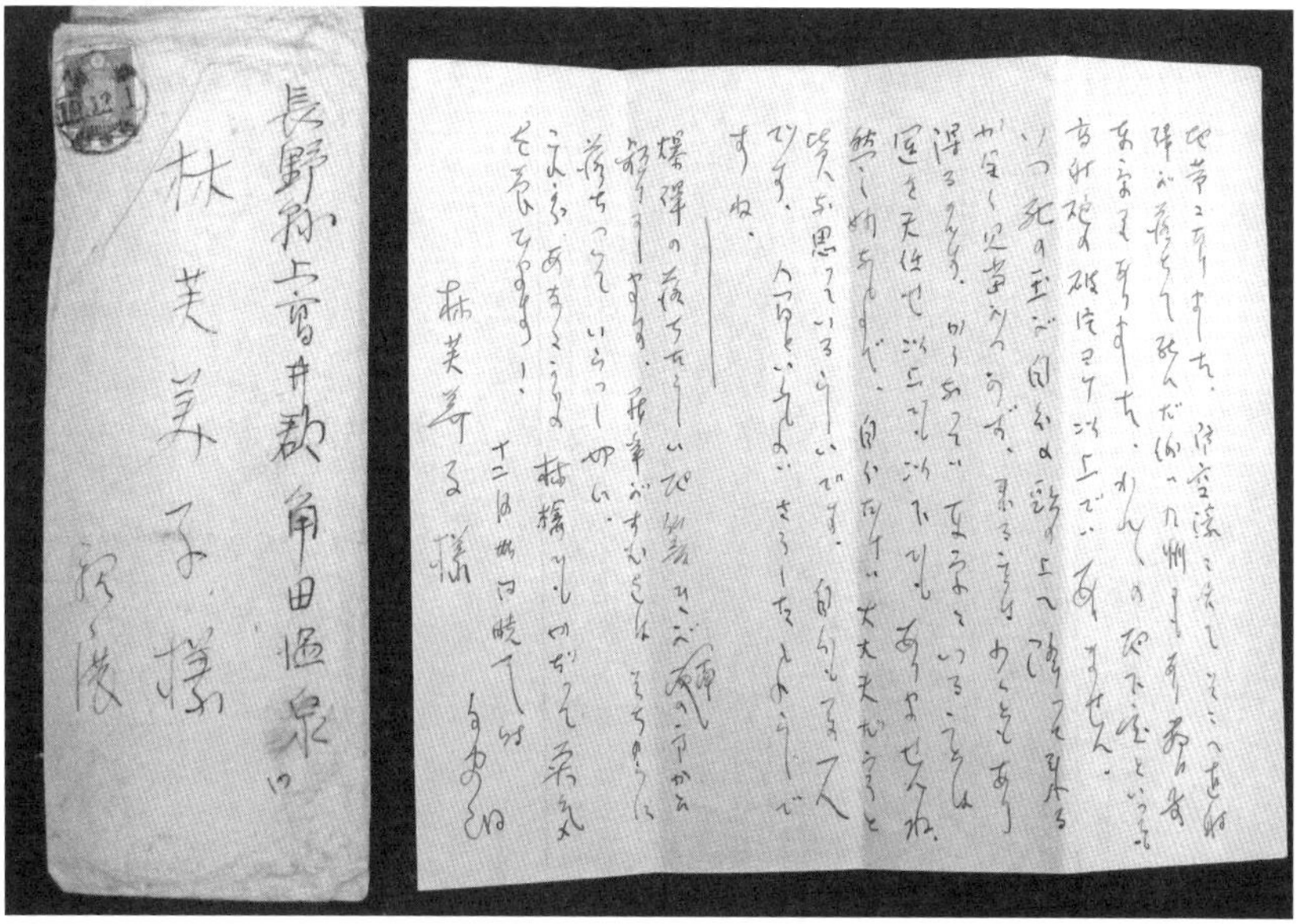

鈴木文四郎から疎開先の芙美子へ宛てた手紙（北九州市立文学館蔵）

『現代日本文学アルバム』には、人形遣いの桐竹紋十郎（のち人間国宝）に着付けしてもらったという「お染」と映る芙美子の写真がある。

芙美子は疎開先からよく人に食料を送っており、朝日新聞社の鈴木文四郎からのお礼の葉書・手紙も四通、北九州市立文学館が所蔵している（昭和十九年九、十一、十二月、一通は日付不明）。鈴木の字は癖があって残念ながらほとんど読めない。お礼の言葉と空襲の大変さが大半のようだ。

芙美子には疎開が似合わない。米軍に空襲されるなら、むしろ最後まで見てやろうというのが芙美子だ。こだわり抜いて建てた家を守ろうという気持ちも強いはずだ。実際、戦後、「この激しい戦争から逃避して山の中にいる自分と云うものが吐き気のするほど厭であった」（「夢一夜」）と振り返っている。

では、なぜ疎開したか。「横浜事件」の影響しか考えられない。

芙美子は昭和八年、日本共産党に寄付したとして中野警察署に十日間も拘留された苦い記憶がある。「放浪記」以来、長年お世話になってきた改造社との関係から、自分にまで特高の手が及ぶことを恐れたのだろう。実際、横浜事件では那珂《なか》（本名・仲）孝平《こうへい》という小説家が、十九年十月四日に検挙されている。

時代は少し遡るが、水島治男は、林芙美子と改造社との関係について、とんでもないことを〝暴露〟している。

昭和十二年十二月十五日、人民戦線の結成を企てたというグループが一斉検挙された（人民戦線事件）。水島とは、執筆者と編集者としての関係がある人も多くいたため、水島は自宅にある段ボール箱いっぱいの手紙を焼いた。

「中には、林芙美子の長文の手紙も何通かあって、私の紹介で知り合った彼女の愛人のYという男の背信行為を綿々とうったえたものもある。Yは改造社の出版部員、私の大学時代の級友で、入社するときには社長に推薦した男である。実はその手紙で私は二人の関係をはじめて知ったのだから、私に文句をいう筋はないのである」

芙美子は悪く言われやすい人なので話半分だと思う。何しろ『改造社の時代』は芙美子が亡くなって二十五年後に書かれた本である。ただ、親しい編集者がいたのは事実だろう。それだけでも芙美子が震え上がって東京を離れ、疎開する理由にはなる。幼子もいるのだ。

結局、水島はほぼ一年にわたって拘留されたあと釈放された。

二十年八月十五日、敗戦。

日本中が静まり返った。

北信州の山の中に疎開している菊子は、芙美子自身だ（「夢一夜」）。

八月になって、終戦の宣告を、ラジオで聞いた時には、菊子は意外な気がした。天皇みずからの声と云うものを始めて聴いた。一瞬、心を突きあげて涙が溢れた。山の村じゅうが、森として静かになった気がした。その静かな山村に、聴えるものは、蟬の声と、ものうげな山鳩の鳴く声だけであった。

終戦直後の八月二十九日、改造社の残り四人に執行猶予付きの有罪判決が出た。よくうやむやにならなかったものだ。米軍の進駐前に片づけておきたいという検事や裁判所の執念だろう。

同年十月五日には実父宮田麻太郎が下関で死去した。六十三歳だった。

戦い終わって
風も吹く　雲も光る

息子の泰と下落合の自宅庭で（新宿歴史博物館提供）

労働争議とレッドパージ

本書は、朝日新聞と林芙美子の関わりがテーマの一つであると述べたが、北九州市立文学館に所蔵されている林芙美子宛ての書簡は古垣鉄郎《ふるかきてつろう》が最も多い。戦前戦後にわたって十八通もある（新宿歴史博物館にも二通）。古垣は鹿児島県日置郡日吉町生まれなので、同郷意識があったのだろうか。昭和四（一九二九）年に朝日新聞に入社し、ロンドン通信局長、欧米部長などを務め、敗戦時は戦時資料研究室長だった。

林芙美子宛て書簡十八通のうち、内容から昭和二十一年五月に書かれたと思われるものが興味深い（封筒なく日付不明）。まだ著作権保護期間中なのでポイントだけ挙げると、①五月一日に朝日新聞を辞めた、②高野岩三郎氏が放送協会を新発足するので協力を頼まれた、③現在の不寛容な「民主化」に疑問を感じている――である。

古垣は昭和二十四年五月、高野岩三郎NHK会長の死去に伴って後任の会長となった。翌年には局内のレッドパージを行なっている。

このレッドパージはGHQにいわれて嫌々やったというより、むしろ協力的だったかもしれない。というのも、古垣は朝日新聞社内の「十月革命」で、社内の共産主義者に社を追われているからである。今西光男『占領期の朝日新聞と戦争責任――村山長挙と緒方竹虎』で経過を追う。

昭和二十年十月十五日、村山長挙社長はGHQ対策として英米通の鈴木文四郎を主筆兼編集責任担当重役に抜擢し、鈴木に〝組閣〟を命じた。遅ればせながらついに鈴木が〝宿敵〟緒方竹虎（このときは東久邇宮内閣書記官長）に並ぶ時が来たのである。古垣鉄郎はこのとき東京の編集局長に名が挙がった。ところが、組閣名簿が漏れると、東京編集局に社員代表委員会ができ、聴濤克巳《きくなみ》（のち新聞単一労組の日本新聞通信労働組合委員長として、翌二十一年の食糧メーデーの大会議長を務めた）が委員長になって、首脳陣の戦争責任の追及、退陣要求に動き出した。

聴濤らは印刷局を中心とする現業職場の共産党細胞を通じて、共産党との連携を模索していた。経営陣は、労働組合支配、共産党支配の悪夢が現実のものとなる前に、何とか事態を収拾しなければならなかった。この結果、人事異動も機構改革も白紙となる。十一月には朝日新聞東京本社従業員組合が結成され、聴濤が初代委員長となる。古垣鉄郎も鈴木文四郎も退社を余儀なくされた。古垣が芙美子宛てに書いた「不寛容な民主化」とは、こうしたことを指すかと思われる。

鈴木文四郎はのちに「『大新聞』論」で、「終戦から二ヵ月を経てその年の十月、朝日新聞が橋頭堡となって、ほとんど全国の目星しい新聞が、俄かづくりの労働組合、あるいはその前身のような団体の攻勢により占領された瞬間から、新聞の紙面は読者の顰蹙の的になりだした。終戦により新聞は自由を取り戻し、独立した言論報道機関となったと読者は思っていたのが裏切られたからである」「新聞の『戦争責任』は社長以下重役と編集の最高幹部だけが負うべきだという主張が、各社の組合結成と併行して燃えあがり、それが勝ちを制し、どの新聞社でも重役と編集幹部以外の者だけが民主主義の選手となった」と振り返っている（『文史朗文集』所収）。

レッドパージに話を戻す。

昭和二十五（一九五〇）年七月二十八日午後三時を期して報道各社の計三百三十六人が解雇を言い渡され

たが、ＮＨＫ百十九人と朝日新聞百四人は突出していた（三番目の毎日新聞が四十九人）。ＧＨＱはＮＨＫへの共産党の浸透にとくに神経を尖らせていたという。「ターレンス少佐がＮＨＫに現れ、古垣鉄郎会長に、局舎立ち入り禁止者の氏名を通告し、それに基づいて、会長名で解雇を告げた」（今西光男・前掲書）。

このころＧＨＱが嫌った朝日新聞記者といえば、笠《りゅう》信太郎だ。

新進のマルクス主義経済学者だった昭和十一年、緒方竹虎の招きで朝日新聞に入社して論説委員となった（福岡県立中学修猷館、東京商科大学とも緒方の後輩）。佐々弘雄や尾崎秀実とともに、近衛文麿（三度にわたり首相）の国策研究会である「昭和研究会」に参加。同十四年には『日本経済の再編成』を書いてベストセラーになった。

「東条軍閥政権の憲兵隊が疑いの目を向けたのは、尾崎ではなく近衛の『新体制運動』の中核である『戦時統制経済』理論のまとめ役になった笠だった。国家社会主義的な統制経済の必要性を強調するその理論構成は、社会主義・共産主義との関わりを連想させるものだった」（今西光男・前掲書）

笠信太郎を東條英機配下の憲兵隊がマークし始めたのを知った緒方竹虎は急遽、笠を欧州特派員に抜擢し、昭和十五年、出国させたのだった。

滞欧は七年に及び、昭和二十三年二月に帰国。論説委員に復帰し、一年後には論説主幹となった。最も力を入れたのが講和問題だ。

同二十三年十月に再登板した吉田茂首相は、主権の回復＝早期講和を目指した。米国など西側自由主義諸国との講和を先行させる考えだ。対して、笠は、ソ連など東側共産主義国も含めた「全面講和」でなければならないという論陣を張り、吉田の考えを「単独講和」と呼んで攻撃した。これは今でいう「印象操作」だった。実際、二十六年にサンフランシスコで講和条約が結ばれたとき、四十八カ国が調印し、拒否したのはソ連、チェコスロバキア、ポーランドの三国だけだったのである。「多数講和」にほかならなかった。

ＧＨＱは朝日新聞の社長に笠信太郎の追放を要求した。しかし昭和二十五年に朝鮮戦争が勃発すると、親ソ・反米の人たちは少数派になった。朝日の論調も軟化し、ＧＨＱはいったん矛を収めた。今にいたる朝日新聞の反政府・反日の基調の根幹をつくったのは笠信太郎とみて間違いないだろう。

戦争を忘れない誓い

芙美子の戦後は、戦争への悔恨と非戦の誓いで始まる。それをはっきりと直接的に書いたのが「作家の手帳」（昭和二十一年七−十一月）である。

昭和二十一年五月十七日、この日の或る新聞を私は何気なく見てゐました。裾模様を着た婦人の代議士が五人ばかり、議会の廊下を歩いてゐる姿のスナップです。その写真をぢっと見てゐるうちに、私の瞼に、昨日品川駅で見たぼろぼろの服を着た四名ばかりの復員の兵士の姿がふっと浮んで来ました。さうです。私たちの国は戦争に敗れ、あらゆる都市が何も彼も滅茶苦茶になり、人達は本能的に、北から南へ、西から東へ、食糧を求めて漂流してゐる国になってゐるのです。

この戦争は十年もつゞきました。

私はこの戦争を忘れることが出来ないのです。私にかぎらず、誰だってこの戦争は忘れてはならないと思ひます。裾模様といふものを一度も着たことない人の多い世の中に、時代ばなれのした、かうした議会の表情が、どんな思ひで敗戦国の婦人の心に暗くひゞいてくることでせう。私は裾模様を着る着ないといふことよりも、心づかひのない、婦人代議士の毛羽立った荒い神経に驚きを持ったのです。

私はこの戦争の悲劇を忘れてはならないと思ふのです。この戦争は何といふ長い月日をかけてゐたのでせう。私と同じやうに想ひを共にしてゐる女性の人たちに、日本にとって最大の悲劇であったこの戦争のかもしてゐた、様々な人間生活の弑《しい》せられてゐた暗黒な時代を書いてみたいと思ってゐるのです。自由も希望もない灰色な戦争！　考へただけでも、もう戦争は沢山です。希望や憧憬を見すてゐた長い戦争を、戦争が終ったからといって、すぐけろりと忘れてしまふといふことはあり得てはならないのです。チエホフは自分の感想のなかで、「可哀想なことだ。本当に哀れなものだ。地球も森も空も、獣も鳥も、みんな役に立つやうに造られて、銘々魂を持ってゐたんだ。それがみんな滅びてしまふんだ。だがなかでも一番不仕合せな者は我々人間なのだ」と嘆いてゐますけれど、この言葉はしみじみと味ふことが出来ます。千八百八十年ごろのロシヤのアレキサンドル二世が殺されてからのあと、失敗に終ったナロードニッキ革命運動、そして、沢山の廃頽《はいたい》者と、破産したインテリゲンチャは到る処の路傍に未来を描きながら徒らに月日を送ってゐました。さうした時代に、作家チエホフはひそかにこの時代をみつめて人々の不幸に嗚咽してゐたのです。そして、この不幸な人々が立ちあがるには、何よりも人間が虚偽から抜けきらなければならないといふことを作品のなかで暗示してゐるのです。

私は思ふのです。

どんなことがあっても、一応はすべての人達の胸に、この悲劇を胸に焼きつけて、けんそんな気持ちで、天にひれ伏さなければ、また再び、虚偽の渦の中にまきこまれて、私達は怖ろしい苦役の底に沈んでゆかなければならない時代が来ると思はれます。

民衆が一人一人強くなって、正しく隣人を愛しあはなければ、この敗戦の国の再建はむつかしいのではないかと思ひます。

美しく晴れた朝、小鳥の群が野や林を飛びまはり、愉しい自然の天地から、天与の幸福を全身に浴びて、生きてゐるよろこびをはちきれるばかりのさへづりの中に託してゐる無邪気な景色を考へてみて下さい。

生暖い仄々《ほのぼの》とした陽射しの林のなかで、小鳥たちは時々気紛れをやってみたくなり、群をはなれて野原の方へ四方を顧眄《みまは》しに行ってみる。思ひがけない方向から無数の弾が飛んで来る。気紛れをおこした小鳥はもう冷くなって土の上に枯葉のやうに叩きつけられてゐる。ちひちゃい生々した眼にはもう白いまくがかぶさってゐるのです。現実は矢のやうに、こゝにも小さい悲劇をもたらして来たのです。人間の生活のなかに戦争さへなければこんな小鳥も、もう少し生命をながらへて、美しいさへづりを高々と樹間にひびかせてゐたことでせう。小鳥たちは人間の言葉を語れないけれども、きっとその小鳥の家族は、一羽の同族を失ったことを嘆きかなしんで、林の中から、不幸な姿をみつめてさへづりの声をひそめてゐたかも知れません。

林のなかには、さっきとすこしも変らないそよそよとした風が吹き、照ったり曇ったりの太陽の下で、木末を網のやうに張りめぐらしたなめらかな樹間の光景《やうす》が前よりもあざやかな小鳥の魂をしめつけることでせう。あまりに幸福な自然の姿なのですから。際限もない光線の流れが、燦爛《きらきら》と冷くなった小鳥の上に愛撫の光をそゝいでゐます。ぢっと見ているとそれが、私の空想のなかでは、いつの間にか若いまだ幼な顔の抜けない兵隊のたふれた姿にかはって来ます。

静かに眠ったやうに死んでゐるのです。椎木ばかりのまばらな明るい林の向うで砲声がとどろいてゐるやうな気がします。

五十年位もたって、いま生きてゐるすべての私達が土の下にはいってしまった頃、未来の子供たちは、兵隊のゐない私達の国を不思議に思ふことでせう。その時にこそ、こんどの長い戦争がどんなに悲劇で苦しかったといふ話を長老はしてきかせなければならないでせう。

連翹《れんぎよう》色の雲のたなびいてゐる平和な村落や都曾に、いつもお祭のやうな市がたってゐて、子供は無心にたはむれてゐる、そんな国にきっとなれる日が来なければなりません。

いまから十四五年も歳月がすぎてゆけば、戦争で父を失った子供達が、各々の配偶をみつけて結婚をすることでせう。若くして未亡人になった母を持つ子供達は、母の苦難に満ちた長い月日を大人になってからもきっと忘れないでゐることでせう。私達が戦争を忘れないと同じやうに……。

（傍線は引用者、説明は後述）

芙美子は一見、「反戦」を書いているようで、そうではない。

芙美子が問題にしている婦人代議士の「裾模様」とは、和装の礼服や訪問着である。昭和二十年十二月十七日に衆議院議員選挙法が改正され、婦人参政権が認められた。翌二十一年四月十日、帝国憲法下で最後の衆院選が行われ、婦人議員三十九人が当選したのである。

芙美子は、まるで戦争に負けてよかったかのように国会を闊歩する婦人たちに、「心づかいがない」と厳しい目を向ける。

そして「裾模様」と対比させるのが、「ぼろぼろの服を着た復員の兵士」である。

この戦争の悲劇が忘れられることを芙美子は恐れた。「戦争が終わった。よかった。晴れて裾模様を着よう」ではいけないのだ。

この言葉通り、芙美子は戦後、戦争の悲劇をテーマにした短編小説をしつこく書き続けた。作家生活の中で、最も傑作が多いと思う。

戦後一番に発表した「吹雪」での、戦死の知らせが来ていた男が実は生きていたという設定は、このあとも「雨」「下町《ダウン・タウン》」「河沙魚《かわはぜ》」と繰り返される。芙美子は大泉淵に「戦場の土になった兵隊さんのことが忘れられないんだよ。これから、あの哀れな復員兵の代弁者になって書いてやるんだ！」と話していたという（『フミコと芙美子』）。

「雨」（昭和二十一年二月）の主人公は、二十九歳の復員兵、孝次郎。中国戦線に送られたが、病気を装って戦闘を逃れた。

病院生活をしている間に、孝次郎は前線から送られてきた数百人の負傷兵を見た。どの兵も苦痛に呻吟していた。なかには汚れた血色のない顔に涙を流している者もいた。だが、あの負傷兵の鼻を突きあげるような臭気を生涯忘れる事は出来ない。これは正常な人間の営みではない。これは異常な事なのだと孝次郎は心のなかで、まるで地獄の世界だと思った。――板の間にびっしりと毛布一枚で寝かされている負傷兵は悲惨な姿のまゝで軍医を呼んでいる。担架に寝ているものは連れてこられたまゝそのまゝ息を引きとるものさえあった。あまりの苦痛のために狂人になってしまう負傷兵もいた。孝次郎はこの惨めな兵達をみて、人間生活の貧弱な才分と云うものを、動物よりも劣っているとしか考えようがなかった。この兵隊達が故郷を出る時は、故郷の人達は旗を振って送っているのだ。自分も亦数人の肉親や知人に送られたのだけれども、その時、どの人も、行って来いよ、御奉公頼むぞと云った言葉が孝次郎には忘れられない。御奉公すると云うのは、武器を持たないでライオンの柵のなかを掃除に行くようなものだった。皆、大なり小なり傷ついて送られてかえって来る……殺菌剤と排泄物のあのすさまじい匂いだけでも人の心を焦々させるようだった。そのうえ兵隊はみんな虱《しらみ》だらけだ。

芙美子が中国で間近に見た負傷兵たちの様子が重なっている。『北岸部隊』では負傷兵たちが臭いとは書かなかったが、より生々しくなっている。

孝次郎は佐世保に上陸して、日本の変わり果てた姿に驚く。「こんなになるまで、どうしてみんな黙って我慢をしていたのか孝次郎には不思議でならない。白々とした廃墟の姿は日本人の本当の告白を表現しているようでもある」「人生に対するさまざまな哀しみがこれほど一度に兵隊達の心におそいかゝって来た事はあるまい」。帰ってみると孝次郎は戦死したことになっていて、妻は弟の嫁にされていた。

昭和二十一、二年の作品は復員の不幸、戦争の不幸を描いたものが多かった。二十四年になると、やはり戦争を背景にしているが、零落した女たちの姿を描くものが目立つ。前述の「晩菊」は五十六歳の女。「水仙」は四十三歳の女で、二十二歳のぐうたら息子を養うのに疲れている。「白鷺」は三十八歳の女とみで、かつては美人だったが数奇な、ひどすぎる人生を歩み、その轍を踏まないように姪に言い聞かせるのだが、若い姪は人生の恐ろしさを分かろうとはしない。「牛肉」のマキイも、「白鷺」のとみと同じく、若いころは素晴らしく魅力的な女だったのが、転落に転落を重ねて吉原の遊女にまでなる。「骨」は前述したように、戦争未亡人が売春するようになる話だが、戦死した夫の骨箱をもらってから人生が変わったことから、冒頭、「戦犯大臣が死刑台に立って死んだあと、その骨を貰いたいと大臣の夫人が嘆願している（注＝東條英機夫人勝子のこと）と云うことを新聞で見たけれども、道子はその記事を見て、急にわあっと声をたてて泣きたくなっていた」という名状しがたい気持ちに陥るところから始まる。

三島由紀夫は、林芙美子の短編集『晩菊』（河出書房市民文庫、昭和二十六年三月）で七編を選んだ。芙美子の亡くなるわずか三カ月前なので、期せずして三島由紀夫による林芙美子の戦後短編ベスト集の意味合いを持っている。

「林芙美子の許多《あまた》の近作のうちから、私の好みに従って、もっとも好きな作品『水仙』を中心に、世評の高かった『晩菊』と、同じく頽齢《たいれい》に縁のある『河沙魚《かわはぜ》』を併せ、また復員者を主人公とした数編を『麗しき脊髄』と『荒野の虹』に代表せしめ、間に、情趣に充ちた『あひびき』と闊達で明るい『放牧』を挟んで、近作の一つの系列を作ろうと試みた」という。中でも『水仙』『河沙魚』『あひびき』の三編は作品として完全だと称賛している。

私も一九八〇年代後半ごろ、林芙美子の短編を読んでその作品の完成度と面白さに驚いた。しかし、当時、書店には新潮文庫の『放浪記』しかなかった。私は図書館で借りた文泉堂の全集から気に入った短編をコピーし、バインダーに綴じて自分だけの林芙美子短編集を作ったものだ。

旧版あとがきにも書いたが、芙美子の戦後の作品、特に短編群は今後も長く読み継がれていく価値のある作品が多い。それなのに忘れ去られがちである。多くの人がこれらの作品を実際に読んでくれれば、本書の目的は達せられたも同然である。

相対する文学碑

さて、ようやく本書冒頭の平成二十一（二〇〇九）年九月、従来の林芙美子のイメージを覆した新しい詩の発見の話に戻る。「花のいのちはみじかくて苦しきことのみ多かりき」の別バージョンで、しかも長い。四百字詰め原稿用紙一枚に万年筆で書かれた十二行。タイトルはなく、初めに本人の署名がある。

風も吹くなり
雲も光るなり
生きてゐる幸福《しあはせ》は
波間の鷗のごとく
漂渺とたゞよい

生きてゐる幸福《こうふく》は
あなたも知つてゐる

私もよく知つてゐる
花のいのちはみじかくて
苦しきことのみ多かれど
風も吹くなり
　雲も光るなり

芙美子はどうして村岡花子だけにこの詩をプレゼントしたのか。

私は村岡花子の本名が「はな」であることに着目して、二年後の平成二十三年十月に出した小説『「花のいのち」殺人事件』の中にこんな場面を入れた。

芙美子と村岡花子は、「世界の絵本」という大がかりなシリーズの打ち合わせで、久しぶりに会う。


村岡はとても大切なことを切り出すように神妙になって、

「ところで、前から言おう言おうと思ってたんだけど」

「何、あらたまって」

「あなたの代名詞の『花のいのちはみじかくて』だけど」

「あら、なに」

「この詩、私の命が短いって言われてるみたいで嫌だわ」

と言われ、芙美子は大笑いした。

城山と桜島。芙美子ゆかりの２地点が向き合うかのように建てられた文学碑（城山ホテル鹿児島提供）

「あなたは花子なんだからいいじゃない」

「それが私、本名は花なのよ」

「あら、そう。じゃあ、分かったわ。あなたには別な詩をあげる」

芙美子は、ちょうどいい機会だから、この詩をもっと明るいものにしようと考え、「花のいのち」を改作したものを村岡花子に贈ったのである……。

同書第四章のタイトルを「風も吹く、雲も光る」とし、裏表紙には詩の後ろ四行を掲げた。

もちろん私ばかりではなく、ポジティブなフレーズを使ったいろんな動きが続いた。

二〇一三年の「生誕一一〇年　林芙美子展」（北九州、尾道、かごしま、新宿の四館共同開催）は「風も吹くなり　雲も光るなり」を副題とした。

二〇一五年四月には、芙美子の甥である重久紘三が、鹿児島市の城山のてっぺんにある城山観光ホテル（現・城山ホテル鹿児島）に「風も吹くなり　雲も光るなり」の直筆詩稿をそのまま生かした文学碑を建てた。城山は小学校時代の芙美子と関係が深く（63ページ参照）、ふさわしい場所といえよう。

そして桜島をきれいに望める場所だ。錦江湾を挟んで、古里温泉の「苦しきことのみ多かりき」と、城山の「苦しきことのみ多かれど」の碑が相対することになったのだ。

新詩の創作時期は戦後

平成二十六（二〇一四）年三月末から半年間、NHKの連続テレビ小説で「花子とアン」が放送され、人気を博した。前述した『アンのゆりかご　村岡花子の生涯』が原作（原案）である。そのころ出たドラマ関連本の一冊、KAWADE夢ムック『文藝別冊　総特集・村岡花子』に、熊井明子という人が重大な事実を書いていた。林芙美子記念館ボランティアガイド有志でつくる「ざくろの会」メンバーが教えてくれた。

それによると、村岡花子は少女向け雑誌『ひまわり』の昭和二十四（一九四九）年一月号にエッセイ「新年をめぐつて」で、林芙美子からもらった詩を紹介しているのだが、これが同じ「風も吹くなり」で始まりながら微妙に異なるのだ。先のメンバーが『ひまわり』の現物コピーまで送ってくれた。

風も吹くなり
雨も降るなり
生きてゐるしあはせは

波間のかもめの如く
びようぼうとただよひ

生きてゐるしあはせは
あなたも知つてゐる
私もよく知つてゐる
花のいのちは短くて
苦しきことのみ多かれど
　風も吹くなり
　雲も光るなり

続く文章はこうだ。

「ある日の林芙美子さんからのおたよりの末に書いてあつた詩です。全くの即興詩というものですが、私はこれをマスコットとして、自分の書斎でいつも読んでいます。／ほんとうに、『風も吹くなり、雲も光るなり』です。吹く風、ただよう雲、その中に美を感じ、よろこびを見出だしてゆく生活を一年中、つづけましょう」

と「愛する少女たち」に呼びかけている。

林芙美子は村岡花子にばかり、「風も吹くなり」の詩を二種類も（少なくとも）送っているのだ。

この詩ができたのは雑誌掲載の前、昭和二十三年と断定してもいいのではないか。少なくとも戦争が終わってからなのは間違いない。その根拠は、先に引用した「作家の手帳」(昭和二十一年七-十一月)である。「生きてゐるよろこび」「風が吹き」「連翹色の雲」といった言葉や、鳥が飛ぶイメージなど、モチーフがそっくりだ(187ページ参照)。

戦争が終わって、生きている幸せや喜びを、芙美子は村岡花子と共有したかったのだ。

ただ、芙美子のことだ、一筋縄ではいかない。「花、風、雲」といえば、「月に叢雲《むらくも》、花に風」という成句を想起する。これは、幸福にふと不安の影がよぎるという意味だ。それを踏まえて先の詩を読むと、また趣が違ってくる。

そして、雲と言えば、戦後の傑作「浮雲」を連想せずにはおれない。浮雲とは「風に流されるまま落ち着くことのない雲」である。『ひまわり』バージョンの「雨も降るなり」のフレーズも気になる。「浮雲」では、屋久島の雨に打たれた主人公のゆき子は、そのまま体調を悪化させて死んでしまうのだ。日本文学伝統の無常観が漂う。

大谷崎に嚙みつく

「作家の手帳」と並んで、戦後の出発点として見逃せない、昭和二十二(一九四七)年一月『新潮』に発表した「読書遍歴」という文章がある。これは芙美子の文学観、人生観を高らかに宣言した非常に重要な一文である。前年四月に同じく『新潮』に発表され、終戦後の混迷期に多大な反響を呼んだ坂口安吾の「堕落論」にも匹敵するマニフェストである。

驚くべきことに、文壇の大家である谷崎潤一郎の作品をこきおろしている。はじめこそ、「このごろになって、私は谷崎さんの作品を読み始めたけれども、『まんじ』以外は人の云うほど私は珍重しない」と穏やかな調子で始まるが、だんだんと辛口になってきて、「みんなぼってりとどてらを着て、きつねうどんを食べているおじさんの小説と云った感じ」と馬鹿にする。随筆は良いといったん持ち上げた後が激しい。「文学と云うものは職人的なうまさだけではどうにもならないのではないかと思い始めて来た。もう一度、日本の文学界に空襲を与えて、ご破算になったところから、初々しく逞ましく孤独で立ちあがってゆかなければならない。作家が、技術だけを心得て、ぬるぬるとした気持ちの悪い小説を書いているけれども、何故、もっと捨身で苦しむ決心がつかないのか不思議だ。文学は血みどろでなければならぬ」

このあと「老大家も新人も、仕事の上だけは血みどろになって、へどを吐ききるまでやるべきだ」と再度強調するのだが、もっとまずいのは返す刀で自分の飯の種である出版業まで切り捨てていることだ。湯に入る客を読者に、風呂をたきつける釜番を作者にたとえた上で、「風呂屋の主人と云うものは、釜番に苦労をさせて、自分は一番風呂にはいり、番台に坐ってふところ手で金をもうける。出版業と云うこともこれにいくぶん似ているところがあるがどんなものだろう」。

率直なのか、馬鹿正直なのか。これでは反感や恨みを買うのは当然だろう。私も若いころは『痴人の愛』や『鍵』を読んであまりのくだらなさに呆れ返った記憶があるけれども、年配になって読んだ『細雪』や『盲目物語』はやはり素晴らしかった。評価の定まった人に対して素人でもなかなか批判めいたことを言えないものだが、それを文壇内部にいる人間が言うのだから凄まじい。

しかも口で言うだけだったら軽蔑されるだけだが、林芙美子は「文学は血みどろ」を実践した。人があきれるほどの仕事量をこなした。だから、憎まれ、中傷されたのだろう。しかし、彼女の作品は多くの読者に愛された。芙美子は、最後は狂人となって死ぬモーパッサン（一八五〇―九三年）を尊敬していた。「あのような作品を書いてゆくには、狂人になるより果てる道はない。（略）そのくせ、モオパッサンの作品は読者にとっては楽々と読める。少しも何々めかしたと云うところがないのは、読者にとって幸福である」。彼女の文学観、理想の文学の姿が表れている。

共鳴かライバルか

太宰治、坂口安吾、織田作之助、檀一雄。現在でも高い人気を誇る「無頼派」の面々は、林芙美子と意外にも関係が深い。しかもプライベートまで踏み込んだ関係なのである。芙美子は文壇での出発点がアナキスト詩人たちとの交遊であったことからも分かるように、どうも〝反俗・反秩序〟の文学者たちにシンパシーを感じるようだ。いや、それでは見方が甘すぎる。戦後文壇の流行作家同士として、無頼派には激しいライバル心を燃やしていたはずだ。

昭和二十二（一九四七）年一月十日、織田作之助が死んだ。芙美子は十一日の芝の天徳寺での通夜に駆けつけ、翌十二日には桐ヶ谷火葬場で親戚や作家仲間とともに織田の骨を拾っている。前年末に織田と『婦人画報』で対談している縁であろう。さらに骨揚げのあと同日夕から銀座の料亭「鼓」で酒食の席が設けられたが、この店は芙美子の紹介だったらしい。

林家に同居することになった織田昭子（右）と＝昭和22年８月、下落合の芙美子宅

この場での模様は、同席していた青山光二が『純血無頼派の生きた時代』に詳しく描写している。集まったのは十人ほどだが、座の中心は何といっても、織田の姉二人と青山vs織田の未亡人（内縁の妻）昭子と太宰治、林芙美子の二組であった。実はこの席の直前に織田の姉たちは、織田の印税を最近になって現れた昭子に持っていかれるのではないかと心配して青山に協力を頼んでいる。

太宰がまず挨拶し、次に姉たちに促された青山が立って話し始める。きょうだいたちがこれまでどれだけ織田を援助したかその恩義を考えなければならないという趣旨なのだが、さすがにそれに比べて昭子は籍が入っていないから云々……などという話をするわけにもいかず、青山はただ長々と話し続ける。

そこで業を煮やした太宰が話を遮り、「この人（昭子）のことは僕たちが引き受けようじゃないか。織田君の印税は、大阪のお姉さんたちに持ってっていただきましょう」と言って座を納める。こうして飲食が始まり、しばらくすると姉たちや昭子は引き上げる。

すると林芙美子が「あんたたち、何てこと言うのよ」と一喝する。「あの子を引き受けるって言ったって、自分の家族だけでいっぱいで、あの子を寝かす部屋なんてありゃしないでしょう」。そのときの青山の家も太宰の家も狭かった。芙美子は「あの子は私の所へ転がり込んでくるね。どうしてくれるのよ」というのだ。「今のいままで目尻をさげて、きれいな呑み口で盃をほしていた林芙美子の、とつぜんひらきなおったように言葉をあらげた、あたり構わぬ見幕に、鼻白んだ編集者の大半は足音をしのばせるようにしてつぎつぎと退散」したという。怒鳴りつけられた太宰は、うなだれてひと言も返さない。

いったんは太宰の独断に腹を立てた芙美子だったが、昭子のために一肌脱ごうと考えたらしい。そのあと新聞社主催の講演会で大阪に行った際に、姉の一人を宿に招いて、昭和十九年以降の織田の著作権収入について昭子のことを考慮してほしいと申し入れたという。

太宰治『ヴィヨンの妻』（昭和22年８月）の扉絵は芙美子が描いた

ところがこれは逆効果だった。四月下旬、織田の百日忌法事のあと、昭子は親戚一同に取り囲まれ、織田の一切の財産に対して昭子には権利がないという念書に署名捺印させられるのである。青山光二によると、芙美子の申し入れは「夫婦善哉」以外全部の著作権収入を求めているのと同じで、明らかに度を過ぎていたという。そのあと、芙美子は本当に昭子を下落合の家に引き取って面倒を見るようになる。『林芙美子全集』年譜には、昭和二十二年「四月、織田昭子同居」とある。

同年八月初版の太宰治『ヴィヨンの妻』（筑摩書房）の挿画を林芙美子が描いている。まるで芙美子の女学生時代の自画像のようにも見える女性のデッサンだ。どう見ても仲の良い作家同士の友情を感じさせる振る舞いであり、二人は関係修復したかに見える。

ところが、芙美子はその後、昭子のことを周囲にさんざんこぼし、太宰をいたたまれない思いにさせるのだ。

その年の十二月半ば、青山光二は銀座で、芙美子に買ってもらった毛皮のコートを着た昭子に出会う。直後に芙美子にも会うのだが、芙美子は昭子について「蒲団は敷いたら敷きっぱなし、たたむってことを知らないのよ。上げ膳据え膳ての は昭子のことだね。家のことは、いっさい手を出さない。なんしろ、居候なんてもんじゃないね。わたし、ひどい目にあってますよ」と語気強く愚痴る。

青山はその二、三日後、新宿の酒場で太宰に会ってそのことを話す。太宰は「謝りに行くかね」と語ったが、その四、五日後に本当に太宰は芙美子宅に頭を下げに行くのである。太宰はこのころ翌年心中する相手の山崎富栄と付き合っていたが、山崎富栄の日記に林芙美子宅訪問のことが出てくる。昭和二十二年十二月二十三日の項に「林家にいき、御迷惑をかける」とあるのが、青山の記述と日にちが合う。

その日のことを織田昭子が著書『わたしの織田作之助』（昭和四十六年）に書いている。

太宰治は、いつも突然に林邸に現われた。最初の時は、私はお使いで、原稿をとどけに京橋の永晃社に行っていた時で、着くなり電話がかかってきた。

……太宰さんが見えているから、すぐ帰っていらっしゃいナ……

外出すると、どうしても帰りが遅くなるので、釘をさされたわけだった。

急いで帰ってみると、茶の間の卓にはサントリーやらオードブルが並び、床の間を背にした太宰治、御主人、林芙美子、母堂も加わっていて、私はその隣に坐った。

上着を脱ぎ、いくらか膝を崩した太宰治は、もうだいぶ酔っていて、つまみものにはまるで手をつけず、ポケットからだした白いカルモチンを、おつまみのようにポリポリかみながら、ウイスキーを咽喉へそそぎこんでいた。(略)

自分のグラスも満たし、客にもすすめている、林芙美子の茶色の眼がキラキラ輝き、髪も濡れて、とてもキレイ。

突然、姿勢はそのままに、ウイスキーを飲みながら、太宰治は私に話しかけた。

……林芙美子の軒にかくれ住んじゃいけない。世の中へでて、働くんですヨ——。靴下一足八百円のために、身を売っている女がいる。働きなさい、アンタ働きなさい……

ここには「御迷惑」をかけたはずの山崎富栄の姿がない。想像だが、「御迷惑」とは、人に謝りに来るのに、愛人とのこのこやって来るとは何事か、と芙美子が怒鳴りつけたのかもしれない。だから、出かけていた織田昭子が呼び戻されたときには山崎富栄は帰っていたのだろう。

太宰と芙美子が心中?

織田昭子は『わたしの織田作之助』に驚愕のエピソードを書き残している。

太宰治が林芙美子に心中を持ちかけたというのだ。

昭和二十三(一九四八)年一月十日。織田作之助の一周忌に、昭子や芙美子、太宰、坂口安吾、さらに編集者二十人ほどが銀座の料亭に集まった。「普段割り合い親しく顔を合わしている人たちなので、織田を弔うとか、思い出をしんみり語るとかいうのではなくて、『人間先に死んだ奴が、勝《ママ》なのだよ』ということに話が落ちて、それぞれ、忙しい人たちが、なんとなくうち沈んだ様子になった時、座はおひらきになった」

その帰りの車中のことである。

助手席に坂口安吾、後部座席には織田昭子をはさんで左に太宰、右に芙美子が座っていた。

> 同乗の三人とも、たっぷりお酒がはいって、いくらか声もたかく、会話はピンポンゲームのような速度で交わされていたが、その内容は先刻からの続きで、太宰治がしきりに、死のう死のうと、くりかえしいざない、林芙美子がそれを、半信半疑でいなしているというかんじだった。(略)
>
> ……林さん、一緒に死んじまいましょう……(略)
>
> (林芙美子は)太宰治の暗い会話を、ピチピチはねかえすように応答していたが、自動車が銀座通りから新橋駅へターンしたとたん、体をがくんとゆらいだ太宰治が、そのままの姿勢で、

……どうです、死にましょうヨ……

と、みあげて、みつめた。

……マンホールに、手をとって、とびこみましょうかね……

うけながら、声をたてて響くように笑った。

酒に酔っての戯れ言だろうか。しかし、太宰の気持ちの中に一片の本気はなかったのだろうか。

このころ太宰は喀血してひどく衰弱していた。妻がありながら、二カ月前には太田静子との間に娘が生まれ、さらに山崎富栄とのっぴきならない関係になっていた。『斜陽』が初めてのベストセラーになってはいたが、それは太田静子の日記をほとんど丸写しにしたものだった。死にたがり屋の太宰でなくとも死にたくなるような状況だ。

しかも相手は林芙美子である。冷やかしや、からかいなど通用しない。そんなことをしようものなら、容赦ない反撃が返ってくるだろう。しかし芙美子はそうしない。太宰の、一緒に死のう、は普通なら嫌になるほど執拗だ。甘ったれているとしか言いようがない。ぴしゃりと一言、「馬鹿馬鹿しい」と撥ね付ければいい。なのに、「(手に)手を取ってマンホールに飛び込みましょうかね」とは。

芙美子は元来、だらしない男、駄目な男が好みだ。放浪記時代がまさにそうだし、夫に選んだ画家にもそういう面がある。だから、まんざらでもなかったのかもしれない。間近で見ていた織田昭子が芙美子の態度を「半信半疑」と書いている。太宰の言葉を半分、本気に受け取っているというのだ。

だが、山崎富栄の日記は異なる。織田作之助一周忌の席で、太宰は芙美子に相当不快な思いをさせられていた。

「織田作未亡人のこと。おふとんも上げず、お茶碗ひとつ洗わぬお方とか。女だったら……。いろいろな問題のこと、一体どうしようかと二人で考え悩みました」（一月十二日付）

「悲壮なお顔でした。織田作一周忌の夜も、同じようなお顔で帰っていらっしゃいましたね。お芙美さんの非芸術的な場面のお話を伺って、むらむら致しました。私が林家に御伺いさえしていなければ御一緒に御邪魔できて、こうしたひどい結果にもならずにすんだろうと口惜しく思いました」（一月二十七日付）

さらに三月二十八日付には太宰治の消息を記した読売新聞の「落丁集」が引用してあり、それには「先日も織田作之助の一周忌を記念して、ゆかりの銀座『鼓』に坂口安吾、林芙美子などと共に、故人の生活者としての偉大をたたえるとあって、万難を排して出席、いずれ劣らぬ豪の者ばかりで、すさまじいばかりだったとか」とある。「万難を排して」とあるのはもちろん、太宰が喀血してひどく衰弱していたからだ。

恐らくこの一周忌の直後であろう、太宰は昭和二十三年のはじめに再び芙美子宅にやってきて、織田昭子は丸ビルで本屋をやってはどうかという話を持ってくる。昭子の居候を心苦しく思い、独り立ちと生活設計を相当に気に懸けていたことが分かる。しかし、芙美子は寝ていて、夫の緑敏が応対したという。

以上を勘案すると、太宰治が車中で林芙美子に心中を持ちかけたことの意味が全く変わってくる。間に織田昭子を挟んでいることにも意味がある。

「そんなに言うんだったら、そんなに昭子のことでぼくを責めるんだったら、ぼくと一緒に死にましょう」ということだったのだ。芙美子の「半信半疑」とは、「こいつは本気で言っているのか」という不気味さや気持ち悪さ半分なのだ。これでは「手に手を取ってマンホールに飛び込みましょうかね」と笑い飛ばすしかない。

わずか数カ月後。

六月十五日、太宰治が愛人山崎富栄とともに家出したと朝日新聞に小さく報じられた。それから三鷹署が二人は玉川上水に入水情死したと断定したことから、十六日には各紙が大々的に報じた。まだ遺体は見つかっていない。

太宰治と山崎富栄の入水現場＝東京都三鷹市

芙美子は驚いて三鷹の太宰家に駆けつけた。作家の誰よりも早かった。それから毎日、下落合と三鷹を往復した。

遺留品が見つかった現場の土手には滑り落ちた跡があった。川幅は狭いが急流で、深いところは四メートル半あるとのことだった。雨が降り続くなか、そこを筏《いかだ》で捜索するのだが、なかなか見つからない。

十九日早朝、現場から一キロ下流で、通行人が二人の水死体を発見した。芙美子はまたすぐに三鷹に行った。二人の遺体は固く抱き合っており赤い紐で結んであったと聞いた。

「太宰治が亡くなったとき、太宰家にかけつけたら、やはり林さんが早くから来ていて惜しいことを

したと、しみじみと語って居られた」(『林芙美子讀本』亀井勝一郎の回想)

心中の理由のすべてではないだろうが、芙美子が二人を精神的にかなり追い込んだのは間違いない。芙美子は太宰の死がこたえただろう。

二十日、太宰の自宅で告別式があった。

それから間もなく、芙美子は不可解な行動に出ている。太宰の愛人太田静子を小田原郊外に訪ねる。前年生まれたばかりの治子(のち作家)を抱っこしてじっと見つめる。芙美子は治子を養子にもらうつもりで来たのだ。それは真剣なまなざしで見つめていたという。しかし、静子の様子から赤ん坊を引き離すのは無理と見て取り、「よかったら赤ちゃんと一緒に、私の家で住みましょう」と申し出るのである。静子はそれを断る。

十月、織田昭子は転出する。一年半を林宅で暮らしたのである。のちに昭子は「もう、林さんの亡くなれた現在、素直に、愛情だと信じて居るけれど、廿歳のわたしは、女は男によって、生きるべきだと思っていたので、ほとばしるような、激しい林さんの好意や、気を許しきった姿など、まじまじとみつめながらも、答える方法をしらず、ただおろおろと生活して居た」と記す(『林芙美子讀本』)。

芙美子は相手がたじろくほどの愛情で昭子の面倒を見ていたのである。それなのに、どうして太宰治や青山光二に対しては昭子のことで悪態をついたりしたのだろう。青山は「二律背反的な矛盾を孕んだ、それでいておおらかな、人間の温かみをぞんぶんにそなえた」人だと芙美子を評している。確かにそう解釈するしかないだろう。

林芙美子も太宰治も、たくさんの伝記が書かれてきた作家だ。しかし、この二人が直接どういう関わりを持ったのか、これまで見てきたような数々の事実が公にされているにも関わらず、誰も重要だと思わず〝スルー〟してきた。詳細を極めて不動の信頼を得ている相馬正一の大著『評伝太宰治』（平成七年、津軽書房）にも、芙美子の「ふ」の字も出てこない。わずかに太田治子が「林さんの晩年の作品は、大きくなった私がああ、太宰もうなだれたのに違いないと思うものばかりなのであった」と評価しているくらいだ。

坂口安吾を〝敵情視察〟

芙美子と同じく『女人芸術』から世に出た小説家に矢田津世子（一九〇七−四四年）がいる。芙美子の一九三二（昭和七）年の日記にも度々出てくるが、矢田は坂口安吾とまさにその三二年に知り合い（矢田二十五歳、安吾二十六歳）、矢田は安吾にとって特別な人となった。安吾の自伝的連作「二十七歳」「三十歳」は矢田との恋愛体験が大きなモチーフになっている。ほかにも「女体」「恋をしに行く」といった作品を残している。

川村湊によると「安吾の一世一代の恋、すなわち女流作家・矢田津世子への愛が、安吾の側の壮大な〝独り相撲〟で終わったことはよく知られたことだが、安吾にとってはこうした〝冷たい女〟が、その『母』の面影を曳くものであることは明らかだろう。安吾が彼女の中に見ていたのは、現実の女としての矢田津世子ではなく、その冷たいまなざしによって、彼自身を石に、風に、水に変えてしまうようなメデューサのような絶対的な存在だったのである。／そして、ある意味では安吾は、こうした絶対的な他者としての異性、『女』からの視線がなければ、自らの存在の輪郭を定めることができなかったのである」。矢田と安吾は五年間付き合っているから、芙美子は二人の恋愛の過程をよく知っていたかもしれない。

安吾は芙美子について「女忍術使い」（『文学界』昭和二十六年八月号）という文章を残している。「よく動く人だった」という印象を述べたあと、安吾が仕事をしていると夜中でも〝コブン〟を何人も引き連れて遊びに来たという思い出を書いている。あるときは深夜二時半にやってきて、「変だわねえ。午前の二時半だってねえ。ウシミツ時じゃないの。お酒に酔っぱらいもしないで、どこをウロついてたんだろう。シラフで帰るとかえってウチのヒトに怪しまれるから、安吾さん、のましてよ」と言うのだから、かなり親しい仲だったらしい。そして「私ねえ。あなたッて人が忍術使いに見えんのよ。コロコロコロッと呪文を唱えるとウイスキーと七面鳥の丸焼きをだしてくれるのよ。巴里の街には忍術使いらしい人ずいぶん見かけたけど、日本はダメだわねえ。安吾さんぐらいのもんじゃないの」などなど語っていくのである。旺盛な好奇心を持つ芙美子だから、戦後爆発的な人気を誇った〝無頼派〟の面々に対して、同じ人気作家としてのライバル心を激しく抱いていたに違いない。遊びの帰りのふりをして安吾の仕事を覗きに来たとも考えられるのである。自ら酔っていないのが変だとしらばっくれているところが怪しい。

檀一雄の評「放浪の魔女」

檀一雄（一九一二―七六年）は「小説林芙美子」（昭和二十六年十一月）を書いている。ここで檀は、二十三歳の時に書いた「夕張胡亭塾景観」（芥川賞候補）は林芙美子をモデルにしたのだと白状している。それは菅野大信という男から聞いた芙美子の数々のゴシップを基にしたのだという。

菅野は芙美子を五十銭で抱いて（前述のように辻潤も五十銭と言っていた）、淋病を移されたと語っていた。作品に出てくる女、綾は十六歳の時に北国の寒寺の住職にかどわかされて、そこで来客に体を提供する身となる。そして客の一人に淋病を移されるのである。ただその一点だけがゴシップの利用かと思われるくらいで、この作品の全体のトーン自体が超現実的なものであり、綾も具体的な誰かがモデルと想像しうるような存在ではない。しかし檀自身はそのことを気にしていたらしく、その後、芙美子を実際に見かけて親愛の情を持ち、交遊していくなかで、自分の〝妄想〟は少しずつ剝がれていったと弁明している。芙美子には最後までモデルの件は明かさなかったという。

檀はまた、芙美子の色気について描写した、貴重な文章を残している。昭和十一年十月に、中国・大連で会ったときのことだ。数人で中華料理を食べる。そのときの芙美子（三十二歳）の様子だ。

「長い遍歴の果の、女性特有の、揺れ漂っている浮萍《うきくさ》のような放縦。観念的な自虐などを夢にも考えぬ、楽天的な、流動感のある好色。／淫らで、矮小な体をくねらすようにしながら、卓上に頰杖をついて、ロビー一杯に揺れ動く、さまざまの物象を、細い眼を細くして、貪欲に眺め入っている。／それこそ、地上に生成するすべてのものをパクパクと喰べてしまいたそうな面持――。／（略）／それが一旦東京に帰り、人の網に包囲されると、意識するのか、しないのか、全く別人のような打算的な応接に変るように見受けられたのは、私の気のせいであったかもしれないが――」

好色と打算という芙美子の二面性を指摘している。その夜、芙美子は、酔いながら、昆虫、蟹、海老、魚類、鯨に至るまでの雑多な動物の交尾について該博な知識を披露したという。そういえば、芙美子の「泣虫小僧」（昭和九年十月）の冒頭にはコオロギの交尾の様子が出てくる。「りいりい……と鳴く雄の声を聴くと、太った艶々しい雌は、のそのそと雄の背中に這いあがって行った。太ったバッタのような雌は、前脚を草の根に支えて、躰の調子を計っていたが、やがて、二匹共ぜんまいの振動よりも早い運動を始め出した」。

檀はさらに「光のせいもあったろうが、林さんの姿が放胆な放浪の魔女に思われた。さまざまの地域と男の間をさすらって、亡びることのない女の魔力を、語り聞かせている妖女に見えた」と書いている。

「浮雲」で故郷と訣別

昭和二十四（一九四九）年十一月、「浮雲」の連載が始まる。そして亡くなる直前の二十六年四月にようやく完結する。作家生命をかけ、文字通り命を削って書いた。連載途中の二十五年四月、芙美子は雑誌『主婦之友』の取材で屋久島を訪れた。これが「浮雲」に屋久島を登場させるきっかけになったが、はじめから意図していたわけではない。とっくに終わっているはずの作品だった。

森英一『林芙美子の形成　その生と表現』によると、雑誌『風雪』昭和二十四年十一月号から始まった「浮雲」の連載は次のような変遷をたどっている。

①八十枚ずつ四回と編集後記で予告。すなわち、二十五年二月号まで、三百二十枚で完結する予定だった。

②三回分ほど二十五年五月号くらいまで伸びると変更（編集後記）。

③その五月号で当初予定の三百二十枚を超え、三百七十枚に達するが終わらない。今度は断りもなくそのまま続く。そして八月号に「次号より第二部として更に描かれる」（編集後記）としながら、この号で『風雪』は廃刊となる。

④『文学界』九月号が間を置かず連載を引き継ぐ。二十六年四月号まで、結局、予定を大幅に超えて、倍以上の七百二十枚にも及んだ。

どうして、作者自身も予期しない長さまでこの作品は伸びたのか。おそらく、伊香保温泉で主人公のゆき子と腐れ縁の富岡双方、あるいはどちらかを死なせて終わる予定だったというのが森氏の見立てである。ところが、浮気者の富岡に〝おせい〟という新たな女性関係を持たせたことで話が終わらなくなったという。「死を求めての伊香保行きが逆に生の希望を与えられての帰還になるのだ。それもおせいの存在による」「二人が死を選べば、作品は完結する。ところが、ここでおせいを登場させ、富岡を蘇生させた。もはや作品を幕切れにするわけに行かない」。

面白いのは作品が終わらなくなってしまった辺りで、芙美子がたまたま雑誌社の依頼で屋久島取材に行ったことだ。「浮雲」がえんえんと伸びたのは、屋久島を主人公の最後の舞台にしようと芙美子が着想したからにほかならないというのが私の推理である。それまで関東一円で展開していた話の決着を屋久島に持ってくるのはどう見ても唐突だ。その唐突感を薄めるためにも、話を長々と引っ張る必要があった。

さらに言えば、作者の思惑をも超えてゆき子と富岡という人物が勝手に動き出しているのである。人物造形からして、伊香保であっさり死ぬような二人ではない。だから、芙美子も終わらせることができなかった。それを誤算というならばそうかもしれないが、傑作と呼ばれるような作品には往々にして作者が制御できないことが起こるものである。変な言い方だが、だらだらしたところがこの小説の生命線になってきたのである。

伊香保で死んでくれなかった以上、今度はどこか別の場所で死んでもらうしかない。作者にできるのは屋久島という舞台を選ぶことだけである。それも簡単なことではない。作者はだらだらとした二人をなだめつつ、納得させながら屋久島まで連れて行かなければならないのだ。それほどまでして、どうしても屋久島（鹿児島）を舞台にしたかったところに芙美子のこだわりを感じる。しかも、単なる懐かしさで故郷を舞台にするのではない。逆だ。屋久島を「地の涯」と突き放したように表現している。実際、敗戦以来、トカラ列島以南が日本から行政分離されたため、当時、屋久島は国境の島だった。

鹿児島市に到着したのは昭和二十五年四月二十二日。朝日新聞鹿児島版（四月二十五日付）に次の記事が出ている（当時の新聞文章は読点のみで句点がない）。

見出しは「〝南の情緒探りに…〟林芙美子さん屋久へ」。

「人気女流作家林芙美子女史が二十二日夜ヒョッコリ鹿児島市に姿を現した、長崎でのご難（注＝旅館でハンドバッグと時計を盗られた）でごきげんな、めだった女史も鹿児島市に幼少のころを送ったなつかしさも手傳ってすっかり上きげんで岩崎谷荘に入ったが十二年ぶりにながめる南国の街は特別に女史にとっては感慨深いものがあるようだった二十五日南端の島屋久島に向うがこんどの旅の目的はこれまで東北地方を舞台にした小説が多く扱われていたのに対し南国九州のものが少いので新しい構想で大作をものしようとするのと『屋久島紀行』を書くためで二十九日再び鹿児島市に帰って別府に向う予定、林女史は次のように語る『鹿児島は日華事変のはじめ来てから十二年ぶりですが私にとっては母の里でもあるしそのうえ小学校五年を市内山下小学校で学んだことなど思い出しひとしおなつかしい土地です、屋久島は初めてですが、きっと南国情緒の豊かさを十分盛った新しい作品が出来そうな気がします、このほかにも各社から連載小説をウンとたのまれているので、九州を舞台としたテーマで書きなぐってみたいと思っています』」

短い記事だが、重要なことが分かる。この時点では屋久島と「浮雲」を結びつけていないのだ。「新しい構想で大作を」「新しい作品が出来そう」と、あくまで新作の舞台として考えている。

もうひとつ、南日本新聞の昭和二十五年四月二十九日付には次の記事がある。見出しは「〝牧歌的なものを書きたい〟作家林芙美子さん種子島へ」。

「二十六日西之表港に入港した照国丸で女流作家林芙美子さんがヒョッコリ来島した、意外な女史の来島に種子島の人々は大よろこびさっそく女史を囲んで座談会をひらき、島の文化、産業、風俗などについて話あったが女史は／私の種子島にたいする印象はひと口には申上げられません、いずれ作品を通じて知っていたゞきます、作品は牧歌的なものを書きたいと思います／と語った」

朝日の記事では「南国情緒」、今度は「牧歌的」。芙美子の頭の中には明るい作品がイメージとしてあった。不幸な結末の「浮雲」とは対極的なものだ。

だからこそ、芙美子は屋久島に行ってみてから初めて「浮雲」と結びつく着想を得たと考えられる。では、屋久島では何があったのか。

「屋久島紀行」（『主婦之友』昭和二十五年七月号「南の果の島」改題）を読むと、芙美子が頭に描いていた南国情緒は屋久島のすさまじい雨によって消し去られている。

はしけで屋久島に着くと「急に四囲が暗くなり、雨がぱらつき出した。一ヶ月三十日は雨だと聞いたが、陰気な雨であった」。旅館に着けば「青い景色のなかを、雨がしのつくやうに降り始めた」。食事を済ませると、雨のなか営林署に行く。特に事前に約束しての行動ではなかったらしい。昼食時で誰もいなかったと書いているからだ。十分ほど待って、営林署の職員に話を聞く。そして「屋久島は、営林署の仕事をさしおい

南《みなみ》の果《はて》の島《しま》に
林《はやし》芙《ふ》美《み》子《こ》女《じょ》史《し》を特《とく》派《は》

台湾《たいわん》も沖縄《おきなは》も失つた日本の最南端《さいなんたん》は、いまや、九州の南方《なんぱう》海上に浮《うか》ぶ屋久島《やくじま》といふ小島であります。本誌は女流《じょりう》文壇の重鎮《じうちん》林芙美子女史に特にお願ひして、遠くバナナ実《みの》る南の果の島を踏破《たうは》、南国情緒《じょうしょ》豊かな島の生活と人情と風俗《ふうぞく》について、詩情溢《あふ》れる現地記録《ルポルタージュ》を寄せて頂きました。（記者）

屋久島紀行《やくじまきこう》
林《はやし》芙美子

（屋久島略図）
屋久島紀行（48）
（49）屋久島紀行

「浮雲」連載中に書いた、『主婦之友』昭和25年 7 月号の「屋久島紀行」（かごしま近代文学館蔵）

ては何も語れないほど、道も電気も、営林署でつくったものだ」ということを知る。このことは、農林省の山林官だった富岡に容易に結びつく。

種子島辺りから風邪気味だった芙美子は、雨に打たれて体調を悪化させる。三十七、八度の熱を出し、ぐったりとしている様子はそのまま「ゆき子」の姿である。そんなひどい体調で営林署を取材し、トロッコで山の上まで上がる。かなり「浮雲」を思わせる出来事が起こっていることが分かる。

屋久島取材を終えて鹿児島市に戻った芙美子は、

県や市が準備した歓迎会への出席を断る。「急に腹が痛くなったので」と顔も見せずにその夜の汽車で帰ってしまったという。

「屋久島紀行」冒頭にはこうある。

「鹿児島で、私たちは、四日も船便を待つた。海上が荒れて、船が出ないとなれば、海を前にしてゐながら、どうすることも出来ない。毎日、ほとんど雨が降つた。鹿児島は母の郷里ではあつたが、室生さんの詩ではないけれども、よしや異土《いど》の乞食《かたゐ》となろうとも、古里は遠くにありて、想ふものである。／雨の鹿児島の町を歩いてみた。スケッチブックを探して歩いた。町の屋根の間から、思ひがけなく、大きくせまつて見える桜島を美しいと見るだけで、私にとつては、鹿児島の町はすでに他郷であった。空襲を受けた鹿児島の町には、昔を想い出すよすがの何ものもない気がした。宿は九州の県知事が集まるといふので、一日で追はれて、天文館通りに近い、小さい旅館に変つた。鹿児島は、私にとって、心の避難所にはならなかつた。何となく追はれる気がして、この思ひは、奇異な現象である。／私は早く屋久島へ渡つて行きたかつた」

芙美子は鹿児島市にいる親戚にも知らせずに来た。姪の林福江は、長崎での盗難事件が新聞に出たために来鹿を知り鹿児島駅に迎えに行った。そして屋久島に向かう三泊と帰りの一泊ともすべて芙美子と過ごしている。その福江によると、岩崎谷荘の昭和天皇も泊まったという部屋でゆっくりしていたのに、ひと晩で移されたことに「鹿児島は感じが悪い」とひどく腹を立てていたという。

四月二十五日に九州・山口県知事会議が鹿児島県庁で開かれるため、前もって各県の知事ら一行が岩崎谷荘に入ったのだろう。県の都合で宿を追い出しておいて、県の歓迎会など出られるか！との思いだったのだ。すっぽかしたのではない。芙美子は筋の通らないことが大嫌いだった。

屋久島取材時に海岸で。芙美子にはカメラマンが同行した。まるで「浮雲」の二人のようだ（新宿歴史博物館提供）

発起人の椋鳩十（当時鹿児島県立図書館長）は面目が立たず、自分も「腹が痛くなった」と言ってそっと帰ったという。しかし、その前に椋が鹿児島市天保山近くの旅館に芙美子を訪ねていったときには、芙美子はなかなかご機嫌で、屋久島の印象について「夜になると電気がつかなくて、古いランプの光がとても風情があった」とか「亜熱帯性植物などの密生のもようは本当に南の島らしかった」「巨大な屋久杉が素晴らしかった」といろいろ語ったという。歓迎会をすっぽかしたことについても椋は、その見事な憤慨ぶりに、あきれるというよりむしろ「さっそうとした美しさ」を感じたという。

芙美子は従軍報告で帰郷した昭和十三年十一月にも、故郷に対する「空漠としたおもひ」を表している（165ページ参照）が、またしても故郷は自分に冷たかった。

「浮雲」の主人公であるゆき子は鹿児島（屋久島）で失意のうちに死ぬのである。この意味は決して小さくない。ゆき子は鹿児島に着いたとたんに病に倒れ、そのまま無理を押して屋久島に渡るが、わずか数日で死んでしまう。つまり、鹿児島でゆき子は何のいいこともない。「この島へ死にに来たようなものであった」。

そして「浮雲」のラストシーン、もう一人の主人公である富岡は鹿児島の町をさまよう。天文館の路地裏の小料理屋に入って酒を飲み、その店の女の一人と二階に上がる。最後の最後まで自堕落なのである。そして、屋久島にも東京にも戻りたくないと考える。帰るところの喪失。芙美子は「私は古里を持たない」を最後まで貫徹したのである。あるいは貫徹させられたと言っていいかもしれない。

取材後に急死

林芙美子は昭和二十六（一九五一）年の初夏に、必ずしも平坦だったとはいえない四十七年の人生の幕を閉じた。

前年の冬に、持病の心臓弁膜症に執筆の疲労が重なって、階段を上るのにも苦労するようになっていた。心臓弁膜症は進行するにつれて運動時の息切れ、動悸、さらに悪化すれば安静時の呼吸困難、心臓痛などが生じてくる。文藝春秋社の編集者だった池島信平は、林芙美子が三階の編集室まで階段を上るのが辛いといって、いつも会社入り口の受付に呼び出されたと書いている。「とても三階まで階段を上ることができないのよ」と寂しそうに言っていたという。

平林たい子によると、芙美子は若いころから自分は心臓弁膜症だと言っていたという。「夏になると私はだめなのよ」と言って、畳の上に枕を置いてごろごろしていた。その後だんだんと体は丈夫になって、体力にも自信を持つようになっていったらしい。中国での行軍を見れば分かる。しかし執筆の無理がたたって、持病が再発したようだ。随筆「私の仕事」（昭和十二年八月）には「この間、占いを見てもらったら仕事を急ぐと早死にすると言われた」とあって、はっとさせられる。昭和二十二、三年にかけて同居していた織田作之助未亡人の昭子は、徹夜で仕事をした朝の芙美子のぐったりとした様子を、まるで渚に打ち上げられた投身自殺者のような精の抜けた姿だったと表現している。

健康不安の中で、芙美子は相変わらず目まぐるしい創作を続けた。二十六年一月、「浮洲」を『文藝春秋』に発表、『冬の林檎』（新潮社）刊行、そして「漣波——ある女の手記」を『中央公論』に、「女家族」を『婦人公論』に、「真珠母」を『主婦之友』にそれぞれ連載開始した。三月、『一人の生涯』（改造社）、『絵本猿飛佐助』（新潮社）、『晩菊』（河出書房）刊行。四月から「めし」を朝日新聞に連載開始し、同月は『浮雲』（六興出版社）、『白鳥物語』（あかね書房）刊行。五月、「御室《おむろ》の桜樹」を『別冊文藝春秋』に発表。六月は『小公女』（あかね書房）を刊行した。

このうち「御室の桜樹」は、京都・仁和寺の桜を安宿のおかみと見に行く短い話だが、宿を通じて知る男女の人生模様が強く印象に残る。芙美子が亡くなる直前に、日本人があらゆる花の中で最も愛する桜の話を書いたのも何か偶然ではない気がする。こんな一文がある。「草萌の道に、桜が、風もないのに散りかかり、道は、貝殻を敷いたように、花びらで白い」。

このころ、芙美子は再び渡仏の夢を募らせていた。二十六年のはじめ、尾道の幼なじみで最期まで家族ぐるみで親交のあった宮地忠雄のもとを訪ねて、秋ごろフランスへ行く、飛行機の予約もしたと語っている。今度はフランス語のできる秘書を連れて、フランスを主題に小説を書く、現地でフランス語に訳して自費出版するんだと張り切っていたという（『フミコと芙美子』）。亡くなる一週間前に交際の途絶えていた平林たい子と再会したときには、フランス行きに誘っている。さらに二日前にもフランスから取り寄せた『ヴォーグ』などの雑誌をうっとりとめくりながら、同居の大泉淵に「きれえだねえ、淵ちゃん、フランスへ行こうよ！」と話しかけている。仕事で大した成果を上げられなかったかつてのパリ滞在は、芙美子にとって不完全燃焼で心残りだったのに違いない。

そうして運命の六月二十七日が来た。この日は『主婦之友』の企画「名物食べ歩き」の一回目の取材だった。連載の「真珠母」が好評で、芙美子の方から企画を持ちかけたのだという。高下益子記者が「最後の夜の食卓を共にして」（『主婦之友』昭和二十六年九月号）に詳しく書いている（嵐山光三郎『文人悪食』から）。

高下に対し、料理好きだった芙美子は語る。

「ねえ、料理は呼吸していなくちゃいけませんよ。感じが死んでしまってちゃいけない。呼吸している料理——それを読者の眼の前にひろげて見せなくちゃ……。一体に、家庭の台所には、庖丁の数が少なすぎると私は思います。出刃と菜切庖丁ぐらいで、刺身庖丁を備えている家庭は少ないでしょう。私は御亭主が、台所の庖丁にもっと金を出すようにしなければいけないと思いますよ。刺身庖丁のせめて一本は、どこの台所にもあるようにしなくちゃね。家庭の料理がうまければ、御亭主はどんどん帰って来ますよ。私は、台所に立つのが楽しみなんです。うまいですよ、私、料理は。私の舌で、呼吸している料理を探してみましょうよ。器にしても、料理を生かすのと殺してしまうのとありますからね。金をかけることとは違いますよ。心ですよ」

銀座の「いわしや」に行って、つみいれ、南蛮漬け、酢の物、蒲焼きなどを少量ずつ食べ、ビールを二杯

深川の鰻屋「みやがわ」の前で。最後の写真になった＝昭和26年６月27日（新宿歴史博物館提供）

飲むと、「ここはもういいです、書けますよ、もう分かりましたからね。鰻食べたいな。この前の日曜日に、鰻を食べたくてね、探し回ったんだけど、東京中の鰻屋が休みなんですよ。残念しましたからね、今日、これから行きましょうよ。私のおとくいの店が深川にあるんです。私が御馳走しますよ。私がエンジョイしようというのだから、おつきあいしてくださいよ。ねえ」。ハンドバッグを持って立ち上がった。

鰻は芙美子の大好物で、一九三二（昭和七）年の日記を読むと、パリから帰国したあと鰻ばかり食べている。また、中里恒子の思い出に、昭和七、八年ごろ、芙美子の提案で、女流画家と作家の一団でバスを借り切って浦和の太田窪《だいたくぼ》に鰻を食べに行ったというのがある。

車で深川の「みやがわ」へ行き、三串出た蒲焼きを高下と分け、車海老も一つずつ分けた。酒はおちょこで三、四杯。芙美子は『主婦之友』に載った心霊術の記事が面白いから、霊媒実験に連れて行ってくれと頼んだ。「みやがわ」の前で取った写真が生前最後のものになった。

帰宅途中、芙美子は「心臓に悪いからたばこはやめたんですよ」と語った。午後九時半すぎに帰宅。家の前の階段を下りるとき、高下の腕につかまってかなり苦しそうだった。石段を一つずつゆっくりと下りた。芙美子は「どうせ死ぬんですからね。死んだら、あとのことはどうなるか、分かりはしないんですから」と話していたという。

新宿区中井にある芙美子の旧宅（記念館）で階段を数えてみた。道から門まで五段の石段、門から玄関まで十六段ほどの石段である。カーブしているので病身にはきついかもしれないと思ったが、それほど傾斜は急ではない。しかも入る時は「上り」であり、そもそも「下りる」と書いてあるのがおかしい。林福江に確認してみると、当時車は家の後方の高台にいつも付けていたという。それで納得した。この階段はとても急で、しかも三十二段もある。おそらく当時は道路事情で、玄関側に車を付けられなかったのだろう。

この日、芙美子の家へは植木屋が入っていて、そのおやつ用に作ったお汁粉が残っていた。芙美子はそれを温めさせて家族全員で食べた。福江にいつものように体をマッサージさせたあと、午前零時近くに書斎で床に就いたが、そこを大泉淵が出た瞬間に、意識を失った。夫の緑敏が駆けつけて介抱し、さらに三人の医師の手当てを受けたが間に合わなかった。二十八日午前一時ごろ、心臓麻痺のため死去した。

中島健蔵は芙美子の死後、全集を編むにあたってまず、その作品の量に圧倒されたという。「かなり書いているとは知っていたが、編集委員のだれもが知らなかった長編がかなりあった。一体、それだけ書くためには、一日にどのぐらい書かなければならなかったか。彼女の死の直接の原因が過労にあったとしても、けっしてふしぎではない、という程度の量であった」と驚いている。

六月二十八日付朝日新聞の死亡記事をチェックしてみた。当時の新聞が四頁しかないのに驚く。三面（現在の社会面）にベタ記事で、「林芙美子さん」に死亡罫を引いて「（作家）廿八日午前一時、新宿区下落合四ノ二〇九六の自宅で心臓マヒのため急死、四十六歳。前夜主婦之友社の座談会に出席してから平生通り就寝後急に発病したもの。告別式は一日午後一時から自宅で行う。／山口県生れ、尾道高女卒後上京、フロ屋の下足番、株屋事務員、女給、行商、女中、露天商など転々としながら文学に精進。昭和五年『放浪記』を発表して文壇に出た。代表作は『晩菊』（第三回女流文学賞受賞）をはじめ『清貧の書』『浮雲』などで本紙連載中の『めし』が遺稿となった。遺族は夫緑敏氏、母堂きくさん、長男泰君がある」。「職を転々とし」と簡単にして、「戦争中は本紙報道で活躍した」をひと言入れるべきだろう。また、誰もが見る死亡記事でも「山口県生れ」であることをあらためて指摘しておきたい。

四面（最終面）には川端康成の「林芙美子さんの死」（談）と、連載「めし」九十回の最後に「おことわり　この小説は九十七回で絶筆となりました」とある。七月六日付最終回を見たが、小説だけで芙美子を追悼する記事はなかった。

川端康成は葬儀でどう挨拶したか

七月一日、自宅で告別式が行われた。葬儀委員長は川端康成。「故人は自分の文学的生命を保つため、他に対して、時にはひどいこともしたのでありますが、しかし、あと二、三時間もすれば、故人は灰になってしまいます。死は一切の罪悪を消滅させますから、どうか故人を許して貰いたいと思います」と挨拶した。この挨拶が林芙美子がひどい人間だったことの主たる根拠にされている。

だが、この葬儀での挨拶は、川端全集にもない。原稿や録音を起こして活字にしたものではないのだ。小谷野敦『川端康成伝』が指摘するように、葬儀に出席した板垣直子が『婦人作家評伝』（一九五四年）に記憶で書いたものなのだ。のちに板垣の『林芙美子の生涯』（一九六五年）になり、竹本千万吉『人間・林芙美子』（一九八七年）に引かれ、嵐山光三郎『追悼の達人』などに孫引きされて広まった。つくづく芙美子は板垣直子に泣かされる（131ページ参照）。

実は、この言い回しは川端の口癖だった可能性が高い。菊岡久利《くり》という作家の葬儀でも、川端は同じことを言っている（前掲『川端康成伝』）。これは録音テープから起こしたものだから正確だ。

告別式で。左から夫緑敏、長谷川春子（時雨の妹、画家）、泰、川端康成＝昭和26年7月1日（新宿歴史博物館提供）

「御承知のように、菊岡君は広い大きなところもありまして、温かいところもありました。ですけれども、我儘な生き方をしたと……一方では云えますので、多くの方々、ここにいらっしゃる方はございませんでしょうが、世間の人々にも或いは迷惑を掛けたことはないにしても、多少憎らしいところもあったろうし、多少嫌な思いもさしたこともあったろうと思います。そう云うことも、すべて菊岡君の死によりまして、皆さ

出棺時の様子。一般の人たちが大勢集まった（新宿歴史博物館提供）

んではなく、広い世間に申すんですけれども、許してやっていただいて……」

芙美子のときとまるでそっくりだ。

平成二十五（二〇一三）年四月二十日、「生誕一一〇年　林芙美子展」の開幕日に北九州市立文学館に対談で来られた大泉淵さんに会場で質問した。

「林芙美子の葬式のとき、川端康成が葬儀委員長としての挨拶の中で、芙美子に対して厳しいというか、とてもきついことを言ったといわれていますが、それは本当でしょうか。また、本当だとしたら、どうしてそんなことを言ったのか教えてください」

淵さんの答えは意外だった。

一日半くらい寝込んでしまい、「私が起きたときは葬式が終わっていた」というのだ。その答え自体は残念だったが、淵さんが親族代表だったと書いてある資料もあるのに、葬儀のときの写真に淵さんが映っていない謎がそれで解けた。

そのとき、今川英子館長（対談相手）が上手にフォローしてくれた。「故人を許してやってください、というのは一般的な挨拶として言ったんではないでしょうか。（川端が非難めいた挨拶をしたと）最初に書いたのは板垣直子さんだったか……それがずっと受け継がれてしまって……」

するとも淵さんも「とても優しい〝兄ごころ〟だったんじゃないでしょうか。とんでもないことを言ったわけではないと思う。それで（芙美子を）傷つけたということではないでしょう。川端康成はすごく優しい人でした」と話してくれたので、私の疑問は氷が溶けるようにすっとなくなった。

『フミコと芙美子』の聞き書きで、大泉淵は通夜でのエピソードを語っている。川端康成が電話で、長野・上林温泉の旅館の主人に対して「あなたが林さんを殺したんだからすぐ出て来なさい」と怒鳴りつけていた。その春、この主人が県会議員に立候補し、戦時中疎開していた縁で芙美子に応援を頼んできた。しつこく頼まれて芙美子はしぶしぶ出かけていったが、現地ではあちこち連れ回されたらしくひどく疲れて帰ってきたのである。ふだん寡黙で冷静な川端が、「それは身が縮むような凄い語調」だったという。

一時疎遠になっていた平林たい子も最も古くからの親友として弔辞を読んでいる。「その日と晩のお通夜にかけつけた人々は、非常に多く、こんな祭礼のようなお通夜ははじめてみた」「お葬式は盛大だった。故人に対する毀誉褒貶に対して、川端さんが『どうぞゆるしてやって下さい』とあいさつされたとき、このお葬式は引締ってすすり泣きが起った。私も涙が溢れて、彼女を悼む心がはじめて充ちた」

川端の挨拶はむしろ現場では好感されていたのだ。舟橋聖一も「葬儀は盛大で、特に川端康成氏の弔話に泣かされた」と回顧している（昭和三十九年三月二十一日付朝日新聞）。

もう一人、弔辞を読んだ画家森田元子も、近所近隣から焼香の群れが後から後からと続いたと思い出を記している。「その群れ集まる人々の中には子供を背中におんぶした町の主婦もあれば、老いも若きも、それがどう考えても死ぬ前の林さんを身近に知っていた人々とは思われぬ人々の姿なのであった」という。川端康成ものちに、自分は死んでも葬式はいらないが、芙美子さんのような葬式になるならいい、と羨んでいる。

芙美子が文学者仲間にした〝ひどいこと〟といえば、昭和十三年八月、平林たい子が肋膜炎に腹膜炎を併発して重体となり、神近市子、円地文子が「平林たい子慰療会」をつくって義捐金を募ったが、これを芙美子は断ったことがあった。新聞はこれを冷酷だとこっぴどく批判したという。芙美子は尾道の宮地忠雄に「そんなに困っているならどうしてたい子自身が言ってこないのか、水臭い。親切ごかしの顔をした人たちは嫌いだ」とこぼし、悲しそうな顔をしていた。筋を通さないと承知しない性格だったという。織田昭子の件や、鹿児島県の歓迎会の件など、見てきたとおりだ。

宮地忠雄は「貧乏すると人はとにかく卑屈になり暗い面があり、一寸世間から騒がれるような境遇になると威張るものだが、林さんに限りそんな素振りは微塵もなかった。林さんのいる処絶えず朗らかな甘いムードが漂っていた。また厳格できちょうめんな人であった。今でも家内と話すことだが、帰る時は必ず便所の雑巾がけをして帰った。お客様に便所の掃除をさせてはと家内が云ってもどうしても雑巾がけをして帰った」と偲んでいる。

芙美子は生前、自身も人の葬式を重要なことと考えていた。亀井勝一郎が太宰治の死の前にも「横光利一氏が亡くなったとき、急いでおくやみに行ったら、林さんが真っ先に駆けつけて居られた」と書いている。

林芙美子記念館の案内パンフレット（新宿歴史博物館編集）に、「芙美子は陽気で気さくな人柄と裏腹に、常に孤独の中に身を置いていました。家を建てて家族と暮らし始めてからも、夜、家もなく、一銭の金も持たず、知らない街を一人でさまよう夢を見ることもあったと言います。人から愛される面倒さよりも、芙美子は人を愛する愉しみを選んだ人でした」とあるのが、林芙美子という人間を見事に言い当てている。

その後の家族

告別式の当日、芙美子の死に顔を画家の安井曾太郎がスケッチしている。そのあと遺体は落合火葬場で荼毘に付された。戒名は「純徳院芙蓉清美大姉」。八月十五日、中野区上高田二丁目の萬昌院功運寺に納骨された。

山本氏ら櫻島の予定地視察

林芙美子女史碑の建設準備進む

郷土の生んだ作家林芙美子女史をたたえる林文学碑建立の企ては、鹿児島市、県当局民間文化人一体となって強力な運動を展開、東京方面でも日本文芸家協会が中心となって建設委員会が結成され、川端康成氏が委員長の話題にのぼるなど着々進備がすゝめられているが十四日目下帰省中の改造社社長山本実彦氏は桜島にわたり、文学碑建設予定地などの視察を行った同氏は文学碑建設委員の一人で、林女史を世に出した生みの親。在京有志への呼掛け、委員会結成へのあっせん、尽力など文学碑の建立に非常な関心をよせている。

この日午後一時勝目市長らとともに出発、上原県観光連盟副会長、林田熊一氏、久保田図書館長、木原鹿教組組合長、松田鹿児島市観光課長など同行、古里の現地を視察したが、林女史を理解する点で人一倍深いだけに特に熱心で鹿児島語で〝ヨカトコイゴワスナァー〟を連発、今後の構想について種々意見をのべた。席上久保田図書館長から図書館うらに目下改造中の美術館（元商工奨励館）に林芙美子文学の記念室をつくることが発表された。なお同氏は、午後五時帰館市中央公民館の歓迎夕食会に出席した。（写真は現地視察する山本実彦氏）

芙美子が亡くなってひと月半ほどすると、“地元”桜島に文学碑を建てようとの気運が盛り上がり、山本実彦が視察に訪れた（昭和26年8月15日付南日本新聞）

ちょうど同日付の南日本新聞に、山本実彦《さねひこ》が桜島古里の文学碑建設予定地を視察したという記事が出た。

「郷土の生んだ作家林芙美子女史をたたえる林文学碑建立の企ては、鹿児島市、県当局民間文化人一体となって強力な運動を展開、東京方面でも日本文芸家協会が中心となって建設委員会が結成され、川端康成氏が委

一周忌に芙美子の墓前で。前列左から大泉淵、一人おいて川端康成夫人、川端康成、泰、一人おいて緑敏、後列左から三人目大原富枝、その後ろ壺井栄

員長の話題にのぼるなど着々準備がすゝめられているが十四日目下帰省中の改造社社長山本実彦氏は桜島にわたり、文学碑建設予定地などの視察を行った。同氏は文学碑建設委員の一人で、林女史を世に出した生みの親。在京有志への呼掛け、委員会結成へのあっせん、尽力など文学碑の建立に非常な関心をよせている」

山本実彦は現地で、鹿児島弁で「ヨカトコイゴワスナァー」（良い所ですなあ）を連発した。久保田彦穂図書館長（椋鳩十の本名）から林文学の記念室をつくることが発表されたとある。

『改造』は昭和二十一年一月、『中央公論』とともに復刊した。山本は同年四月の第一回総選挙で当選して国民協同党委員長となるが、翌二十二年公職追放になる。二十六年に追放解除され、改造社社長に復帰したところだった。

十月五日、功運寺境内の墓地に、川端康成の銘で墓碑が建てられた。

中井の家は四人暮らしになった。すなわちキク、緑敏、泰、そして福江である（大泉淵はほどなく出ていった）。

翌二十七年六月二日付南日本新聞に、文学碑が完成し、一周忌の二十八日に除幕式を行うとの記事で、「本社主唱『林芙美子文学碑』建設事業は県、市協賛で県民の浄財をあつめ昨年十月から基礎工事をはじめ――」とあり、当日二十八日にも「本社主唱林芙美子文学碑建立委員会の手になるこの文学碑建立工事は、総工費約四十万円を投じ、全県民一致の熱意が実を結んでここに完工」とあって、前年八月十五日付の記事と比べると、主催団体に変遷があったようだ。『南日本新聞百年志』年表にも「本社提唱の」とあるので、間違いないだろう。

なお、遺族代表として林真智子さん（林小次郎氏の長女、当時玉龍高校一年）が同文学碑を除幕している。

昭和27年6月2日　月曜日

『苦しきことのみ多かりき』

林芙美子逝いて一年

不滅の文学碑完成す

命日の28日晴れの除幕式

本社主唱『林芙美子文学碑』建設事業は県、市協賛で県民の浄財をあつめ昨年十月から基礎工事をはじめて以来、桜島の一角に不滅の文学碑を建立する関係者の努力が結実、いよいよ六月二十八日、林女史一周忌の命日を期してはれの除幕式が行われることと決った。

ここに至るまでには地主市熊村山三四郎氏の敷地提供ならびに設計者、工事施行者の協力によるところが大きく敷地九十坪の高台を切りひらいて整地された桜林の中に、日本でも屈指といわれるほどの見事な記念碑が出来上っている。

一周忌に合わせて、桜島に文学碑が完成した（昭和27年6月2日付南日本新聞）

山本実彦は来られなかった。わずか三日後の七月一日に亡くなっている。享年六十七。故郷の川内川改修などの功績を称え、令和二（二〇二〇）年五月十七日、薩摩川内市の太平橋近くに山本の銅像が建てられた。

その後、林芙美子忌は長く開かれなかったようだ。昭和五十五年に改新小学校に赴任した中村順一が校区民に呼びかけて翌五十六年の命日に第一回を開いたという（平成六年九月十八日付

桜島のふもと古里温泉に建つ文学碑。「花のいのちはみじかくて苦しきことのみ多かりき」

南日本新聞)。

林芙美子忌は今も、文学碑に近い旧改新小学校の講堂で行われている。改新小学校校歌の三番はこうだ。

世に文学の花と咲き
生を送りし芙美子女史
そのいさおしをしのびつつ
世に尽くさんと日々学ぶ
理想に燃ゆる改新校

(米北時志・作詞作曲)

文学碑わきの芙美子像は平成2年に建てられた

昭和二十九年五月、キクが死亡する。八十五歳。

同三十四年八月三十日には、芙美子が日本女子大学附属豊明幼稚園そして学習院に入れて大事に大事に育てていた泰が十五歳（中等部一年）で死亡する。避暑先の長野・蓼科高原から家族と帰る途中、汽車のデッキで転んで頭を打ち、下車したところの病院でそのまま亡くなったのである。

同四十七年十二月十二日、林緑敏と福江は結婚する。「林が途絶えるのは嫌だから、入籍してほしい」という緑敏の要望があったという。平成元（一九八九）年七月三十日緑敏死去。八十七歳だった。二人の間に子供はなかった。同四年三月二十二日、東京都新宿区は林芙美子旧宅を購入して林芙美子記念館として開館し、林福江は近くの自宅から同館に毎日通った。

林福江は平成三十年八月六日に亡くなった。九十二歳だった。

参考文献（林芙美子の作品は除く）

「花のいのち」の謎

村岡恵理『アンのゆりかご　村岡花子の生涯』（マガジンハウス）
宮田俊行『林芙美子「花のいのち」の謎』（高城書房）
平林たい子『林芙美子／宮本百合子』（講談社文芸文庫）
池田康子『フミコと芙美子』（市井社）
『山形屋二百十七年』（山形屋）
芳即正『島津重豪』（吉川弘文館）
三谷一馬『江戸商売図絵』（中公文庫）
『現代日本文学アルバム13　林芙美子』（学習研究社）
鹿児島市改新小学校創立百周年記念誌『改新』
鹿児島市改新小学校『放浪記にえがかれた林芙美子――没後30年記念』
南日本新聞社編『鹿児島百年（中）明治編』
『山形屋「明治」資料集』（山形屋）
『鹿児島県温泉案内』（鹿児島県温泉協会）
廣畑研二『林芙美子全文業録――未完の放浪』（論創社）
文藝臨時増刊『林芙美子讀本』（河出書房）
清水英子『ゆきゆきて「放浪記」』（新人物往来社）
竹本千万吉『人間・林芙美子』（筑摩書房）
伊藤信吉『紀行ふるさとの詩』（講談社）
五代夏夫『薩摩的こぼれ話』（丸山学芸図書）
川本三郎『林芙美子の昭和』（新書館）

恋愛アナキスト『放浪記』の進化

『中野秀人作品集』（海鳥社）
戸板康二『物語近代日本女優史』（中央公論社）
猪俣敬太郎『中野正剛』（吉川弘文館）
廣畑研二校訂『林芙美子放浪記復元版』（論創社）
『平林たい子集　砂漠の花』（講談社版長編小説全集11）
水島治男『改造社の時代　戦前編』（図書出版社）
尾形明子『女人芸術の世界　長谷川時雨とその周辺』（ドメス出版）
金子光晴『ねむれ巴里』（中公文庫）
今川英子編『林芙美子　巴里の恋』（中公文庫）
『別冊新聞研究』１９８２年７月号（日本新聞協会）
『文芸銃後運動講演集』（文芸家協会）
岩橋邦枝『評伝長谷川時雨』（筑摩書房）
佐々淳行『私を通りすぎたスパイたち』（文藝春秋）

南京へ武漢へ決死の一番乗り

宮田俊行『林芙美子が見た大東亜戦争』（ハート出版）
山本実彦『興亡の支那を凝視めて』（改造社）
池田悠『一次史料が明かす南京事件の真実　アメリカ宣教師史観の呪縛を解く』（展転社）
ジョン・ラーベ『南京の真実』（講談社文庫）
『大阪毎日新聞東京日日新聞特派員従軍手帖』（大阪毎日新聞社）
木村毅『戦火』（大日本雄弁会講談社）
阿羅健一『「南京事件」日本人48人の証言』（小学館文庫）
石川達三『生きている兵隊』（中公文庫）
河原理子『戦争と検閲――石川達三を読み直す』（岩波新書）
杉山平助『支那と支那人と日本』（改造社）
石川達三『心に残る人々』（文藝春秋）
櫻本富雄『文化人たちの大東亜戦争　ＰＫ部隊が行く』（青木書店）
山田風太郎『戦中派不戦日記』（角川文庫）
『じゅん刊世界と日本』昭和60年1月5日号（内外ニュース）
秦郁彦『旧日本陸海軍の生態学　組織・戦闘・事件』（中公選書）
『朝日新聞社特派員　武漢攻略に従軍して』（朝日新聞社）
日本大学芸術学部図書館『林芙美子の芸術』
桶谷秀昭『昭和精神史』（文春文庫）
『大東亜戦史4蘭印編』（富士書苑）
今西光男『新聞　資本と経営の昭和史――朝日新聞筆政・緒方竹虎の苦悩』（朝日新聞社）
『外蒙古脱出記　ビンバー大尉手記　附・ノムハン事件の経過』（朝日新聞社）
『歴史街道』二〇一一年五月号「総力特集・ノモンハンの真実」（ＰＨＰ研究所）
望月雅彦編著『林芙美子とボルネオ島　南方従軍と「浮雲」をめぐって』（ヤシの実ブックス）
水島治男『改造社の時代　戦中編』（図書出版社）

戦い終わって風も吹く雲も光る

今西光男『占領期の朝日新聞と戦争責任――村山長挙と緒方竹虎』（朝日新聞社）
鈴木文史朗『文史朗文集』（大日本雄辯會講談社）
宮田俊行『「花のいのち」殺人事件』（海鳥社）
青山光二『純血無頼派の生きた時代　織田作之助・太宰治を中心に』（双葉社）
山崎富栄『太宰治との愛と死のノート　雨の玉川心中とその真実』（学陽書房）

織田昭子『わたしの織田作之助　その愛と死』（サンケイ新聞社）
太田治子『石の花　林芙美子の真実』（筑摩書房）
森英一『林芙美子の形成　その生と表現』（有精堂出版）
嵐山光三郎『文人悪食』（マガジンハウス）
小谷野敦『川端康成伝　双面の人』（中央公論新社）
『南日本新聞百年志』（南日本新聞社）

あとがき

三田村武夫『戦争と共産主義』という古い本がある。

戦後すぐ、昭和二十五（一九五〇）年に出たのだが、GHQ（占領軍最高司令部）によって発禁となり、世から消えるという数奇な運命をたどった。

ある実業家がこの〝幻の本〟を必死になって捜して遂に発見し、昭和六十二（一九八七）年、『大東亜戦争とスターリンの謀略――戦争と共産主義』と改題して復刊した。

復刊に「序」を寄せた岸信介（東條英機内閣の商工相で、東京裁判ではA級戦犯として拘留されたが無罪放免。のち首相。安倍晋三前首相＝本書発刊直前に辞任＝の母方祖父）は、読みながらしばしばウーンと唸ったという。

「支那事変を長期化させ、日支和平の芽をつぶし、日本をして対ソ戦略から、対米英仏蘭の南進戦略に転換させて、遂に大東亜戦争を引き起こさせた張本人は、ソ連のスターリンが指導するコミンテルンであり、日本国内で巧妙にこれを誘導したのが、共産主義者、尾崎秀実であった、ということが、実に赤裸々に描写されているではないか。／近衛文麿、東條英機の両首相をはじめ、この私まで含めて、支那事変から大東亜戦争を指導した我々は、言うなれば、スターリンと尾崎に踊らされた操り人形だったということになる」

スターリンと並ぶほどの悪人とされた尾崎秀実は、朝日新聞の記者だった。

同書巻末には九人が読後の感想を寄せているが、本書にも登場した鈴木文史朗（文四郎）が尾崎秀実をばっさり斬った一文が特に興味深い。尾崎が東京朝日新聞に入社して社会部に入った時の部長は鈴木だったという。

「社会部記者としての彼は、特種をとることも文章を書くことも全くダメであった」「後で、彼が左翼張りの中国に関する論文で売り出した時、彼の社会部時代の先入観から、三年や四年上海にいたくらいで中国通となりすました彼の器用さには驚いたが――そんな才があろうとは思えなかったので――私は彼の論文を信用せず、殆んど一つも読まなかった」と、当初から鈴木の尾崎に対する評価は低かった。

尾崎は昭和十九年十一月、ゾルゲとともに絞首刑となった。

「彼の死後出版された『愛情は降る星の如く』という少女雑誌の随筆の題目のような彼の遺文集が、あまりに評判が高く、左翼の文筆陣は彼を殉教者のようにまつり上げたので、一冊買って見たが、私には三分の一も読めなかった。書いてあるのは彼の一面ではあろうが、他の半面を知り、彼の人物を知っていると、本気になって読む気になれなかった。『目的のために手段を択ばず』という共産党の根本思想を実行して、祖国を戦争から戦争へと駆り立てた揚句、陰謀が暴露して獄に入れられ、もう逃がれないと観念して、しおしおとして殊勝なことを書き綴ったものがあの書ではないか。／三田村君が多年の研究により書いた『戦争と共産主義』は今この時機に、日本国民に示唆するところが非常に多い。この書の中に記録されている尾崎のグループの中には、免れて恥無き何人かがいはしないか。彼らがいわゆる同伴者ではなかったとしても、一尾崎に物の美事に駆使されていたわけである。／現在の日本には、第二、第三の尾崎がうようよしているように思われる。また、第二、第三の尾崎に駆使されている学者や新聞記者も少くないようだ」

これは過去のことだろうか。今われわれの周りには、第二、第三の尾崎がうようよしていないだろうか。

また、第二、第三の尾崎に意のままに動かされている学者やマスコミの人間はいないだろうか。コミンテルンを中国共産党に置き換えれば、今の日本や世界にあまりにも似ている。歴史から学ぶべきことは多い。

本書は林芙美子という一小説家の四十七年の生涯を追った伝記だが、「朝日新聞と戦争と共産主義」という視点を十分に意識した。実際、芙美子はその三つとの関わりが非常に深い。彼女は新聞記者に惹かれ、戦争に惹かれ、共産主義者にも惹かれた。

いずれもイデオロギーといっていいだろう。新聞社の中立を装った左傾イデオロギー、戦争の国家的・愛国的イデオロギー。共産主義はもちろんイデオロギーそのものだ。

しかし、芙美子は結局、イデオロギーを信用することができなかった。イデオロギーは人を不幸にするだけだ。過激思想に走った若き文士仲間たち、パリで出会ったコミュニストたち、特高警察に挙げられた編集者たち、戦争が終わって共産主義者たちに追い出された新聞社の知人ら……枚挙にいとまがない。

林芙美子はイデオロギーや観念論で小説を書くタイプではない。市井の人々に読まれるもの、しかも文学的に質の高いものを追求した。何よりも大切なのは、物書きという仕事である。苦労してつかんだこの天職を絶対に手放さない。その執念で、時代に対峙したのである。

本書はコロナ禍の中での出版となった。感染の恐怖と、経営の見通しへの不安で、ともすればめげる気持ちと戦いながら、編集作業を少しずつ前へ進め、出版にこぎつけてくれた海鳥社の杉本雅子社長には心から感謝したい。

二〇二〇年九月

宮田俊行

宮田俊行（みやた・としゆき）
1957年、鹿児島県生まれ。早稲田大学卒。
新聞記者歴26年余。著書に『「花のいのち」殺人事件』（海鳥社）、『林芙美子が見た大東亜戦争』（ハート出版）ほか。

花《はな》に風《かぜ》
林《はやし》 芙《ふ》美《み》子《こ》の生涯《しょうがい》
■
2020年10月1日　第1刷発行
■
著者　宮田俊行
発行者　杉本雅子
発行所　有限会社海鳥社
〒812-0023　福岡市博多区奈良屋町13番4号
電話092(272)0120　FAX092(272)0121
印刷・製本　九州コンピュータ印刷
ISBN978-4-86656-085-4
http://www.kaichosha-f.co.jp
［定価は表紙カバーに表示］